初婚

CHUHUN

彭琼琳　著

图书在版编目（CIP）数据

初婚 / 彭琼琳著. — 重庆：重庆出版社, 2014.5

ISBN 978-7-229-07100-4

Ⅰ. ①初… Ⅱ. ①彭… Ⅲ. ①言情小说－中国－当代 Ⅳ. ①I247.5

中国版本图书馆CIP数据核字(2013)第247967号

初　婚

CHUHUN

彭琼琳　著

出 版 人：罗小卫

丛书策划：李　子

责任编辑：李　子　马春起

责任校对：刘　艳

封面设计：八牛设计

重庆出版集团
重 庆 出 版 社 **出版**

重庆长江二路205号　邮政编码：400016　http://www.cqph.com

重庆国丰印务有限责任公司印刷

重庆出版集团图书发行有限公司发行

E-MAIL:fxchu@cqph.com　邮购电话：023-68809452

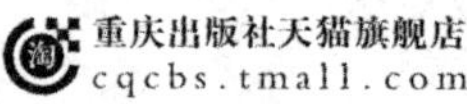

全国新华书店经销

开本：720mm×1000mm　1/16　印张：18.5　字数：281千

2014年5月第1版　2014年5月第1版第1次印刷

ISBN 978-7-229-07100-4

定价：29.80元

如有印装质量问题，请向本集团图书发行有限公司调换：023-68706683

版权所有　侵权必究

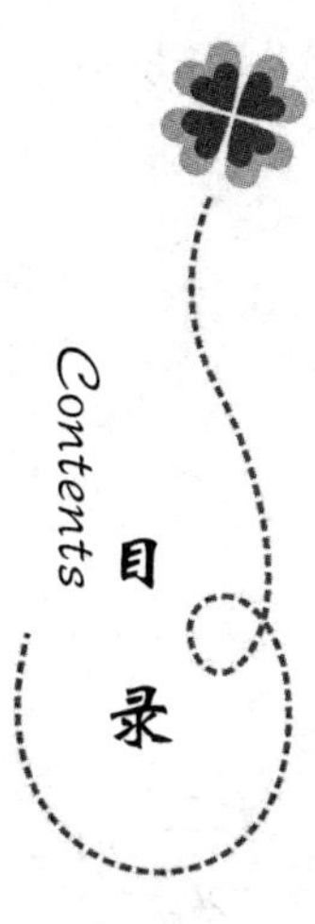

目录

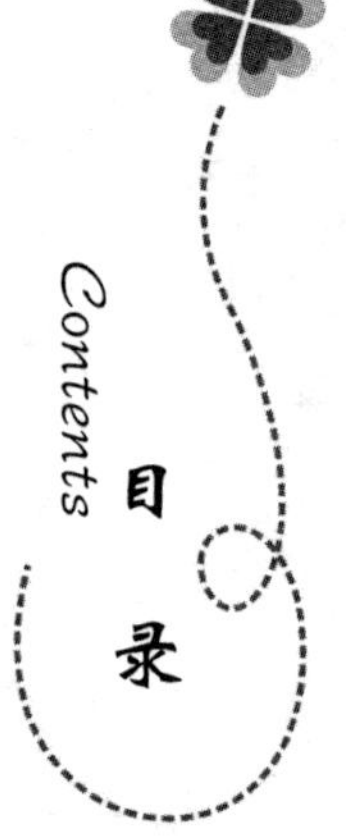
Contents
目
录

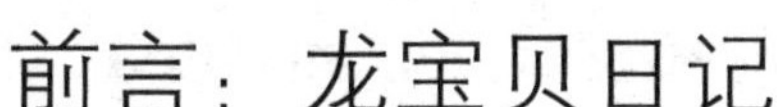

前言：龙宝贝日记

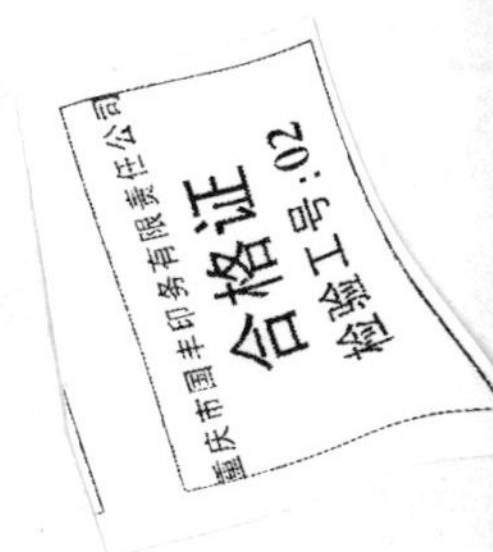

2010年7月7号，天气阴晴不定。

龙美丽又回来蹭饭了，搭着小长腿儿窝在沙发上看美剧。有时候想想，龙雪花有老爸那样负心薄幸的前夫已经够悲凉了，偏偏还养了我和龙美丽这么两个混账姑娘；争先恐后跟她瞧不上的穷小子结婚也就罢了，若是夫妻恩爱打造出一番脱贫致富的新天地，她老人家也认了，偏偏一个比一个过得闹心。同样是失婚，龙美丽丢的只是一个饭碗，而我则是光滑的肚皮上添了条疤，怀里还镶着颗硕大的爱情结晶。

啧啧，龙美丽呀龙美丽，妹妹我才刚觍着脸宣布跟郑晓凯玩儿完的重磅消息，你至于这样前赴后继地宣布要跟宋境在国外注册么？从小到大你就那么心安理得地在我这个炮灰即将燃尽时粉墨登场？

龙美丽说我太装，龙雪花的忧伤若是有十分，其中九分是我闹的，她那婚离得是干净利落脆，从结到离用时仅半年，并且当中没有发生过一次口水仗，更没有我和郑晓凯那般的甩耳光戏码。而我，晚间黄金档狗血剧

演什么我就演什么，闹得一出又一出，龙雪花见我一回，血压得上升几个百分点。

原来在他人眼里，我跟郑晓凯的爱情只是场狗血的闹剧，不自觉一阵难过，为自己身为一个爱情故事编造者，却独独控制不了自己爱情的剧情。

还记得结婚前，龙雪花声泪俱下地对我说："你以为会有哪个男人一辈子爱你一个人？你做梦！他现在是穷得叮当响，遇着个可人儿的，又死心塌地跟着他，当然宝贝儿似的哄着你，一旦你跟他结了婚，但凡他长了那么点儿出息就得露出狼尾巴，老娘以四十八年的人生经历告诉你：男人，都是披着羊皮的狼！"

当时的我被她的表情逗乐了，还偷偷鄙视她不懂爱情，我的郑晓凯才不是那种俗物呢："那照您这么说，男人都一个样儿，找谁不是被一口咬死？"

"那可不一样，被有钱的狼咬死了好歹得个风光大葬，被只穷狼咬死了只能暴尸荒野，原来那些不及你的小老鼠老野猪都可以跑来欺凌你、讽刺你，到时你就是二婚了，再想回过头找有钱的狼，还得跟那些比你年轻漂亮的小羊PK，你凭什么？"

我哈哈笑了起来："老妈说得太形象了。"

现在想来，这话不仅形象，更是先知，我龙宝贝的爱情果真暴尸荒野了，年方二十四的我此刻正顶着一肚皮的妊娠纹在二婚的队伍里排起了长队，打出的旗号是：二十四，离异，有一子，寻一沉稳经济适用男。

之前龙美丽问我："龙宝贝你是不是有病啊，刚离婚就想再婚？文艺女青年不是流行为一个男人一头磕死的么？"

我抱着龙龙呵呵乐："对，我现在就是在找愿意为我一头磕死的男人。"

上个周末，我这个二婚积极分子在龙雪花的号召下去相亲了，对方是年长我八岁的公关公司艺术总监陶敏，那长相，浑然是艺术的象征，只是属于抽象派罢了，小眼睛，国字脸，不帅，也算不上难看。

龙雪花说了，那厮三年前离过婚，没有生育能力，之所以约我见面吧，看上我倒是其次，主要看上我儿子了。

我心里一阵悲凉：龙宝贝啊龙宝贝，你居然沦落到卖子求荣的份儿上了。

也罢，他能对龙龙好，我求之不得，就像老妈说的，我赌输了自己的婚姻，接下来的人生就应该一门心思为儿子活着。

准备离开时，医院一别两个多礼拜不曾搭理我的郑晓凯居然给我来电话了，我心里一咯噔，有点做贼心虚的意思，毕竟，他是我此刻售卖的孩子他亲爹。

我打了声招呼退去了一边："不是打错了吧？"

郑晓凯那头愣了一下，呵呵一笑："干吗呢？"

我据实回答："相亲呢。"

"跟谁？"

"谁还跟熟人相亲？自然是你不认识的。"

"龙宝贝，你就不怕人家虐待咱们儿子？"

"不怕，他可喜欢我儿子了，人家不育。"

"你不是想给我儿子改姓吧？"

"想什么呢？我儿子现在姓龙，至于以后姓什么，有待考察。"

郑晓凯那头顿了一下，我为他习惯性的温吞一阵心烦："有事快说，才刚毁了我的初婚又想耽误我二婚的步伐？"

"晚上我请你吃火锅？"

呵！他将这句话当作灭火器一用就是六年呢。

"对着你？吃不下。"我嘴巴阴损郑晓凯早已习惯，跟我在一起六年，他大概练就了金刚不坏之身，属于刀枪不入级别了，只是那会儿我们是恋人，是夫妻，甩一巴掌都是甜蜜蜜的浪漫举动。而眼下，我们假离婚后又真离婚，他有他的林玫，为了替自己甩掉糟糠的畜生行径寻找一点心理安慰，又自发地认为我有了舒默，我俩也算表面上各自圆满了。

"我准备去北京了，可能短时间不会回来。"

我虽然看不见他的脸，却能清楚想象到他温吞的眉眼，过去六年，他是我的男人，信誓旦旦一辈子宠我爱我的男人。从我的十八岁到我的二十四岁，仿佛我最青春灿烂的回忆都跟这个男人紧紧捆绑在了一起，我的初恋、初吻、初夜、初婚，无怨无悔地交付给了他。我骄傲地认为，我们的爱情天造地设，不是其他俗物所能比拟，却在婚姻的崖边摔得粉身碎骨，我固执地得出一个结论：原来爱情只是婚姻的基础，却不是婚姻的保障。

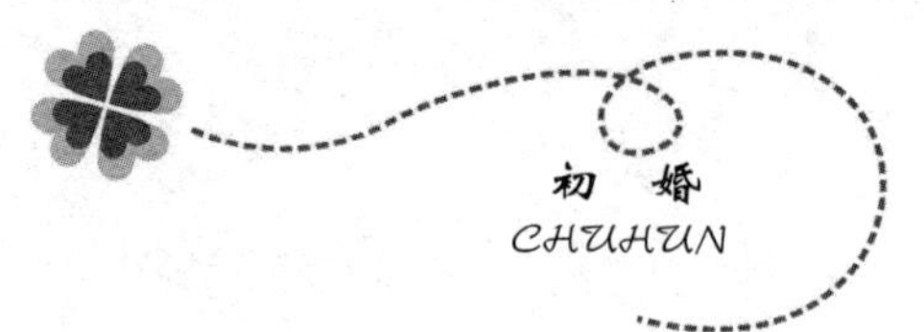

“也好，到天子脚下沾点儿正气，就算你俩不领证无媒苟合在一起也会显得光芒万丈。”我知道他听了这话会愠怒，所以很快总结此番交谈结束语，“不说了，去北京之前把你家户口本儿送来，我要给龙龙转户口。”

“你闹够了没有？”

他果然恼了，哼，他居然还有脸恼？我当时多想问问他，郑晓凯，从你背着我跟林玫厮混那天起；从你当着林玫的面，为你可笑的男人尊严打我那一耳光开始，你就不知道会是这样的结果吗？难不成你在跟林玫人模狗样吃着日本料理的时候还巴巴地念叨着吃完外头这顿香的，回到家还能看到老婆笑脸相迎，儿子承欢膝下？

我深深爱着的男人，竟是这样自私。

“没闹，真的，你这么彪悍，戴着套儿都能让我怀孕，林玫才三十出头，你俩少吃点日本料理，多留点时间在床上，总会有自己孩子的。”

“龙宝贝你越说越过分了！”

我想了想，好像是过分了点，人家床上那点事儿凭什么听我安排？龙宝贝啊龙宝贝，你当郑晓凯还是你男人呢，还巴巴立在你麾下等着你发号施令呢？

“哦，那就不说了，记得送户口本儿。”

我挂了电话，突然有种坠入万丈悬崖的恍惚，这六年的哭与笑，爱与恨，像是抹不平拭不去的污点，深深烙在我心底盛放我俩爱情的角落。

这个我不再有资格去爱，也没有资格爱我的男人，不知道他是否还记得自己最初爱上我的理由，他说，我像是不谙世事的小孩，让他忍不住想抱在怀里宠溺。我想，他此刻铭记的，大概只有我俩分开的理由，他说，龙宝贝你怎么就长不大呢？你还要幼稚到什么时候？

原来如此。

那匆匆一眼，我们相恋了，执拗而坚决；

以为爱情就是婚姻的全部，我们结婚了，一无所有，义无反顾；

当我跟不上你成熟的脚步时，我们分手了，恍如隔世，云淡风轻……

是，我幼稚、固执、倔强，在一起六年，他厌了、倦了，懒得亲吻，懒得哄骗，懒得记起曾经的山盟海誓，任由我这个为他耗尽青春的傻瓜对着键盘再写不出美好爱

情的只言片语。

不写了，不编了，不再用天衣无缝的文字蒙蔽小女孩的双眼，就像龙美丽说的，男人女人都该鄙视言情小说，女人被里面一往情深矢志不渝的男主角骗了，男人则被里面爱情至上痴心一片的女主角骗了，其实生活中的爱情，变心是常态，出轨是定论，因为再牛掰的人，即使赢得了天下也会输给时光。

我跟郑晓凯，大概就是输给了时光。

楔子：初恋与初婚

龙宝贝跟郑晓凯举行婚礼那天，乌云漫天，阴雨绵绵，偏偏领离婚证那天，阳光普照，天朗气清。

龙雪花啧啧：“瞧你俩这婚离得，天都忍不住笑了。”

龙宝贝窝在沙发上啃着冰激凌，不无感慨地瞅着龙雪花：泱泱中华五千年，看着闺女离婚能乐得合不拢嘴的，她龙雪花是第一人。

还记得两个月前，小两口欢天喜地走出民政局大门，龙宝贝嘻嘻乐着对郑晓凯鞠上一躬：“小女子初次结婚，请多指教。”

不过两个月光景，两人再次从里头走出来，龙宝贝一如既往地狗皮膏药状黏在郑晓凯身上：“老公，以后我就不受保护地追随你了。”

郑晓凯一脸郑重：“称谓有问题，你应该叫我，前夫。”

这……

在遇见郑晓凯之前，龙宝贝的人生规划是这样的：

30岁之前，谈场轰轰烈烈的恋爱，对方可以是阳光花样美男，腹黑商场大亨，甚至可以是玩弄艺术的怪叔叔，只要足够刻骨铭心，荡气回肠。

30岁之前，不做房奴孩奴，只为自己而活，用码字赚到的钞票环游世界，去看一切与爱情或生命有关的风景，描刻成文字，一张机票，一份行李，一缕心情。

30岁之后，尝试结婚，嫁给一个浪漫细致的男人，住在阳光照得进客厅的房子里，生个和她一样漂亮聪明的宝宝，然后用她三十年彪悍的人生经历写一本自传给孩儿拜读。

这些伟大的设想在遇到郑晓凯后成为了无稽的空想。

戴上学士帽之前，她拿到了结婚证；毕业证到手的第二天，她又拿到了离婚证。

龙宝贝给自己跪了。

这办事效率，传说中的一秒钟变格格跟她K大一枝花一夜跻身离异少妇比起来算弱爆了。

我们为什么会离婚?

这个问题，龙宝贝想了很久，她窝在郑晓凯的怀里，一脸委屈，像是努力备考的孩子抱回了只鸭蛋。

郑晓凯柔声哄她："傻瓜，我们离婚不是为了各走各的，恰恰是为了在一起啊。"

是啊，为了在一起，为了不顶着婚姻的帽子，不受束缚地在一起。

龙美丽瞅着狼吞虎咽的妹妹打趣她："想当年，你舌战黄河两岸，理辩三州六府，是何等的威风，这会儿居然会在小小的婆媳战役中败得灰头土脸，啧啧……"

龙宝贝摇摇头，将大大一片金针菇塞进了嘴里。

曾经，她确实将沈春华立为导致他俩婚姻夭折的罪魁祸首：若不是她的"明察秋毫"，他俩百般遮掩的地下恋情怎么会华丽丽地走了光?若不是她的"强权政治"，他俩只恋爱不结婚的流氓政策怎么会好端端流了产；若不是她的"努力管教"，她和郑晓凯怎么会对婚姻惊恐不已，头也不回地将红本换成绿本?

可再细细回想这为期两个月的婚姻，她所难以接受和失望至极的东西太多太多，远远不止这明刀明枪的婆媳矛盾。

她从来不知道，原来婚姻所代表的，不是两个人浪漫惬意地相拥而眠，不是花去一下午去做一道精致的点心，不是坐着摇椅喝着花茶聊着当初那些甜蜜，更不是找个人一起实现自我的梦想。

婚姻，貌似与自我或梦想无关。

婚姻是根缰绳，牢牢将她想要展翅高飞的翅膀缚住，然后指责她的不成熟，嘲笑她不知天高地厚的孩子气。

“婚姻……”龙宝贝有些噎到了，缓了缓，“是门艺术，是我们这个年纪和心智的孩子理解不了，也驾驭不了的艺术。”

龙美丽开始翻白眼，她最烦龙宝贝在她面前说教，可这妹妹，貌似结婚以来，这毛病越来越严重了。

龙宝贝习以为常，继续龙大作家讲座时间：“初恋之所以神圣不可侵犯，是因为它未完成，永远铭刻在青涩甜蜜的时光里，初婚之所以存活率低，是因为它将爱意缠绵的二人世界突然暴露在了嘈杂残酷的现实里。”

“所以你们现在离婚，是为了回归爱意缠绵的二人世界？”

龙宝贝嘻嘻乐着，斗志昂扬地比画着：“我们这叫激流勇退，曲线救国，避过婚姻的水深火热，用新时代青年的方式捍卫爱情。”

龙美丽彻底膜拜了。

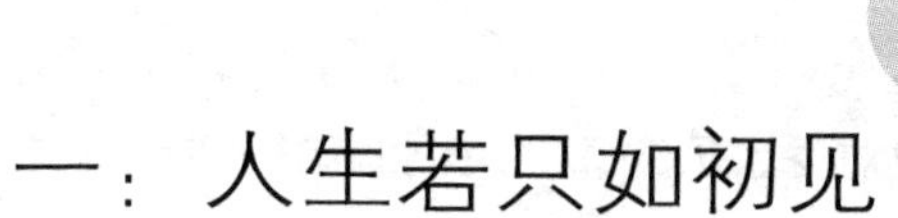

一：人生若只如初见

初见时，她十八，他二十一，她是初入K大的中文系小师妹，他是K大临近毕业的计算机系大师兄，那天，他是陪着哥们儿程祥去给龙宝贝送午餐的。

暑假闲来无聊的她顶了姐姐的活儿为某摄影工作室当写真模特儿，头顶俏皮丸子头，身着雪白抹胸蓬蓬裙，恰到好处地露出性感的锁骨和修长的双腿，雪白的肌肤在阳光下有种清新的透明质感，脚踩九公分高跟鞋，侧身立于广场喷泉边，顶着烈日骄阳对着摄影师笑靥如花，看得郑晓凯一度有些发怔。

眼前刚满十八岁的小女孩仿似是自由游走于热带丛林的精灵，浑身透着静谧柔和的灵气，郑晓凯一度看呆了，可就在下一秒，精灵颠覆了他眼前所看到的一切，令心动着迷的他哭笑不得。

“收工！”

摄影师一声令下，现场一片哀号与混乱，龙宝贝扬了一天的嘴角毫不客气地垮了下去，双眼呈放空状，苦巴巴一副欲哭无泪的模样，左一蹬右一蹬，高跟鞋被甩出几米远，两只红肿的脚丫子踩在微凉的大理石板上，跟她的小脸一样透着辛酸。

换上棉质连衣裙的龙宝贝端着一盒卤肉饭抱怨连连："龙美丽太阴险了，看着妹妹往火坑里跳也不拦着，可怜我高风亮节一文艺女青年想转个型还挨了宰，这哪里是当模特儿？分明是卖笑的苦力！"

郑晓凯不自觉多看了几眼她蹙在一起的长眉，似是深刻而灵动的水墨画，让他的心不自觉一阵悸动。

郑晓凯对龙宝贝的印象遣词造句很别致：这是个有灵性，很生动的姑娘。

龙宝贝对郑晓凯的印象很言情小说化：那眉眼唇鼻，仿似漫画里走出来的人物，缱绻的温和里，带着淡淡的疏离。

那天中午，程祥临时被教授喊回去改论文，郑晓凯便顺理成章送龙宝贝回家，两人十分有默契地在广场附近瞎晃悠，郑晓凯给她买冰激凌，等一个半小时后才会开始的喷泉表演。

热烈的水柱一飞冲天，龙宝贝站得太近，险些淋成了落汤鸡，郑晓凯过来帮忙，两人的手自然而然地牵到了一起，之后就不愿再松开了。

第一年，和所有的校园情侣一样，他们会在空闲的日子陪对方上课，泡图书馆，一起吃饭，散步，在无人的林间接吻；

第二年，郑晓凯离校，两人无限感慨起手机的伟大；

第三年，因为郑晓凯出差，一个月没能见面的小情侣在校外的宾馆里擦枪走火了，龙宝贝无疑唤起了郑晓凯最原始的欲望，不出一个月，两人被迫同居了，之所以说被迫，是因为租房远比夜夜住宾馆划算。

第四年，龙宝贝不再去学校上课，专职在家敲字，为了提高生活质量，更为了让郑晓凯每天早上能多睡一会儿，龙宝贝毅然舍弃了那间被她装点得温馨洁净的二十平简陋窝，搬进了郑晓凯公司三站外的湖景公寓房。

作为一名网络写手，龙宝贝除了神经质，还很小资，做菜要配色，渴了喝红酒，吃西餐穿小礼服，每个月的稿费分配十分紧凑，除去高额的公寓房租，余下的吃大餐

买红酒看电影逛街旅游挥霍一空，和郑晓凯自给自足之余，做对快乐惬意的月光双侠。

月光双侠一心归隐世外，偏偏沈大捕快辣手无情，就在小别日那天，生生将这俩痴男怨女给逮了个正着。

二：小别日，告别地下恋情（1）

龙宝贝和郑晓凯在外同居后，将每个月的第二个周末定为小别日，她和郑晓凯各回各家各找各妈，一来小别胜新婚，二来安抚家中长辈情绪，为他俩的地下恋情打掩护。

那次的小别日，郑晓凯又被他妈喊回家相亲了，龙宝贝在床上赖到中午才赶去龙雪花那里蹭午饭。

为了不让自己的男人被其他不识趣的女人看上，龙宝贝昨晚在郑晓凯两边脸颊上不遗余力地印下了发紫的吻痕，活像对称的蝴蝶翅膀，郑晓凯对着镜子直叹气，龙宝贝懒洋洋往床上一倒，奸笑着安心睡去。

龙雪花故意将计算器摁出刺耳的叭叭声音，嘴里叨叨地计算着这几年来亲戚朋友家的孩子结婚生子送出去的份子钱，最后一统计，乖乖，足足九千八百块呢！

龙宝贝和龙美丽并肩窝在沙发上嗑瓜子，交换了一个眼神，继续对着

狗血的电视剧作膜拜状。

“你们哟！臭丫头！都说女儿是招商银行，我看是招人烦，伤人心才对。你看你们穆穆表姐，胖得跟头得了大脖子病的花猪似的，丢到江里不用绑石头就能沉下去，她都能找个有房有车的！再看你们彤彤表妹，十三岁开始就没见她长过个儿，活脱脱一棵千年矮，乖乖，她嫁了个警察！过马路闯红灯都有面子了。再看看你们？工作没有一个起眼的工作，连男人都找不到一个……”

“哎哟喂！”龙宝贝打了个哈欠，一个月就小别日回来睡一个晚上，老妈却像是将满腹牢骚悉数存在了蓄水池里，只等着她一回家——开闸放水，淹死丫的。

“妈，我有工作的，我是网络作家。”龙宝贝很不满龙雪花的老土，一定要朝九晚五对着老板点头哈腰才叫有工作？切！

“妈，我也有工作啊，我是平面模特儿。”龙美丽更不爽，每个月她都把收入的一半交给龙雪花挥霍，少则五千，多则一万，比起不着调的龙宝贝不强上一百倍？

“哟，你俩都这么出息呢，一个是作家，一个是明星，怎么连个男人都没有？”

龙雪花这话主要针对龙美丽，毕竟她已经毕业三年了，这个丫头心气儿高，又太有主见，一般人哪里入得了她的眼？龙雪花愁啊，怎么看龙美丽怎么有当剩女的潜质。

龙宝贝就不同了，一方面她还在念大四，还有几个月才毕业，再加上她那不着调的个性，指不定自己帮她物色一个，这事儿就成了。

不论如何，将两个宝贝女儿培养出来，嫁到有钱人家当少奶奶，是她龙雪花毕生的志愿。

龙美丽挑了挑那头蜿蜒的卷发：“不是没男人，而是选择太多，不知道该选哪个。”

龙宝贝鄙夷地呸了一声，遭到龙美丽一记板栗。

龙雪花坐到龙美丽跟前，握着她的手，言辞恳切：“你跟妈说说，妈帮你出出主意。”

龙美丽摇摇头：“妈，您就别在我身上瞎耽误工夫了，我三十岁之前不考虑结婚。”

龙雪花苦口婆心："傻丫头，结婚就要趁早，三十岁都人老珠黄了，还能嫁个什么好条件的呀？"

龙美丽叹了口气："我现在二十四岁，嫁个条件好的，被逼着生了孩子，然后成了身材走样的黄脸婆，相夫教子，混吃等死，等哪天老公找了小三儿一脚把我踹了，我要事业没事业，要婚姻没婚姻，我的一生不完了？相反的，我三十岁结婚，用六年时间打拼事业，等我取得一定成绩，自然可以嫁个条件匹配的，家庭事业两不误嘛。"

龙宝贝偷偷竖起大拇指："勇气可嘉。"

龙雪花恼羞成怒，在她胳膊上麻利地揪了一把，疼得龙美丽嗷嗷叫唤着："不结婚？行！给你两天时间给我搬回来！老娘还不信这个邪了！你每天给我相两个，就不信找不着合适的！"

龙宝贝正要劝架，龙雪花的枪口又向她瞄准了："龙宝贝你也给我搬回来！"

"不行……我付了全年的房租。"

"去退了！"

"退不了，房东去了国外。"

龙雪花深呼几口气，眼看着泪花就要洒出来了，看看龙美丽，又看看龙宝贝："我明白了，我算是看明白了，你俩就是高明义那个混蛋留下来祸害我的，我龙雪花上辈子是造了什么孽啊……呜呜呜……生了这么两个畜生，还千辛万苦地给拉扯大……我就是养条狗也知道报答主人啊……"

又来了，姐妹俩无语地撇撇嘴，这段词儿她们听得都会倒背了。

龙美丽连忙扯纸巾，龙宝贝利索地捶腿按摩，将眼泪即将落地的龙雪花伺候得好不周到。

龙美丽保证道："妈，您不就是想让我和宝贝嫁个有钱人，好在高明义和那个女人面前长脸吗？现在我们不需要凭借外力，自己都可以自力更生，比靠老公长脸的女人不是更有说服力？"

龙宝贝连忙接力："是啊妈，您操碎了心折腾两个宝贝女儿，却是为了那个女人，值得吗？"

龙宝贝、龙美丽合声："不值得呀！"

终于，龙雪花脸上的黑云渐渐散去，看她转身进厨房忙活的背影，两人连忙跟上，又是择菜又是洗米，殷勤得跟新女婿上门似的。

三：小别日，告别地下恋情（2）

吃完晚饭，姐妹俩窝在房间里聊天，距离上次一起逛街，两人已经有一个礼拜没见了。

龙美丽工作很忙，全国各地拍片，难得这次回家凑一块儿了，一阵感慨：幸亏是凑一块儿了，单枪匹马哪里能抵挡龙雪花的三十万精兵啊？

“你跟郑晓凯还没吹呢？”龙美丽懒洋洋地打趣她，这是她们聊天的固定开头语，龙宝贝理解为那是龙美丽对她的妒忌。

“这个问题你准备问一辈子吧，因为我和郑晓凯是准备过一辈子的，嘻嘻……”

“啧啧，就准备这样没名没分地混着过一辈子？”

龙宝贝痛心疾首地摇头：“庸俗！我俩放着逍遥自在的恩爱日子不过，要哪门子名分？你平时都不看电视剧的？婚前爱得死去活来，婚后打得鼻青脸肿，再坚不可摧的爱情，只有在花前月下才是爱情，端到柴米油盐锅碗瓢盆跟前就是孽债。现在不比过去了，过去的说法是，男人爱一个

女人就该娶了她，给她名分，现在的说法是，男人爱一个女人，就该一辈子陪她恋爱，不让她伺候一家老小，不让她因为婆婆孩子柴米油盐过早衰老。”

“你的意思是，只恋爱，不结婚？”

“当然！恋爱是两个人的事情，互相扇巴掌都是浪漫的，结婚是两家人的事，你不但要应付自己的爸妈，还得处理好婆媳关系，甚至姑嫂关系，太亲热，人家说你上赶着；太生分，人家说你没教养甩脸子，我是那样八面玲珑的人吗？”

龙美丽笃定地摇摇头，龙宝贝也能算八面玲珑，那么小燕子在清宫里算得上安分守己了。

龙宝贝满不在乎地接着说：“那就对了，郑晓凯跟我讲过他妈的彪悍事迹，摆在旧社会那就是一顽固不化的土豪恶霸，我为了一纸婚书暴露在她的枪林弹雨之下，不存心寻死么？还有咱们的妈，龙雪花娘娘，我家郑晓凯那微薄的工资，心酸的家境，分分钟翘辫子的老爸老妈，偏僻得一早能听到公鸡打鸣的不动产，能入得了她老人家的法眼？我还是喜欢现在的自己，嘻嘻，活得风生水起精彩纷呈，还有恋人相伴，哪像你，从小一票狂蜂浪蝶追着长大的主儿，这会儿都二十四了，身后换成了一帮开大奔的老蜂蝶，可有感触时光飞逝，佳人难觅？”

龙美丽那略显妖艳的大眼睛稍稍顿了顿，要搁平时，身高170的她早将出言不逊的龙宝贝提溜起来玩倒栽葱了，可这会儿的她没心情：“那就好好珍惜吧，不是谁都遇得到两情相悦的。”

龙宝贝撇撇嘴：“哟，这词儿用得真酸，我跟郑晓凯是两情相悦，无奈他那皇太后老妈自讨没趣，一个月来都给他介绍五个对象了，你说她想帮自己的儿子充实后宫绵延子嗣我能理解，可我活生生一正宫杵在这儿，她也太不拿我当回事儿了吧？”

龙美丽瞅着龙宝贝酸溜溜的嘴脸，大声笑了出来：“传说中才貌双全的龙宝贝也有担心男人红杏出墙的时候啊？”

“你少激我，从我俩好上那天起，他可连其他女人的头发丝儿都没碰过。”龙宝贝满足地笑了，露出好看的眉眼，“喂，你跟程祥怎么样了？”

龙宝贝懒洋洋地枕在龙美丽的胳膊上，和郑晓凯在一起时，郑晓凯的胳膊，胸口，肚皮，大腿，全是她的临时枕头。

程祥是郑晓凯的哥们儿，那孩子身高一七五，体重一百四，娃娃脸，大眼睛，浑身上下透着质朴的乡土气息，是龙美丽众多追求者中唯一一款来自大山的纯天然绿色无公害产品。

程祥大二那年做兼职，传单发到了美女如云的传媒学院大门口，龙美丽翩然而出的那一刻，他的呼吸骤停，正式加入龙美丽追求者的汹涌大潮。

程祥苦追龙美丽六年，用他的小胳膊细腿儿帮龙美丽驱逐狂蜂浪蝶，用他极其微薄的生活费送给龙美丽各色小礼物，大到按摩器、安眠枕头，小到瑜伽垫、开胃酱、洗发水，龙美丽去外地拍片时，他全程紧跟，端茶递水任劳任怨，简直是助理界的忠孝三郎，情郎界的完美楷模。

龙美丽很无语地白了她一眼，龙宝贝哈哈乐着欣赏她的白眼，她当然知道程祥对龙美丽是一厢情愿的，龙美丽纯粹拿他当哥们儿，这俩人，身高，外形，性格，生活环境，没有一样是相配的，可程祥就是太上老君千锤百炼的无坚不摧一根筋，毕业后留在了本市，跟郑晓凯进了同一家公司，还向龙美丽许诺："给我三年时间，我会向你证明，我是可以给你幸福的。"

结果是——遭到龙美丽一阵暴打。

为这事，郑晓凯还向龙宝贝抱怨过："你姐也太狠心了，看把程祥给打的，脸都青了一片。"

龙宝贝不以为然："废话！你说他那番豪言壮语什么时候说不行，非得赶着她们公司开大会的时候？丢死人了！影响多不好！为这事，她经纪人念了她一个礼拜。"

对这件事情，程祥是这样解释的，他是个内敛的人，不干那种疯狂的事，会那样做，是因为有一次无意看到龙美丽的老板给她发的暧昧短信，他很生气，特地跑去叫阵的，只是想不到，将他打趴下的不是情敌，而是龙美丽。

哎，太㞞太狗血。

"那你跟你们老板真有一腿啊？他多大年纪？结婚没有？长得帅不？"龙宝贝一口气问出一大堆问题。

龙美丽居然破天荒逐一回答，声音低沉："有，三十六，已婚，帅。"

龙宝贝啧啧："龙美丽你长出息了，明知道龙雪花最痛恨破坏人家家庭的第三者

了，你还……”

“所以我们断了。”龙美丽淡然一笑，龙宝贝第一次看到她笑得那样凄凉，在她的印象中，龙美丽可是霸气侧漏的灭绝师太，哪里会露出明教圣女的千般忧思来？

龙美丽打小就是个心气儿高有主见的孩子，小学时就是男生们争相献殷勤的对象，众多追求者中，唯一与她般配的便是邱爵了，只是他们相见恨早，高中毕业后自然而然地断了。

说起邱爵，姐俩有段刻骨铭心的恩怨。

龙美丽和邱爵早恋那会儿，龙雪花早已颁布了家法：求学期间恋爱，其罪当诛。所以，龙美丽和邱爵每次都是在她家一站外分的手。

有一次，十分不幸运的龙宝贝从龙美丽的书包里翻出了一张邱爵的照片，以为是哪个男明星的，就给私藏了，十分不巧的是，高考结束不久，龙美丽和邱爵在她家不远的位置游荡，偏偏被路过的明婶给撞见了，龙美丽十分孬种地告诉明婶，这是龙宝贝的男朋友，还求她千万不要告诉龙雪花。

明嫂是什么人？方圆百里出了名的不锈钢大喇叭呀！分分钟奔去龙雪花那里告了密。

可怜的龙宝贝正享受着美妙的午觉，被龙雪花活生生地提溜起来，蹭蹭蹭从她的书包里搜出一大堆东西，邱爵那张照片赫赫出现在其中，明婶一眼瞅见了，疾恶如仇地伸手一指：“就是他！”

就这样，百口莫辩的龙宝贝在龙美丽的栽赃陷害之下，被龙雪花给关了一个暑假。

想起邱爵，龙美丽就会忍不住吐槽龙宝贝，因为她有一本小说叫作《风信子说》，讲的就是学生时代的恋人为了相守在一起，多年排除万难互相追随的故事，那叫一个刻骨铭心，执着得令那些毕业说分手的家伙们恨不得羞愧而死。

可现实中的爱情哪有那么绝对？

“咱们报考的大学不在一个城市呢。”

“哦，没关系，常联系呗。”

“行。”

接着就没了联系。

这才是现实生活的嘴脸。

龙美丽翻身换了个舒服的姿势："混平面模特这些年，我看到太多伪善又恶心的面孔，当面是圣洁的天使，背后是肮脏的魔鬼，只有他，是真心在帮我。"说着，她认真地瞥了龙宝贝一眼，"不管你信不信，我们是真心相爱的。"

龙宝贝哦了一声，绽放一个笑容："我信，爱情是无处不在的。"

"可现实是见缝插针的。"龙美丽用十指捂住双眼，"他有老婆，是他的初恋，他没想过要离婚，我也没有想过要破坏他的家庭，他有个女儿，才三岁，我不希望他女儿像我们一样长大后记恨自己的父亲，所以，我跳槽了。"

龙宝贝撇撇嘴："那是你，我可一点都不恨爸爸，爸爸对我很好，每年生日都会送给我礼物，我第一次去外地旅行也是他带我去的，龙雪花把我惹哭的日子，都是他来安慰我。"

龙美丽不满地瞥了她一眼："吃里扒外的东西！"

龙宝贝无所谓地嘻嘻笑："我只是希望大家都可以幸福，如果你能对爸爸热情一点，爸爸会很开心的，这些年，他想方设法地讨好咱们，你不是看不出来。"

龙美丽翻脸了，大叫："你再替他说话我就喊龙雪花了！"

龙宝贝吐吐舌头。

龙宝贝的父母是自由恋爱结的婚，在那个年代，自由恋爱比自由女神还要传奇。

甜蜜的婚姻在龙美丽出生后有了嫌隙，高明义像一夜之间老了十岁似的忧愁，他想要儿子，着了魔般想要个儿子，终于，龙雪花怀了二胎，夫妻俩心心念念地期盼着，盼来的却是龙宝贝。

那个时候，下海卖鱼的高明义跟对面摊位上卖螃蟹的秦虹有暧昧，是海鲜市场里公开的秘密，一开始，高明义是纠结的，可当又一个女娃呱呱坠地，而秦虹的肚皮渐渐隆起，他果断付给了龙雪花可观的赡养费，从此离开了这个小家，与秦虹快速组成了海鲜世家，强强联手，打遍菜市无敌手，几年工夫便发家了。

这件事情对龙雪花打击很大，尽管秦虹肚皮里钻出来的高琳同样是个丫头，可丈夫被夺走的奇耻大辱还是伴随了她二十多年，她用自己的切身教训为女儿设立了择偶

标准，心心念念强调的是物质人品背景这些实际条件，而非爱情投缘有感觉这类屁话。

晚上九点，龙宝贝看着无聊的电视剧，突然格外想念郑晓凯的怀抱，可他们说好的，小别日那天，不可以打电话发短信。

正纠结着，郑晓凯却一个电话打了过来，让她马上回公寓，龙宝贝呵呵笑了，自作多情地理解为两人是心有灵犀。

四：初次交锋

如果龙宝贝知道那晚要与生命中极其重要的角色正面交锋，绝对会留在家里听龙雪花叨叨，好歹龙雪花的叨叨只是没有杀伤力的发泄，而沈春华表面上来瞧瞧她，看架势更像是英勇无私的人民警察来拯救被拐卖少男的。

龙宝贝进了屋，不知所措地看着爱巢里多出的两个不速之客，撒娇地瞪了郑晓凯一眼，不自然地叫了声叔叔阿姨。

郑晓凯他爸皮肤黝黑，眼睛细小，身材短肿，站在沈春华身边，无须说话就透出一种长年累月遭受压迫的底层人民气质，眼下见一个机灵漂亮的女孩子满是尊重地喊自己叔叔，连忙乐不可支地应承。

倒是沈春华，头发烫成小卷儿，铺了一脑袋，染得漆黑发亮的秀发与抹得煞白的脸形成了强烈的反差，远看近看都像是假发，嘴角透着官方的笑意，上上下下地打量龙宝贝，像是市级领导来视察，用不露声色的眸子逼得贪官污吏露出马脚似的："来来来，过来坐下聊聊，凯凯这孩子

也是的，过去老实巴交的，跟谁学的这些歪门邪道？明明有对象了还瞒着家里，呵呵……”

龙宝贝感觉怪怪的：这话怎么听都像是在说自己呢。

郑晓凯冲龙宝贝使了个眼色，龙宝贝连忙扔下包冲去厨房，泡了两杯养生茶：“叔叔阿姨，喝茶。”

郑晓凯他爸喜滋滋地接了过去，沈春华仍是一副官方姿态，茶杯接下了，放在茶几上，没有要喝的意思：“你坐吧，别忙活了。”

龙宝贝突然一阵没来由的紧张，郑晓凯这妈，一看就是成精型的，明明找到了儿子藏匿已久的老巢满心不爽，还得做出长辈宽宏大度的架势来，也真难为她了。郑晓凯曾经说过，他妈是演摇滚的好手，发起火来分分钟都是高潮，龙宝贝当时还不知死活地轻笑一声：“小意思，姐姐我从小就是演琼瑶戏的好手，哭喊咆哮是我的专长。”

可接下来的谈话，沈春华将她的摇滚特长发挥得淋漓尽致，可怜龙宝贝那点哭喊咆哮的本事毫无用武之地，巴巴地压了箱底。

“你家里都还有什么人啊？”沈春华仰靠在沙发上，滋生出一种居高临下的架势。

“我妈，我姐。”

“你爸呢？”沈春华立马敏感地坐直了身体，单亲家庭的孩子要不得，若是父亲得病去世也就算了，若是父母品行不端离了婚，教出来的孩子也好不到哪里去，这样的事例，她从街坊邻居那里听得耳朵都要起茧了。

果然，郑晓凯的回答是：“宝贝出生不久她父母就离婚了。”

沈春华的脸色毫无遮掩地冷了下来，牙缝里挤出啧的一声，不再去看龙宝贝，径自慢慢站起身来，眼睛麻溜地朝房子四处打量着：“你这公寓是多少钱一个月？”

郑晓凯拉起窝在沙发上的龙宝贝，示意她陪驾参观，龙宝贝不情不愿地跟在身后，沈春华猛然抖落的脸她看得清清楚楚，语气也没有一开始热情了：“三千五。”

龙宝贝的想法是，这套公寓从她的消费观生活观以及本身性价比综合考虑，算是上上之选了。

韩国布艺墙纸，暖色调实木地板，日本进口的家庭影院，最新款的橱柜厨电，就连客厅的水晶吊灯都是价值数万的货色，再说了，每个月三千五的租金也是她不断努力奋斗的动力。

可她的想法在郑晓凯他爸妈那里是无论如何说不通的，他俩都是勤俭持家的典范，平时买把青菜都要在菜市海选出最便宜的一把，他妈虽然爱打扮，描眉抹粉毫不马虎，可买一套廉价的化妆品要用上一年。

三千五，乖乖，足够他们两位老人两个月的生活费呢。

沈春华吃惊得失掉了一开始的沉稳冷静，想着儿子每个月起早贪黑不到五千的工资都便宜了房东，又看着龙宝贝一副不知人间疾苦的模样，急急地冲郑晓凯吼道："有家不住花这个冤枉钱，我就说呢，你每个月几千块的工资都花哪儿去了！"

龙宝贝就站在沈春华身后，被她突然提高的音量吓了一跳，惊魂未定地看着她暴怒的脸，半天才反应过来她适才说的话，满心不爽：这不是摆明了说她占郑晓凯便宜吗？

"阿姨，钱花得值不值不是像您那样计算的，这套房子从装潢到地界已经算是性价比很高的了，还有，我们住在一起，房租也是一起付的，我没有占他便宜。"龙宝贝把话说得很直白，郑晓凯在身后扯了扯她的衣角，龙宝贝噘着嘴闷着头不去理他。

"就算你也有份挣钱也不该这样花，过日子要细水长流，你们现在该节省点，把钞票省下来结婚生孩子，要知道，现在养个孩子可是要花很多钱的，你又没有爸爸，没有娘家的帮衬……"沈春华语气也生硬了起来，脸上的神色依旧严肃。

"对哦，你妈说得对。"郑晓凯他爸在一旁连连点头，唯唯诺诺得不像个丈夫，更像个小跟班。

龙宝贝愣了，脸彻底黑了下来，一屁股坐到了沙发上，刚刚的站姿令她感觉自己像个做错事的小学生，他妈是训导主任，他爸是唯唯诺诺的主任助理，而郑晓凯只是打酱油的路人甲，她多想将郑晓凯拉到没人的地方好好问问：你妈说我没有爸爸，没有娘家帮衬，她是不懂离异跟丧偶的区别么？要不要我把这常识给她普及普及？我爸妈没病没灾活得好好的呢，她这是咒谁呢？

"妈，我们年纪还小，再说，宝贝还在念书……"郑晓凯终于开口了。

沈春华白了他一眼："姑娘家念那么多书有个什么用？你看楼上老张家的媳妇儿，初中文化，刚进门就给他们家添了个大胖孙子，现在在超市做理货，一个月不也能挣到一两千，不一样日子过得好好的？"

"妈，人家怎么过日子跟我们有什么关系？我跟宝贝暂时没有结婚生孩子的打算，不要再说了。"郑晓凯沉下脸来，他最厌烦的就是沈春华自以为高明的举例论证，风马牛不相及的事情，她也能扯得兴头十足。

"不结婚？不生孩子？"沈春华像是听到一声惊雷似的咋呼开了，"不结婚你们这样不荤不素地住在一起是做什么？啊？还要脸不要？"

龙宝贝觉得头疼，更觉得恍惚，这话越说越没谱了，这里是她龙宝贝和郑晓凯的窝没错吧？怎么这会儿她跟个不请自来的外人似的无所适从？她觉得自己应该做点什么来阻止郑家老太太的飞扬跋扈，值得庆幸的是，这场战乱在下一秒得到了终结，不幸的是，龙宝贝在这场战乱中自尊心光荣负伤了。

龙宝贝还没来得及发威，沈春华冲郑晓凯他爸嚷嚷开了："我说什么，我说什么？什么样的家庭教出什么样的孩子，你说她……她从小生活在破碎的家庭里，看着自己的父母在外头乱来，哪里知道什么叫自尊自爱啊？"

"妈，您说什么呢！"郑晓凯大喝了一声。

龙宝贝算是见识到什么叫作可恶至极，什么叫作恶语伤人了，心中一股无名火涌起：今晚是什么鬼日子？这个满脸皱纹凶了吧唧被两个男人前呼后拥的老太太没事冲到她家里指手画脚做什么？韩国泡沫剧看多了吧？

龙宝贝气得浑身颤抖，很不客气地瞪了她一眼，闷头冲进了房里，砰的一声关上了房门。

门外传来沈春华气恼的叫嚣声："你瞪谁呢？啊？还有没有教养啦？"

龙宝贝将脑袋闷在被子里，眼泪不自觉滑了下来，想了想，又觉得不值得，鼓鼓嘴，赶紧把眼泪擦了。

可笑！她说她的家庭破碎就破碎了？她的父母健在，对她疼爱有加，唯一的区别是，别人的父母是住在一起的，她的父母是分居的，这样就叫破碎了？

心理阴暗的老太太！真讨厌！

五：只恋爱，不结婚

郑晓凯曾问龙宝贝：“我妈脾气专横霸道，通常好话从她嘴里说出来就变成坏话了，你妈呢？”

龙宝贝若有所思地看了他一眼：“同上。”

可今日一见，龙雪花要比沈春华友善可爱得多，龙雪花是嘴硬心软的典型，而沈春华却是尖酸刻薄的代表。

龙雪花年轻时候是出了名的俏姑娘，尽管现在四十有八了，依旧风采照人，冬天穿着绛紫色长风衣，长筒靴，系着驼色丝巾，跟两个闺女立在雪地里合影，没有一点逊色。

龙雪花没有什么文化，十几岁就进了皮鞋厂，跟厂子里其他的阿妈阿婶凑在一起，也是东家长西家短的能手，那一口流利的骂词，跟她束手静笑的小模样形成了强烈的反差。

高明义负心离家后，龙雪花就再也没动过改嫁的心思，给两个女儿改了姓，户口也弄到了娘家，这些年跟高明义算是老死不相往来了，一心扑

在一对女儿身上，曾经，龙宝贝调皮不懂事时，她也会哭骂出一些过分的话：“你还哭？要不是你，我会成今天这样？你为什么是个姑娘？啊？你为什么不是个儿子？”吓得年幼的龙宝贝哭得更凶了，龙雪花一冷静下来，赶紧把她搂在怀里连连道歉，陪着她一起哭。

据郑晓凯说，沈春华年轻时候就很自负，却偏偏为了城市户口跟了当时她极度看不上眼的铁路工人，也就是郑晓凯他爸。

在老家农村待了十多年，养育了三个孩子，头胎是郑晓敏，为着是个女娃，被村子里的人嘲笑了许久，怄了不少气，接下来几年连着怀了两个孩子，一个因为母体过度劳累在肚子里夭折了，引产出来，是个成形的男胎，伤心绝望之下再接再厉，两年后终于生下了一个男孩儿，顿时扬眉吐气不少，偏偏养到两岁查出了心脏病，不久又夭折了。

受尽丧子之痛的沈春华哭着闹着要离开农村，她在村子里人缘不好，因为她自负的个性，几乎跟每家都有过摩擦，现在她倒霉透顶连失两子，用村子里妇女们的说法，是报应。

沈春华终于成功带着郑晓敏来到了城市，买了房，落了户，三十三岁才生下郑晓凯，如珠如宝地疼爱着，保护着，生怕有一丝差池，郑晓凯曾经跟龙宝贝开玩笑说，他早上起来，沈春华会帮他挤好牙膏打好水，看着他刷牙洗脸，龙宝贝当时觉得好笑，这会儿却笑不出来了，这是典型的恋子情结啊，再加上她那尖酸火暴的性格，完了完了。

郑晓凯将两位老人送去了车站，一路上冷面不语。

“郑晓凯我跟你说，我对这个姑娘印象坏透了，不就长得好看点儿吗？横得跟什么似的，你看到没有？第一次见面就敢瞪你妈，以后还了得？”

郑晓凯不说话，心里郁闷着：他万能的老妈啊，她说完那番尖酸刻薄的话还好意思说对人家印象不好？他算是服了。

“还有，我是最不愿跟这样的家庭打交道的，父母离过婚，孩子都会学着，因为她身边有现成的例子，她跟着做就一点都不觉得稀奇呀！”

郑晓凯忍不住叹了口气，满脸不耐烦："她父母离了婚跟她会不会离婚有什么关系？您可真行！"

沈春华哼了一声："你们知道什么？她爸妈离婚，肯定是因为她妈生了两个姑娘都没本事生出儿子！她要是遗传她妈，肯定也是生姑娘的命。"

郑晓凯有些不快，闷闷地反抗："没听说过这种事情也能遗传的。"

沈春华提高了声音："怎么不会？你姐姐就是遗传我的，所以才生的儿子，你懂什么？"

郑晓凯懒得跟她多说，重男轻女的思想已经在沈春华的脑子里生根发芽了，多说无益，更何况，对或错，是或非，全由她的标准来衡量，他还有什么可说的？

沈春华将郑晓凯的沉默理解成了妥协，语气也柔和了下来："你就听妈的，跟今天见面的小蒋处处看，她的父母都是老师，头上又有个哥哥，人也长得白净，妈是怎么看怎么喜欢。"

郑晓凯不接话，冲迎面开来的的士招了招手，沈春华一把将他的手拉了回来，冲靠边停车的师傅嚷了一声："不坐不坐，要疯了？那么远的路！"

终于，沈春华和郑晓凯他爸还是乘了48路公交离开，临上车不忘再嘱咐一遍："记得妈说的话，还有，工作能偷懒就偷懒，别累着自己。"

郑晓凯看着年迈的父母，心里重重塌了一块儿，升腾起没完没了的自责，沈春华再怎么专横霸道，他爸再怎么唯唯诺诺，终究是疼他疼到了骨子里，他们舍不得吃穿，舍不得交际，只为偿还早年为他买房欠下的债务，这些年来，他们吃着一块五一斤的劣质米，穿着毛球遍布颜色泛黄的旧衣，而他跟龙宝贝吃的是七分熟牛扒，穿的是步行街最新款的衣裤，父母供他念完大学，却没有收到他一分钱的回报，怎能不恼火？

可龙宝贝又有什么错呢？她没有靠他养活，她吃的大餐，买的新衣，都是靠自己的手指头敲出来的，相反，他却分明沾了她的光，那满满当当的衣柜，鞋架，形形色色的生活用品，每晚餐桌上的鲜色美味，哪一样不是她大包大揽地摆在他的眼前？

郑晓凯想起程祥的话："郑晓凯，咱们在同一家公司为奴为婢，干的是同样的勾当，拿的是同样的薪水，凭什么你新衣不断营养充沛，活得人模狗样的，我却吃完上顿愁下顿，衣柜里扯不出一块好布来？”

郑晓凯当时啧他：“你就是想说我吃软饭呗，我就吃了，怎么着吧？”

程祥痛心疾首地摇着头：“我除了妒忌还能怎么着？我恨我自己啊，亲姐俩儿，一个是可亲可爱的天使，一个是杀人不用刀的魔鬼，我牺牲自己选了魔鬼，将天使留给了你，这会儿还得被你挤对，啧啧，帮忙开个窗让我跳下去得了。”

郑晓凯推门进屋，龙宝贝正对着电脑玩连连看：“没睡啊？”

龙宝贝脸不抬，眼不斜：“你睡得着？”

郑晓凯暗自好笑，这就是他的龙宝贝，喜怒哀乐都挂在脸上的龙宝贝。

郑晓凯将这颗火花四射的炸弹抱在怀里：“天地良心宝贝，你在我脸上印下那么大俩家伙，我妈不怀疑才怪了……”

龙宝贝偏过脸瞥着他：“她什么意思？摆明了就是说我花了你的钱占你便宜啦？郑晓凯，你连人都是我的，我凭什么不能花你的钱？”

郑晓凯连连点头：“对对对，当然可以花，那是我无上的荣幸。”

龙宝贝白了他一眼：“少跟我来这套，郑晓凯我问你，我父母离婚怎么了？我家庭破碎的玻璃渣伤着你吹弹可破的小肌肤了？说我不懂自尊自爱，当初你是被我下了迷药绑到床上的？”

郑晓凯被她的话逗乐了：“哪能啊，是我绑的你。”

龙宝贝破涕为笑，嗔怒着白了他一眼：“我郑重通知你，通过今天与你母亲大人的正面交锋，我做出如下决定：一，终生不再见此人；二，更加坚决地执行只恋爱不结婚政策。给她当媳妇，我还不如脚上绑块石头投湖干净！”

“第二条我可以答应你，第一条不行，那是我妈，你怎么能不见？你不但要见，将来还要陪我一起给她养老送终。”郑晓凯的表情告诉她，他此刻是无比严肃的，龙宝贝，你可以在我面前放肆撒泼，就是不可以对我妈不敬！

“呸！我是你女朋友又不是你老婆，凭什么给你妈养老送终啊？”

郑晓凯愣了一瞬，将她的身子扳了过来：“你这话有问题啊，要不是因为有你这个女朋友我就该讨老婆给她养老送终的，现在我没有老婆可都是你占了名额，还有啊，我爸妈供我上大学容易吗？我都出来工作三年了，该尽尽义务了，从今以后，我每个月的工资拿出两千来给他们。”

郑晓凯说着说着，底气越来越足，龙宝贝瞅着他豪情万丈的小模样，色眯眯地冲他使了个眼色：“那你今后可得靠爷养活了，想好怎么报恩没？”

郑晓凯跟着入戏，果断脱掉上衣，摆出壮士一去不复还的架势：“任你蹂躏。”

郑晓凯娇滴滴的模样让龙宝贝笑得前仰后合，一口咬在他矫健的胳膊上，郑晓凯顺势将她压在了身下……

龙宝贝跟郑晓凯这边如火如荼，坐在公交上的沈春华眉头紧锁，思虑再三，不行，不能由着儿子跟这样的姑娘混下去了，推了推一旁打起盹儿的老头子，语气急切：“你可真行！这样你都睡得着啊？啊？儿子被那不懂事的小狐狸精迷得颠三倒四的，你就一点都不着急？”

郑晓凯他爸漠然：“你想多了，这姑娘不错。”

“你认识她多久啊就不错？凯凯跟她两个人站在一起你不觉得跟过家家似的？我看她，压根儿没想跟儿子正正经经过日子，不然还不得上赶着要把婚结了？哼！还没过门就撺掇我儿子跟她在外边单过，还存心不叫我们知道，你说，咱们那会儿确定了关系不得马上见家长吗？一个姑娘家，还没结婚就跟男人住到一起，能是什么好东西？不行不行，看她那样儿，娇生惯养大手大脚，凯凯要是娶了她，这辈子得当牛做马，还有，你看她对咱俩的态度，没教养！你等着吧，小蒋那头我还联络着呢，我得想办法让凯凯早点跟她断了。”

郑晓凯他爸连哦了两声，继续打盹儿。

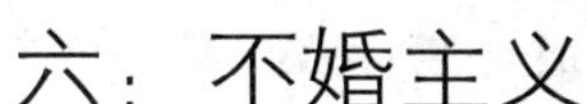

六：不婚主义

龙美丽和程祥听说了龙宝贝和郑晓凯的悲惨遭遇，一个劲地唏嘘，郑晓凯他妈威武啊，龙宝贝首战失利啊。

“你准备提着水果上门磕头谢罪还是发挥特长写封催泪致歉信来讨回婆婆欢心啊？”龙美丽不带标点符号地打趣妹妹。

龙宝贝往嘴里塞着起司：“疯了吧你？她不同意才好呢，省得我跟郑晓凯被逼婚啊。”

程祥连忙补充：“你就不怕郑晓凯被策反？”

龙宝贝白了他一眼：“如果真有那么一天，那么劳驾您扶他上狗铡吧。”

“嘘，龙宝贝你也太狠了。”

“我这叫爱得疯狂，恨得热烈。”龙宝贝嘻嘻笑，将吃不下的半块起司塞进郑晓凯的嘴里。

沈春华自打见了龙宝贝一面，那口气就没有顺下去过，瞅天天不晴，

瞅地地渗水，给郑晓凯打电话提醒他跟小蒋见面的事情，郑晓凯推托得太过明显，三两句就把电话给挂了。

儿大不由娘，这话太对了！他急不可待地从老娘手心里跳出去，又着急忙慌地蹿进另一个女人的怀抱，从此，他娘就是话多惹人烦，事儿多遭人厌的鸡肋，苦苦养育他成人的情分算个屁呀！

她一个电话把郑晓敏招了回去，开始指天骂地地抹眼泪："你弟弟呀……越来越不懂事了……处对象这么重要的事情瞒着我不说，我忙前忙后地帮他把小蒋那么好的姑娘说动着，他竟然挂我电话，你说妈都快六十岁的人了，说不定哪天就去了，我每天心心念念忙里忙外地为了什么？不就是为了这个儿子？"

郑晓敏翻了个白眼："妈，这话您当着闺女的面说合适吗？还让我大老远拖家带口地跑来听您说，您可真行。"

沈春华啧了啧："你妈都快气死了，你还跟我扯那些没用的！"

郑晓敏笑道："妈，那您是希望凯凯找个什么样的？"

"妈要求也不高，长相端庄，个子不矮，勤快点儿，节省点儿，对凯凯好，对老人好，就行了。"

"这叫不高？就冲勤快节俭这四个字，凯凯就得准备打一辈子光棍。"郑晓敏郑重其事，"妈，不是我吓唬您，您是没出去看看现在的年轻人，文身酗酒赌博吸粉泡酒吧，凯凯那对象一样没有吧？"

"……可她……"

"是，她花钱厉害，可人家赚钱也厉害啊，您没发现凯凯每次回来穿的衣服都不一样？还不是人家给买的，再说了，您话说得那么重，谁受得了？她也就瞪您一眼了事，碰到个厉害角色，直接掳袖子跟您动手了。"

"她敢！"

"她是不敢，还不是因为她心里有您儿子？说到底，咱们家几十代与书香无缘，难得招了个作家媳妇儿改改风水，您还阻三阻四的！"

沈春华语塞了，沉默半天，不对呀，撇过脸来瞅着郑晓敏："凯凯给你打电话了吧？你是成心来帮那丫头说好话的吧？"

郑晓敏啧啧："妈！沈探长！您的疑心病该治治了，就咱家这条件，稍微有点儿条件的姑娘早落跑了，咱家有什么？一套房，再就是还了二十几年还剩十多万的外债，您也好意思怀疑人家的真心？还有啊，他俩年纪小不懂事，住在一起不是一天两天了，还是让他们赶紧把婚结了吧，不然哪天怀了孕都不知道，踩着高跟鞋把您孙儿摔个好歹来。"

想到孙儿，沈春华的心就化开了，那是她生下郑晓凯那天起无限徜徉的美梦，她沈春华没给老郑家丢脸，她吃尽苦头，总算让老郑家后继有人了，在香火的问题上，她的使命已经完成了一半，眼下只剩督促郑晓凯添个儿子了。

罢了罢了，仔细想想，那姑娘也没有什么大毛病，起码知道给凯凯做吃的买穿的，只要她对凯凯好，对自己马虎点她也认了。

沈春华善于自我调节的魅力就体现在这里了，她是这样计划的，首先，她已经快五十八了，凯凯如果这时候结婚，她还赶得及六十岁之前抱孙子；另外，沈春华从小性子清高，是只有小学文化的文学崇拜者，虽然自己写不出文章来，可她生出的儿子能讨个耍笔杆子的作家当媳妇儿，顿时不也就提升了她的文学修养么？

这样想着，她的心结也就嚯地解开了，喜气洋洋地给郑晓凯打了通电话，通知他们俩准备一下，下个月就把婚礼办了。

郑晓凯想不通，沈春华这是唱的哪一出啊？一个礼拜前她还拉着自己的手说着龙宝贝的种种不利因素，这会儿怎么自己转过弯来了？

等到郑晓敏喜滋滋地打电话来邀功，郑晓凯差点没把鼻子气歪了："姐，你说你是不是闲得慌？我跟龙宝贝就没想过要结婚。"

"你这个混球，你姐我嘴皮子都快磨破了才求来老佛爷开恩赐婚，你别不识好歹啊，还有啊，你当自己钻石王老五啊，要人家没名没分地跟着你蹉跎青春？以前没觉得你这么无耻！今后出门别说是我弟！"

郑晓凯懒得跟她说了，蔫蔫地看着龙宝贝直叹气。

龙宝贝哑然，这绝对打乱了她未来二十年的生活大计！结婚？没想过。

龙雪花的切身经历和一系列影视剧让龙宝贝明白了一个道理，想要将一个男人死死拴在身边，绝不能成为他的老婆，更不能为他生孩子。

一旦铁板钉钉，之前的调皮可爱成了无理取闹，小资情调成了无知败家，一个月洗一次碗的难得表现直接升级为一年三百六十五天全权打理灶台。

龙宝贝和郑晓凯在这件事情上意见是高度统一的，这个统一来源于身边有实践经验的壮士们。

龙宝贝过去有个闺密，结婚前两人时常凑到一起腐败，自打她结婚后，两人就见了一面。

当时她的宝宝已经三个月了，两人带着孩子坐在肯德基里，龙宝贝一肚子的话就着香辣鸡翅生生咽了回去。

至今，孩子拉了一地的蛋花便便，闺密蓬乱的长发，泛着油光和色斑的脸颊，众目睽睽下嚯地撩起衣服喂奶的架势令她唏嘘不已。

结了婚，生孩子还会远吗？生了孩子她就不再是一枚享受生活的腐女，而是蓬头垢面大无畏袒胸露乳的妇女了，她在郑晓凯心目中的女神形象也就荡然无存了。

咦，不要不要，三十岁之前都不要过这样的日子。

郑晓凯的坚定则是来自于之前的哥们儿大成，大成过去嘻嘻哈哈没个正经，花起钱来大手大脚，自打结婚后，神经绷得紧紧的，上哪儿都跟参加联合国安理会似的。

每隔半个小时，她老婆的查岗电话必然响起，比电脑控制得还要精准。

郑晓凯偷笑，大成苦着脸："那娘们儿，没有曹操的命还得了曹操的病，多疑！"

这一点郑晓凯是完全体会不到的，他巴不得每时每刻都听到龙宝贝银铃般的笑声。

大成用看白痴死到临头还傻乐的眼神瞅着他："等你结了婚就知道问题的严重性了。"

郑晓凯不想以身犯险来获得那珍贵的经验，所以一口回绝了沈春华的要求："我们暂时没有结婚的打算。"

他妈板起脸来："她的意思？"

郑晓凯没来得及说话，他妈丢下手中的白菜："叫她来，我亲自跟她谈。"

龙宝贝得知沈春华纡尊降贵要亲自接见自己，受宠若惊之下，好得差不多的小感冒又陡然加重了："跟你妈说我病了。"

龙宝贝想，沈春华是典型的倚老卖老型家长，与其说是两人展开谈话，不如说是她端着笔记本虚心听课，即使表面功夫做得十足，一到测验的关卡还是得歇菜。

"这个世界太狗血了，想怀孕的怀不上，不想怀孕的做人流跟玩儿似的，不想结婚的被父母逼婚，想结婚的被父母拆散，本来那天跟你妈闹僵了我还偷着乐来着，故事按照那样的路线发展，你妈该将我拖进郑家儿媳黑名单才对，现在看来，你妈的决策手段的确非常人所能理解。"龙宝贝端着水杯喝感冒药，水杯里的水就快要凉透了，她的感慨还没有抒发完。

"你知道你跟我妈最大的共同点是什么吗？"郑晓凯瞅着她生动的脸，突然觉得有趣。

龙宝贝一本正经："我们都是纯娘们儿。"

郑晓凯瞥了她一眼："你们都是想一出是一出的神经质，固执得只有自己才能说服自己。"

龙宝贝不承认，她才不要跟沈春华除性别之外有其他的共同点呢："胡说八道！"

七：宝贝，我们结婚吧！（1）

龙宝贝睡了一下午，醒来时精神抖擞，头也不疼了，腰也不酸了，打开电脑，看到一部期待已久的大片正在电影院上映的消息。

龙宝贝来了兴致，给郑晓凯打电话，她先去买票，让郑晓凯下了班就过去。

看电影是龙宝贝除吃火锅外的另一大消遣，她时常幻想自己是电影的女主角，站在微雨的街头，漫步，转弯，就在那个瞬间撞上了一个谁，他们气场吻合，眼缘充沛，天时地利人和之下顿生好感。

龙宝贝不得不承认，她喜欢电影里戏剧化的浪漫情节，是因为它很大程度上填补了郑晓凯不够浪漫的空缺，哎。

龙宝贝买了爆米花和大杯可乐，喜滋滋地站在电影院门口等，手机在包包里响个不停，龙宝贝拿起来一看，是舒默。

“我在去你家的路上。”舒默语气轻快地说。

“不要来啊，我现在在电影院门口，还有半个小时就开场了。”龙宝

贝急忙说。

舒默不识相地大喊一声：“好，我马上过来。”

龙宝贝不满地鄙夷道：“你是当电灯泡有瘾是吧？我老公马上来了，你哪儿凉快哪儿待去！”

挂了舒默的电话，郑晓凯的电话刚好打了过来：“宝贝……我加班……”

晴天霹雳！

龙宝贝嘟着嘴，就这样回去哪能甘心？两秒钟后想起了金牌备胎舒默：“你来吧……”

龙宝贝和舒默是高中同学，出了名的志同道合、臭味相投，脾气直接而执拗，爱好吃大餐，损人不偿命，这样一对同学眼中的“神仙眷侣”大学后就各奔东西了，算起来，差不多半年没见了。

曾经，舒默总爱半夜给龙宝贝打电话，东拉西扯可以说到东方泛起鱼肚白，郑晓凯酸酸地警告过几次，龙宝贝收敛了不少，让舒默避讳着点儿，省得郑晓凯胡思乱想。

舒默很不屑地抢白她：“我要看得上你，还轮得着他？”

龙宝贝险些气晕：“就你？比我小两岁的小屁孩儿！你那点小姿色在姐面前就是一股子奶味儿！”

舒默这趟回来是准备考研，传说中没见过真身的女朋友也随着他回到本市而烟消云散了。舒默一成为孤家寡人，第一时间向龙宝贝报喜，龙宝贝拍了拍他的脑袋：“为了普天同庆，看完电影，我决定御赐你请我吃饭的特权。”

舒默翻白眼：“龙宝贝，你的脸皮厚得可以挡子弹了。”

这是部爱情喜剧片，所有观众都看得很痴迷，嘴角挂着甜蜜的笑。

龙宝贝嘴唇发麻，脑子里传来一阵阵坠痛，胸口闷得快要炸开，几次作势要吐。

“你是不是有了？”舒默停止往嘴里塞爆米花，饶有兴致地盯着她，遭来一记白眼。

龙宝贝努力集中精神看电影，憋闷的空气令她的脑子轰隆隆作响：“舒默，我不行了……”

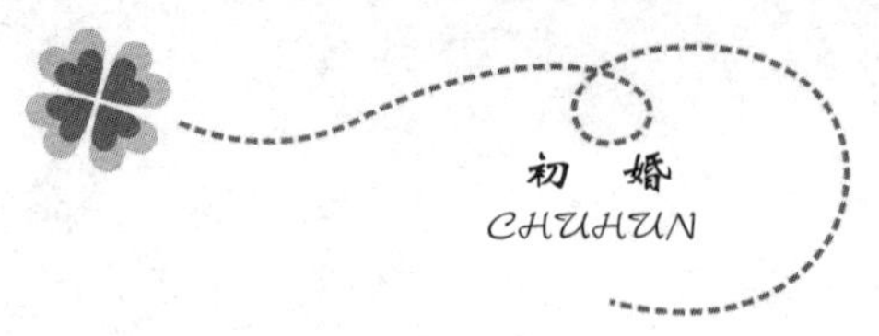

舒默惊得一侧身："你要生了？"

龙宝贝狠狠瞪了他一眼："我要吐！"

好好一场电影，才看了个开头就出来了，龙宝贝很郁闷，往嘴里灌着矿泉水，该死的感冒，完全打乱了她看大片的心情。

为了让她胃里的积蓄达到收支平衡，舒默带她去附近的火锅店大快朵颐了一顿。

吃火锅是龙宝贝的最爱，顺便带出了舒默这个铁杆粉丝，两人一口气吃下了四人份，心满意足地溜达到附近的公园散步消食。

经过一个丢圈套奖品的摊子，舒默买了二十个圈让她套，龙宝贝丢起来全神贯注，却连个边都没挨着。

龙宝贝不服气，又买了二十个圈，这次，舒默拉着她的手，她一脚站在线外，身体倾向前方，啪啦，套住了一个存钱罐。

龙宝贝高兴得手舞足蹈，将存钱罐递到舒默眼前："赏给你的。"

龙宝贝笑颜如花，良久才发现近旁有双眼睛在定定地盯着自己，一打照面，窘迫得无地自容："阿姨……这么巧……"

"你病好了？"

龙宝贝懊恼地低下了头，沈春华又厉色瞪着舒默，舒默虽然没有弄清这位老太太是何方高人，还是选择先打招呼比较靠谱："阿姨好，我是宝贝的朋友……"

"什么朋友？啊？不三不四的朋友！"沈春华像是擦着的火柴，吱地燃了，神情激动，指着龙宝贝的手指微微发颤，"你要不要脸啊你？一边跟我儿子谈情说爱，一边在外头勾三搭四，骗我说生病了，却是跑来偷汉子！今天要不是几个婆婆约我来公园走走，我们全家都被你这小狐狸精给骗了！"

龙宝贝惊诧地看着她的嘴一动一动，不敢相信耳朵听到的任何一个字：不三不四？不要脸？勾三搭四？偷汉子？狐狸精？

她是在说她？

龙宝贝整个身体都窝在了柔软的沙发里，听着沈春华将事情的经过添油加醋地讲给郑晓凯听，郑晓凯的脸像是放入冰箱里的菜，一开始降了温，接着变了色。

等沈春华终于发泄完了，郑晓凯艰难地牵了牵嘴角："妈，您误会了，宝贝原本是

约我看电影的，我临时有工作要加班才找舒默去陪她的，这件事情她没有瞒着我。”

“你傻？你找谁不好找个男的？”沈春华原以为郑晓凯会暴跳如雷，接着让龙宝贝滚蛋，他不温不火的反应令她越发生气了。

“您不知道，舒默是她结拜的干弟弟，他们两个感情好得跟亲姐弟似的，不是您想的那样。”

沈春华脸上的怒气凝固了，在沉默中慢慢散去。

龙宝贝闷着头坐在那里继续沉默。

沈春华停止聒噪后突然不自在起来，将两个人来回打量，最后给自己一个台阶：“懒得管你们的破事儿，随你们折腾去！”

郑晓凯送走他妈回到房间，龙宝贝坐在电脑前，沉着脸不说话。

郑晓凯似是冷笑了一声：“你不要觉得自己受委屈了，我妈说的也不是没有道理，不管你过去跟舒默多要好，你现在是我女朋友……”

龙宝贝抬起眼瞪着他，突然对他说不出的失望与陌生：“你该为你们全家团购脑残片！顺便预约检查荷尔蒙分泌是否正常！拉个手就算偷汉子？旁边要不是站着保安她还准备将我就地正法沉湖里了？还有你，我和舒默什么关系你不清楚？过去我和他一起玩儿你怎么说的？‘我相信你，谁还没个朋友？’现在你妈挑拨几句你就如梦初醒了？”

“你恶人先告状有瘾啊？听不见刚刚我在我妈面前帮你圆着？”郑晓凯提高了嗓门，龙宝贝不知悔改的态度令他气恼，即使再大大咧咧，该有的避讳还是要有的，他就是看不惯龙宝贝和舒默见面那个亲热劲儿。

“那我还该谢谢你了？郑晓凯，我警告你！你想要跟我好，就别跟你妈在那儿一唱一和的，还有，我龙宝贝不是你的私人电脑，也不是你的个人账户，你没资格限制我！”

龙宝贝将自己丢进了被子里，任由郑晓凯砰砰啪啪地收拾行李，恋爱四年来第一次冷战拉开帷幕。

打开房门的瞬间，龙宝贝从被子里探出脑袋嚷了一句：“再回来就是孙子！”

郑晓凯不理她，孙子就孙子，这年头，受气的都是大爷！

八：宝贝，我们结婚吧！（2）

郑晓凯的气来得汹涌，却也心虚，他没有告诉龙宝贝，这天下班他之所以失约，不是因为加班，而是陪一美女客户吃饭去了。

就在这天下午，公司接到一个游戏改编的大订单，钦点要郑晓凯负责，郑晓凯进公司两年，还是头一回打主力。

方总对他刮目相看，笑容意味深长，比他资历老的同事个个虎视眈眈，等着看他好戏，要知道，在游戏市场，郑晓凯还算是资历尚浅的新人，就连程祥都对这次的事情不可思议，硬把他拉到茶水间，满脸猥琐："你丫是不是被老方给潜了？"

郑晓凯的性子上来了："本来准备拉你进组一起做这个案子的，既然你这么说……"

"别呀别呀，捎上我呗，我可以给你提供客户的情报！"程祥嘿嘿笑着，"今天老方让我去接机，我看到她的那一秒脑子都顿住了，身为一个富婆，她长得太不专业了，富婆应该满脸黄斑身上流油才对啊，人家那叫

一个气质脱俗文静典雅，你猜我当时想到了什么？”

郑晓凯等着他说，满心里估摸着不是什么好词儿。

“我想到了你中学时代的择偶标准呐，长发飘飘，文静乖巧，沉默寡言，她就是范本！”程祥说着，自己转过弯来了，“呀，我这样说，龙宝贝该不会生我气吧？我也不是说她不好，只是两个人完全是两种气质，一个是女孩儿，一个是女人，我……”

郑晓凯连忙打断：“行了行了，你已经陈述得十分详尽了。”

郑晓凯想，他跟客户吃饭光明正大为什么不敢让龙宝贝知道呢？大概就是那几个形容词给闹的，“长发飘飘，文静乖巧，沉默寡言”被安在了他要见的女人身上，平白添了一抹暧昧在里面，而且，人家会指定由他来做这个项目，总让他心里悬着什么。

果然，日本料理店里，郑晓凯见到的“富婆”居然是林玫，顿时，之前所有的疑虑和困惑烟消云散了。

郑晓凯大学毕业找的第一份工作，林玫是面试官之一，也是唯一主张留下他的，虽然最后他顺利上岗了，却得罪了公司另一高管。

因此，两个月后，林玫突然辞职出国，他也在第一时间被套上了小鞋。

“没想到我们还会再见吧？”林玫依旧是一头乌黑的直发，笑起来很斯文，嘴角上弯，带一点成熟的可爱，米色修身外套，脖子上仍戴着那条铂金项链，“你该不会不记得我了吧？”

郑晓凯尽量表现得落落大方：“怎么会呢，只是没想到会是林姐。”

林玫吩咐服务员上菜，一桌摆的全是他素来最爱吃的菜色，林玫不紧不慢地笑说：“随便点的。”

林玫跟他聊了聊这两年的境况，大致都是些事业上的变故，她的声音有种活泼的温柔，说起之前倒闭的两家公司，神情也是始终如一的淡然，最后谈起合作的事情，她之前的游戏公司在外地，技术上很多问题，需要郑晓凯过去一趟。

这本身就是他分内的活儿，郑晓凯爽快地一口答应了，原本还担心留龙宝贝一个人在家，那孩子会闹情绪，这下好了，走得那叫一个理直气壮理所应当。

郑晓凯出差的城市不远，一路上他都在反省，是不是自己对龙宝贝太过娇纵才令她不知节制地无理取闹？还有临走前她说的那些话，什么叫他没有资格限制她？她是他的，还谈什么资格？

郑晓凯郑重决定，这一个礼拜的分别，定要让她好好检讨一下自己，不打电话，不发简讯，MSN上，两个头像亮闪闪立在那里，一个小时过去了，两个小时过去了，谁的也没有跳动。

熬到第五天，郑晓凯举白旗投降了，他终于承认自己就是犯贱了，林玫组织的自助餐会，他专夹龙宝贝喜欢吃的水果和糕点；下班洗完澡光着身子走出浴室，大呼小叫她的名字要睡衣；晚上睡到一半会条件反射地醒来帮她掖被子。

若是被龙宝贝知道他此刻的囧样，不用想象都知道她小人得志的嘴脸了，但即使是这样一张刺激他男人尊严的嘴脸也能令他三秒后释然一笑。

龙宝贝MSN上可怜巴巴的留言赫然立于眼前："你再不回来我就剃了头当姑子！"

郑晓凯连忙回复："知道错了？"

许久龙宝贝才回复："你先服个软会死？"

接着发来一条彩信，照片里，龙宝贝憔悴的脸消瘦了不少，右手强装柔弱地捂着半边脸，手背上牵扯着的胶带和引流管令郑晓凯笑不出来了，火速处理完手头的工作，跟林玫解释了一番，搭最近一班快车赶了回去。

郑晓凯站在龙宝贝面前时大呼上当已经晚了，龙宝贝打开门，春风满面的脸冲他绽出活力的笑，以胜利者的姿态邀请他入座。

餐桌上，丰盛的餐点引人入胜，郑晓凯右手握拳撑在脑门上，佯装痛心疾首地垂着脸长吁短叹。

龙宝贝正色朗声道："龙宝贝郑晓凯恋爱四年来初次冷战，为期五天，战果：郑晓凯，败！"

龙宝贝将那个"败"字拖得奇长，满脸的庄严肃穆，就如她笔下穿越小说中宣旨的领事太监。

郑晓凯用十二分专注的眼神看着她，此刻的她无与伦比的美丽，空前绝后的可

爱，他突然萌生了一种千金不换的幸福与踏实。

“宝贝，我们结婚吧！我想过了，即使是头猪也得盖个章才能说明出处，何况是你这么个大活人？你上次说，我没有资格管你，我现在申请管理你的资格，我保证，结婚后，不论是热战还是冷战，输的那一方，我全包了，我会一辈子宠你爱你，给你幸福。”

龙宝贝迫不及待地冲上去抱住他，嘻嘻地笑个不停：“这可是你自己送上门来的……”

“是，我认了。”

“呵呵呵呵……”

九：结婚（1）

龙宝贝常常自称英雄，因为英雄气短，她的气就很短。

在郑晓凯摔门而去的下一秒她就后悔了，站在郑晓凯的立场上为他罗列了数十条他应该生气的理由，越想越觉得自己不是个称职的女朋友，越想越替郑晓凯委屈。

但即使有千般心思，想让她可怜巴巴主动认错是不可能的，苦等了五天，郑晓凯那头居然没有动静，龙宝贝终于熬不住了。十八岁以来，她从没离开郑晓凯超过两天，她习惯了他宽大的手掌，习惯了他暖暖的怀抱，习惯了他皱着眉指正她的坏习惯，他离开的那五天，龙宝贝虽然照旧跟朋友K歌、逛街、打游戏，欢笑声此起彼伏，心里却始终空出了一块，凉凉的，缺口无限撕扯下去，直到整颗心被掏空。

原来自己爱他爱得那么严重啊……

龙宝贝窝在电脑前感叹。

龙宝贝不愧是龙宝贝，撒娇的话说多了，换成行动表示了，用透明胶

布黏了条塑料管在手臂上，增白BB霜在脸上涂了厚厚两层，自拍一张可怜兮兮的生病照发给他。

最终郑晓凯的反应是令她无比满意的，这就是爱情上该有的态度，小吵小闹只是为了增加生活情趣，她才不会为了几句气话就跟郑晓凯说拜拜呢！

沈春华听说两人突然改变了心意，愿意结婚了，欢天喜地地上公寓来谈结婚的事宜，对龙宝贝的态度也谦和起来："上次的事情是阿姨误会了，你别往心里去，做父母的都不容易，只求儿女平安幸福。阿姨是个有知识有文化的人，今后你们过你们的日子，长辈该指点的我会指点，不该多嘴的我保证什么也不管。"

就上次那串骂词也能算有知识有文化？

龙宝贝汗颜，她是无论如何不会跟搞霸权主义的长辈住在一起的，不论是龙雪花还是沈春华，一个是虎穴，一个是狼窝，没一个省油的灯。

"对了，你得安排我和你妈妈见一面啊，结婚的事儿也不是一家说了算的。"沈春华提醒了一句，龙宝贝满心发凉：她还没有足够的勇气通知龙雪花她要嫁人了。

终于说到了婚后居住的问题，龙宝贝先发制人："我们租的这房子离晓凯公司很近，住这里比较方便，我们准备装点一下用来做婚房。"

沈春华仿佛知道她有此一着，老谋深算地摇了摇头："结了婚就没有住外面的道理了，跟我和老头子住在一起，你们每个月省下三千多块，做什么不好？就这么定了，赶紧的跟房东说一声。"

龙宝贝看向郑晓凯，郑晓凯清了清嗓子，严阵以待："妈，是这样的，我们当时选这套房子主要是觉得它离我们公司近，上班很方便，我要是搬回去，每天至少得早起一个小时，而且还得转车，重点是，咱们那个地段常年修路，三天两头堵车，我上班会很不方便……"

沈春华摆摆手，一副没得商量的架势："哪就那么严重了？行了行了，就这么说定了，赶紧的让房东把后面的房租给退了，结婚需要花钱的地方多了去了。"

龙宝贝很无语，就这样说定了？凭什么就这样说定了？

沈春华昂首阔步离开后，龙宝贝噘着嘴瞅着郑晓凯："你能求求你母后别掺和咱俩的事儿吗？难道她不知道，婆媳同住是家庭破裂的生化武器么？她平时都不看婆媳剧的啊？”

郑晓凯一脸无奈：“我妈当家做主惯了，跟她逆着来没好处。”

龙宝贝一本正经：“我不管，我才不要和她住在一起呢，远离家长是咱俩婚姻得以维系的基础，自由至上是我龙宝贝的生活准则……”

“行了行了行了。”郑晓凯连忙打断，“那你说怎么办？我妈把话都说到这个份儿上了，估计谁求情都没用。”沈春华怎么可能同意他们出去住？那样一来可如何开展她的中央集权统治？

龙宝贝嘻嘻一笑：“从我跟龙雪花作战多年的经验来看，你只要略施苦肉计，你妈一定妥协。”

当晚，郑晓凯提着简单的行李回家了，沈春华一阵诧异：“今天怎么回来了？不早说，吃饭了没？”

郑晓凯一脸疲惫相：“您不是要我们搬回来住吗？我先搬回来适应适应，饭就不吃了，好累，我明天一早还得去公司开会，我去睡了。”

第二天一早六点，沈春华和他爸还在睡梦中，客厅已经传来匆忙的脚步声，两人开门一看，郑晓凯正火急火燎地一手拿着吹风机，一手拎着毛巾往洗手间冲。

“凯凯，你这么早起来干吗呀？”沈春华疾步跟过去。

“我来不及了，怕迟到。”

“怎么会呢，现在才六点钟，你这才睡了几个小时啊？你以前每个月回来住一晚也没有起这么早啊？”沈春华手忙脚乱地想要帮忙，无奈郑晓凯比她更加手忙脚乱，她竟然插不进手。

郑晓凯连忙解释：“那不一样，之前我们公司是上午九点上班，现在调成八点了。”

沈春华满眼心疼：“哪有这样折腾人的，八点上班，那你平时得几点起来啊？”

“我住公寓那里的话，早上七点二十起床就行，在这里的话，六点起来估计都得卡点。”

沈春华郁闷地叹了口气，硬下心来：“那也没办法了，谁让咱的房子买在这儿了，凯凯你坚持一下，习惯了就好。”

郑晓凯干脆地嗯了一声：“妈，我得走了。”

沈春华喊了一声：“记得吃早点。”

“来不及了！”

沈春华慌了，嘴里叨咕不停：觉没得睡，晚饭累得没力气吃，早饭慌得没时间吃，这叫什么事儿啊。

晚上六点，郑晓凯给沈春华打电话，公司要加班，让他们先吃饭，不用等他。

沈春华和他爸干脆先买了点馒头压压胃，将饭蒸好，只等着郑晓凯快到家了再动手炒菜，让他能吃顿新鲜热乎的饭菜，谁知一等就到了晚上九点，沈春华给郑晓凯打电话。

“还没忙完。”

“这孩子，怎么这么多事儿啊，等着你吃饭呢。”

郑晓凯一阵愧疚，沈春华有糖尿病，是饿不得的，一饿就发晕：“都说让您先吃了，不要等我，对了，我没带钥匙，回晚了记得帮我开门。”

郑晓凯回到家时果然两位老人都靠在沙发上睡着了，他爸看了看时间，已经半夜十一点了。

“都这么晚了？有车坐吗？”

郑晓凯疲惫地瘫坐在沙发上：“没有公交，我打车回来的。”

“多少钱啊？”沈春华连忙问。

“六十九。”郑晓凯没有说谎，从公司打车回家，的确得六十九块。

沈春华心疼得直咂舌：“你说你一天到晚也就那么点工资，这不等于白干了？”

郑晓凯学着沈春华的样子：“那有什么办法，谁让咱们的房子买在这儿了。”

郑晓凯吃了饭洗完澡已经将近十二点了，他闪身缩进房间里闷头就睡，第二天一早五点半就爬起来了，两个黑眼圈格外醒目。

沈春华闻声赶了出来：“还不到六点呢！”

郑晓凯一边忙活一边解释：“昨天六点起床险些迟到了，二环那里堵死了，转车的时候又半天等不着车，算了，我少睡会儿，省得领导见了不乐意。”

沈春华听着他说的话，睁着眼睛都能想见郑晓凯一大早赶车去公司的奔波与辛劳，又自发描绘出郑晓凯遭领导批评的可怜模样，心疼得恨不得落下泪来，罢了罢了，何苦让孩子这样遭罪："你跟小龙说，我也不要求你们在家住了，但是结婚头两个月肯定是要住在家里的，不然亲戚可是要说闲话的，一结婚就分家，太不像话，好像我这个做婆婆的跟媳妇儿多处不来似的。"

郑晓凯假装不经意地整理着衣服，心里却是激昂万千，出门连忙打电话给龙宝贝报喜，龙宝贝思虑再三，也不好再得寸进尺了，罢了罢了，看在沈春华跟龙雪花一样有着爱子心切的美德，也就勉强答应吧，嘻嘻嘻。

"你妈说，婚后留我们住两个月就将我们放了，这两个月里，郑晓凯同志，你得掩护我免受婆婆迫害，就你妈那残暴脾气，摆古代就是一沙场战将，咱们和气生财，两个月后闪人，咱们的公寓都没退呢。"

"胡说！我妈那人就是嘴坏，但心好，总比当面对你笑，背地里放冷箭强吧？"

"那求你了，让她当面对我笑脸相迎，背地里诅咒我吧，我眼不见为净。"

十：结婚（2）

本着向结婚进发的目的，龙宝贝第一次造访了郑晓凯生活了二十多年的家，一进屋，眼前的情形令她瞠目结舌，猛然想起了赵本山和宋丹丹的经典小品《昨天，今天，明天》里的台词。

“不是还有一样家用电器么？”

“啥呀？”

“手电筒呗！”

如果一定要算上手电筒，郑晓凯家算得上有两样家用电器：手电筒，电吹风。

过去总听郑晓凯称自己是个伪城市青年，因为他的家庭背景和消费层次仍处于二十世纪九十年代的农村级别，唯一值得骄傲的是，他们家有房，虽然是在比较偏僻的郊区，却是付的全款，这些年来之所以过得如此苦巴巴，正是因为要偿还当初买房欠下的债务。

这套房是沈春华的骄傲，时常挂在嘴边感叹：“当初要不是我抓住了时机坚持要买房，现在估计连个厕所都买不起了！”

郑晓凯他爸连连点头称是，郑晓凯却不以为然，为一套房子搭上全家人几十年的生活质量，值得吗？

原来二十世纪九十年代的房子是这样的，龙宝贝好端端穿越了一回……

两室一厅一厨一卫的老式房屋，七十平的面积，其中让出来当婚房的主卧也不过二十平的样子，墙壁灰暗，地面泛着石灰，窗玻璃很有民国时期的韵味，还有那禁止旋转的厨房，杂乱地堆积着各色空瓶子、蜂窝煤、坏掉的电饭煲和炒锅，白天仍需开灯的厕所里，找不到一样像样的洗浴用品，龙宝贝瞅了一眼，感觉厕所比厨房宽敞，结婚后，摆了台洗衣机，难得算得上宽敞的厕所也开始变得拥堵了。

沈春华带着她四处看看，她眼中的不可思议被她尽收眼底：“房子早买了，等凯凯结婚再置办家具家电。”

龙宝贝哦了一声，不知道该说什么好，与其说是失望，不如说是心疼，毕竟她结了婚也不会长期住在这里，倒是郑晓凯，居然是在这样的环境下长大的……

厨房里，他爸手忙脚乱地弄着饭菜，龙宝贝闻到一股难闻的臭味，等到了饭桌才发现，是肥肠炒辣椒。

龙宝贝厌恶动物的内脏，一筷子都没动，放眼望去，郑晓凯口中他爸妈特地准备的一桌菜就没有一道能令她的眉头平复下来。

清炒白菜，清炒萝卜，清炒黄瓜，清炒豆芽，若从口感出发，严格来讲，这些“炒”字该换成“煮”字，或者“蒸”字，不但没有一点盐味儿，还被煮得入口即溶，与龙宝贝热衷的爆炒、酸辣相去甚远。

“我牙齿不好，硬的东西嚼不动。”沈春华眼不抬脸不转地说了一句。

龙宝贝尴尬地哦了一声，突然发现沈春华具有非凡的观察力，因此也不敢将心中的想法太过于外露，有一口没一口地坚持吃着。

“吃吃吃，多吃点肥肠，新鲜的。”他爸热情地比画着筷子，筷头上的菜汁均匀地洒向每个盘子。

龙宝贝不自在地看了他爸一眼，举在半空的筷子又收了回来。

“爸，这肥肠是卤的，新鲜什么呀？”郑晓凯皱了皱眉头，半认真半带玩笑地

说。

“管他是不是卤的，拼命吃，狠狠吃！”他爸用响彻房顶的声调说，筷头上的菜汁夹杂着唾沫星子快乐地洒了一桌子。

龙宝贝犹豫着，一粒饭也咽不下了，悉数倒到郑晓凯的碗里：“我中午吃太饱了，你吃吧。”

郑晓凯二话不说，就着肥肠扒起饭来。

沈春华不满的眼神他不是看不见，而是不敢让她知道自己看见了。

带龙宝贝来之前就跟她交代了无数事项，例如不能跟他妈开玩笑，她会当真；吃完饭抢着洗碗，但最终他爸会洗的；问她结婚的事情要好好说，尽量咱们自己拿主意……

啰啰唆唆说了七八条，愣是没提醒不要往自己碗里倒饭。

“我家凯凯最爱吃肥肠了，其他什么肉啊鱼啊都不怎么吃。”他爸没有发现老伴儿拉得又黑又长的脸，继续说着，“妈逼的卖二三十块一斤，老子只要两块钱的，他不卖也得卖。”

那句“妈逼的”令原本不太和谐的气氛冻结了那么一瞬，郑晓凯锁起了眉头，龙宝贝坐在沙发上，没有电视看，没有水果削，想假装没听见都找不到幌子。

这顿饭终于吃完了，郑晓凯冲龙宝贝使了个眼色，龙宝贝连忙站了起来：“叔叔阿姨，我来洗吧！”

“要你洗什么碗？我洗。”他爸马上说。

“年轻人不干活难道要老人干？难得孩子有这个孝心。”沈春华嗔怒着瞪了他爸一眼，将他端在手上的碗盘又放到了桌上，冲龙宝贝笑笑说，“先把洗洁精冲开了再洗。”

“来，我们一起洗。”郑晓凯赶忙接过碗盘，龙宝贝抿唇瞄了他一眼，意思是：不说不会真让我洗的吗？

龙宝贝预见了一个事实，在未来她与沈春华的斗争中，郑晓凯他爸是徒增混乱的，郑晓凯是个两头劝架的。

当沈春华领先时，他会劝自己不要跟老人斤斤计较，当沈春华落后时，他会警告

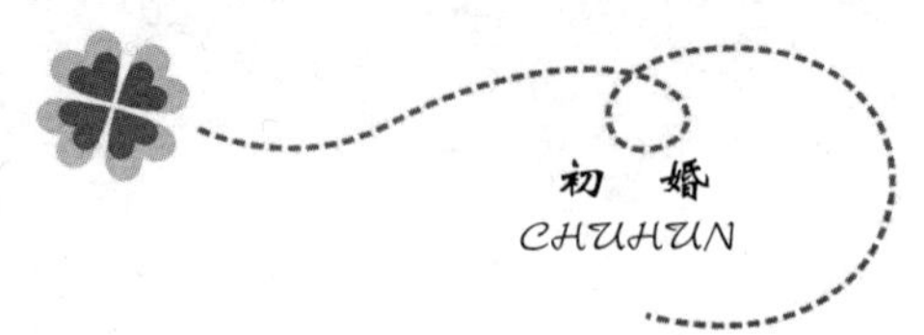

自己那是他妈，只有当两人打成平手了，他才会在这种微妙的平衡中充当好儿子与好老公的双重角色。

回去的路上，龙宝贝满心忧愁："老公，咱们能不跟你爸妈住那两个月吗？我怕我不是饿死就是被你爸的口水呛死。"

郑晓凯揉揉她的头发："哪就那么夸张了？"

"怎么没有？郑晓凯你凭良心说，你妈做的菜是人吃的吗？"

郑晓凯不满地瞥了她一眼："我从小吃到大，没觉得有什么不好。"

龙宝贝闷闷地低下头来，不再说话，郑晓凯心软了，指了指前面的KFC："你刚刚什么都没吃，我带你去吃汉堡？"

龙宝贝快快的脑袋瞬间风风火火地抬了起来："哈哈！我还要吃烤翅！"

郑晓凯宠溺地对着她笑，他的女朋友就是这副德行，上一秒悲春伤秋，下一秒为了美食欢呼雀跃，俨然就是个没心没肺的吃货。

龙宝贝承认享受美食时的自己是无比快乐的，可后一秒，她还是会暗自神伤，那晚她就躲在厕所里给龙美丽打电话："我想到我婚后要跟他们同吃同住两个月，胃都要哭了，还有啊，他爸简直就是朵奇葩，吃饭的时候唠叨个没完，对着菜喷口水不说，还用自己用过的筷子在菜里搅来搅去，天！"

龙美丽不以为然："一家人吃饭当然会这样，你跟高明义一起吃火锅，还不是几双筷子在一个锅里洗？"

龙宝贝纠正她："这能一样吗？高明义是我老爸，他精明能干又帅气，可郑晓凯他爸，哎，你知道吗？我原本对他爸期望很高的，生得出郑晓凯这样帅气的儿子，他爸应该不赖吧？哎，典型打不还口骂不还手的家庭妇男，从我进他们家门到离开，他胸前那件酱红色的围裙就没卸下来过。"

"你就是典型的恋父情结。"龙美丽在那头笑了起来。

被半个月前还在信誓旦旦打死不结婚的龙宝贝突然告知要结婚了，龙美丽一点都不意外，在她眼里，龙宝贝就是善变界的一朵奇葩，思想转换瞬息万变，常人只能望尘莫及，可她太清楚龙雪花的个性，郑晓凯这个有实无名的女婿离她的要求差上十万八千里：二环以内一百平以上不动产，年薪二十万以上，品行好，无不良嗜好，

郑晓凯只可怜巴巴地占上了后两条无足轻重的，明了来说就是软件凑合，硬件太差，一旦摆在龙雪花的面前，难逃换货的厄运。

“对了，他妈给了你多少钱见面礼？”龙美丽突然想起来。

龙宝贝愣了一下：“什么见面礼？”

“废话！第一次上他们家，怎么的也有点表示吧？别告诉我她一分钱都没给？”

龙宝贝又愣了一下：“算了，他们家条件不太好，我估计她是疏忽了，你看我自己不是也忘了吗？”

“这也能疏忽？什么人家呀这是？钱多钱少是一回事，好歹得表示最起码的重视吧？”

龙宝贝也跟着郁闷起来，闲扯了几句就去找郑晓凯：“老公，你妈没有给我见面礼……”

郑晓凯看了她一眼，一脸莫名：“要给见面礼的吗？”

龙宝贝认真地点点头：“好像是的。”

郑晓凯笑了笑，将她搂在怀里亲了又亲：“我妈记性不好，算了，我忙完这阵子请你吃大餐补偿你，好不好？”

龙宝贝呵呵乐着点头：“我要吃自助烧烤！”

这一次，龙宝贝没有因为美食而真的放下心中的芥蒂，对生命中即将登场的两个重要角色：公公婆婆，她开始有种不甚明确的预感，仿佛自由高飞的鸟儿突然被设下了条条框框，她快乐的叽叽喳喳声会被当成噪音，自由随性的生活习惯会被当成好吃懒做，一切根源只因她的公公婆婆没有发自内心地喜欢她，而她本人也没有发自内心地希望得到他们的喜欢。

哎，郑晓凯啊郑晓凯，我要的是你，可没要求买一送二啊……

十一：结婚（3）

结婚从来不是一件简单的事情，房屋装修，家电家具，拍婚纱照，领结婚证，订酒席，发喜帖……

沈春华经一个熟人的介绍，找了一个四五十岁的师傅，将墙壁套白，再将地面刷上红漆，一口价四千五。

沈春华叨叨地念骂着对方心眼儿太坏，熟人也不优惠点儿，至少半买半送，几番纠缠之下，以三千块成交，回到家满是自豪地期待得到儿子的赞许，嘴里却还是念叨着那师傅的不地道。

郑晓凯往嘴里扒着饭，眉头拧成了两条麻绳，他理想中的装修是铺地板，贴墙纸，挂吊灯，类似和龙宝贝同居的公寓那般装潢，而不是他妈设计的农村二十世纪八十年代的装修方式。

但他不能提出异议，因为经济基础决定上层建筑——他拿不出装修的钞票来。

龙宝贝却不买账，听完沈春华的话，原本伸展频率低下的筷子直接停

了下来。

“现在没有人家这样装修了吧……”龙宝贝自认为这是从她口中说出的，十分婉转的话了，却没有考虑过，此刻她面对的是一个不接受任何质疑，只要表扬的老太太。

“还谈讲究？我倒也想讲究呢，家里就那点钱，这些年供凯凯念书已经很吃力了，我们老的出钱又出力地帮你们安排，你们已经是活在蜜罐里了。”沈春华说完，瞥了一眼沉下脸来的龙宝贝，突然又升起一抹笑，拍了拍她的手，“屋子里套白了就敞亮了，到时再摆上你娘家送来的家电家具，往哪儿算都是富裕人家了。”

龙宝贝干笑着不作声，她知道，沈春华是在催她妈这边办嫁妆了，她会这般痴心妄想，是因为她还没弄清龙雪花那边的状况，当龙宝贝拉着郑晓凯的手，提着花花绿绿的礼品盒登门拜见时，龙雪花差点没砸了窗户跳下去。

登门拜见前一晚，龙宝贝又是亲自下厨又是送衣服首饰，将龙雪花哄得好不开心：“我的宝贝终于长大了，可妈看你那股勤劲儿心里怎么那么不踏实呢？”

龙宝贝窝在龙雪花的怀里撒娇：“妈，我结了婚，会天天像今天似的孝敬您的。”

龙雪花一时回不过神来：“你跟谁结婚？呀！我的宝贝处对象了？对方做什么工作的？”

“游戏编程师。”

龙雪花虽搞不清游戏编程师是做什么的，但后头有个师字，应该是个正当职业：“一个月工资多少啊？”

“一万。”龙宝贝将原本数字乘以二，脸不红心不跳地应对着，至于龙雪花后边想了解的参数，例如房产、存款、父母身体状况等等，她留了个心眼儿，向老妈介绍男朋友就跟销售产品似的，得扬长避短，她打算让龙雪花先见见郑晓凯那人见人爱的小脸蛋，积攒了一定的好感再接着往下编，于是，第二天的见面会应运而生。

龙宝贝为了保险起见，把龙美丽拉了回去壮胆，龙美丽一脸不屑：“得了吧你，你确定是壮胆不是救火？”

果不其然，当郑晓凯老实交代他一个月的薪水其实只有五千，老爸有心脏病高血压，老妈有糖尿病，家里在郊区那套房子至今还欠着十几万的债务，龙雪花的血压蹭蹭涨了上去："别说了别说了……"

龙宝贝又急又气，恨不得把郑晓凯抓起来一阵暴打：大哥啊，有你这样乱改剧本的么？你丫就是新世纪的刘胡兰啊，一个是打死不说实话，一个是打死不说谎，人家是生的伟大死的光荣，你却是生得卑微死得轰动，等着吧，等着吧，龙雪花这口气顺过来就该满屋找拖把了。

"你们俩……赶紧给我断了！立刻！马上！"龙雪花捂着胸口喘着气，既不看龙宝贝，也不看郑晓凯。

"阿姨，我跟宝贝在一起四年了，虽然我暂时工资不高，可之前我们也一直过得很好……"郑晓凯握着龙宝贝的手，努力解释着，原本不善言辞的他因为紧张而显得词不达意。

"四年……"龙雪花嘴里念叨着这个数字，眼睛瞥过这对痴男怨女，"之前一直过得好？我问你，你为你们家买过一包洗衣粉吗？交过一次水电费吗？你爸妈有个头疼脑热，你有出过一次钱吗？你想象过给两位老人养老，再抚养一个孩子得要多少钱吗？"

郑晓凯语塞了。

"恋爱过日子那是两个人吃饱，一家不愁，可结婚能一样吗？你们得扛起一家老小的担子，小郑你问问自己，你担得起吗？龙宝贝你问问自己，你至今都是个需要别人包容爱护的孩子，凭什么组建一个家庭当女主人？"

龙宝贝无语地看着龙雪花，满心烦躁，不就是结个婚么？怎么说得自己跟穷途末路似的。

那天，郑晓凯先回去了，龙雪花吃过晚饭，接过龙美丽悉心削好的苹果，又瞅了瞅跷着脚丫子看电视的龙宝贝："龙宝贝，你别在那儿吊儿郎当的，赶紧地跟人家断了，呵！四年！你在老娘的眼皮子底下兴风作浪了四年！"

龙宝贝一脸耍赖的表情："我都答应了，而且，他们家已经在准备婚事了。"

龙雪花的情绪再次激动起来："龙宝贝你是想气死你妈是不是？你从小养在蜜罐里，嫁去他们家，两个老的等着你伺候，你傻不傻啊你？"

“那就算我活该，谁让那两个老的左不生右不生，偏偏生下了郑晓凯啊？”

“瞧你那嬉皮笑脸的样儿，龙宝贝，你是不是以为结婚是件特简单的事儿啊？简单得就跟开房办事儿穿裤子走人似的容易啊？我今天把话撂这儿了，你跟他纯属小屁孩儿胡闹，迟早得离！”

龙宝贝嘻嘻笑着凑上去，被龙雪花一巴掌推开，龙宝贝毫不气馁地再次贴上去：“妈……妈……妈！您不答应我，我一直喊下去！妈……妈！妈！”

龙美丽被她征服了，撒泼耍赖她总是出类拔萃的。

龙宝贝清楚龙雪花的出牌套路，一开始举例反证，然后苦口婆心劝阻，再是寻死觅活威胁，最后走向无声的妥协。

久而久之，龙雪花再反对她做什么，龙宝贝都可以做到眼不红心不跳静观其变，只等着她闹够了，一句“那就这么办了哈”，终结。

可这次，龙雪花是真的伤心了，她的伤心来得层次分明有理有据，要她眼睁睁看着自己辛苦培养了二十多年的小公主踏进别人的家门过穷酸日子，她的心就跟烈火焚烧似的痛不欲生。

龙宝贝干脆收拾了几件行李搬回家来，龙雪花将她堵在门口：“去去去，还回来做什么？我只当没生过你！”

龙宝贝不管不顾地钻了进去：“想不认我？您做梦！”

龙雪花不理她，钻进自己的房间里，继续不吃不喝地睁眼流泪，龙宝贝坐在床边的地毯上看着她，龙雪花翻过身去，给她一个背影，许久许久，她以为龙宝贝已经走了，或者趴在床上睡着了，转脸一看，龙宝贝正嘟着嘴，看着自己的背影泪流满面：“你个臭丫头你哭什么呀？”

龙宝贝抽了抽，看着她不说话。

“别以为掉几滴猫尿我就会遂了你的意！”龙雪花背过身去，背后传来龙宝贝一声高过一声的号哭。

“妈，如果您实在不同意，我可以不跟他结婚，可我还是要跟他在一起，这些年，他像疼自己孩子似的宝贝我，我离不开他……”

龙雪花顿顿地瞅着她，眼圈一阵胀热：“你就跟妈年轻的时候一样傻，以为感情可以当饭吃，以为生活简单得跟过家家似的，可宝贝啊……”

“妈，我知道您要说什么，他跟爸不一样，真的，您试着接受他好不好？”

龙雪花不再说话了，她的小女儿真是像极了自己，十八岁那年，她一眼相中了高明义，她的妈妈是怎么劝她的？大体跟她现在对龙宝贝说的这些相差无几吧？可她还是义无反顾地嫁给了他，她的妈妈说服不了她，就像她今天说服不了龙宝贝。

龙宝贝扑到龙雪花的怀里，眼泪啪嗒啪嗒往下掉：“妈，您喜欢他好不好？你们俩是我最爱的人，弄成这个样子，我难受死了，吃也吃不下，睡也睡不好……您摸摸我的脸，都瘦了……”

龙雪花心疼地瞪着她，豆大的泪珠子往下落，见龙宝贝仰着脸嘻嘻笑了起来，龙雪花光剩鼻孔出气，满脸的不情不愿：“你说！你说！我辛辛苦苦把你拉扯大，我图什么？”

龙宝贝将脑袋靠在她的胸前揉来揉去：“妈，您放心，我结婚后会好好孝顺您的，郑晓凯要是敢对您不好，我立马休了他。”

龙雪花停在眼眶里的眼泪像是沾上了海绵，瞬间没了踪影，表情却依旧既无助又委屈。

她感觉几十年的辛劳只怕是等不到丰收了，原想闺女找个有钱人，让她可以风风光光地出现在高明义和那个贱女人面前，在龙宝贝这儿无疑成了幼稚的幻想，还好她买了双重保险，今后想要扬眉吐气只能指着龙美丽了。

龙宝贝郑重其事地对着妈妈赌咒发誓，结婚后一定会事事以妈妈为先，每个礼拜都要回家住一个晚上。

签订了一系列烦琐到一天几个电话，一次几分钟的口头文件，终于谈到了聘礼的问题。

“妈妈原本的想法是，你找个条件好点儿的，聘礼得给十万，当然，他要多给妈也没意见，要知道，这聘礼可不是妈私吞的呀，这是用来给你办嫁妆的呀，可现在，看小郑家的条件，估计十万是没戏了，妈也是通情达理的人，那就三万吧！”

龙雪花一咬牙，打了个三折。

龙宝贝深表欣赏与感激地连连点头，待妈妈说完，笑嘻嘻地上前搂住她，两个人

摇得跟连体不倒翁似的：“妈妈，那如果他们家买家具家电，不用咱们家出嫁妆，那聘礼可不可以……”

“一分不能少！”

“没让您少，干脆不给行不？”

龙宝贝话音刚落，已洞察到龙雪花恼羞成怒的眼神和利落的掌风向她袭来，连忙嗖地从房里蹿了出去。

十二：结婚（4）

龙宝贝觉得龙雪花说得很对，聘礼这种东西，代表女方在男方心目中的地位，不能不给。

可郑晓凯说得也很对：他家拿不出钱来。

郑晓凯的爸妈为他俩结婚跟亲戚朋友借了三万块，若是做了聘礼，他俩就只能抱着龙雪花给的嫁妆结婚，屋子不能装修，首饰不能买，婚纱照不能拍，就连酒席都付不出预定的钱，那叫一个拮据。

龙宝贝算了笔账，郑晓凯他爸妈若是指望花三万块弄完所有的事情，无疑是天方夜谭。

“首饰，不说耳环项链手镯，姐只要个钻戒，即使是看不见的钻好歹得要两三千吧？”龙宝贝扣住郑晓凯的脖子，眯着眼睛抒发心中的不可思议。

郑晓凯不置可否，从钱夹里拿出二十张大团结来：“这是我爸妈给你买首饰的钱。”

龙宝贝看那厚薄，数的心思都没有了，斜着眼，怪模怪样地瞅着郑晓凯。

郑晓凯心虚地低着头，半天不说话。

他曾经向龙宝贝保证过，要让她过好日子，刚毕业时，豪情万丈地发誓要拼命赚钱，给她买钻戒，买名表，买一切莫名其妙的奢侈品。

可现在，却只有三万块供他们做结婚的花销……

郑晓凯自责的模样令龙宝贝心软了，立马热情似火地扑到他怀里，发出一贯银铃般的欢笑声："老公，钻戒多俗啊，我不要了，咱俩买对纯银的对戒，只要一两百。"

郑晓凯将她柔软的发梢握在手心里，脸色变得严肃："宝贝，我保证，我会好好赚钱，让你过好日子。"

说完，在她额头上深深一吻，这个吻，龙宝贝尝到的是温暖甜蜜，郑晓凯却倍感压力与不安，原来结婚就是让你羞涩的钱袋与牛哄哄的物价较劲，他算是有了体会了。

为了不给郑晓凯的爸妈增添负担，龙宝贝拿着买完对戒后所剩的一千七，再加上自己卡里所剩的几千块去拍了套婚纱照。

半个月后，婚纱照送到了不到二十平的新房，大大一副水晶挂在了床头上，两侧是郑晓凯和龙宝贝的合影，龙宝贝的单人大头照弄成了淡色背景置于中间。

郑晓凯他爸支吾半天，只为摆在中间的不是两人的合影。

沈春华一边爱不释手，一边问价钱，这次，龙宝贝长了个心眼儿，少说了一千五。

"什么？就这点东西要三千五？你们……哎！"叹完那口气，闷着头脸也不转地跑去客厅剥豆子。

晚饭的时候，沈春华将剥豆子时组织的一系列词汇搬到了餐桌上："现在挣钱多不容易呀，看凯凯，三天两头的加班，最近忙结婚的事儿又瘦了不少，可这一下子就花了三千五，哎，不是我们老人爱唠叨，你们早说要照相我就领你们去楼下老张那里了，以妈妈跟他的交情，两百块就可以拍一套漂漂亮亮的！"

龙宝贝听着她的话，感觉自己活在解放前，或是穿越了，成了葛朗台他闺女，一口气上不来，不自觉筷子又停了下来。

“妈，现在谁结婚找那种小照相馆啊？拍出来土得掉渣。”郑晓凯耐心赔笑着。

沈春华冷哼了一声：“我们当年长凳上一坐，结婚照算完了，这也就是个纪念，有什么土不土的。”

“我们拍的这套还是找了熟人才只要五千块，放平时要六千五的。”郑晓凯只好跟她讲优惠政策，不曾想自己竟捅了个大娄子。

沈春华的两只眼珠子咕噜噜转到了龙宝贝的身上，龙宝贝只能低着头假装吃饭，心里暗骂郑晓凯是只猪。

一走出他家大门，龙宝贝卸下那脸坚持已久的忍耐，呼哧呼哧跑下楼，任凭郑晓凯怎么叫也不理会。

“葛朗台！铁公鸡！我算是见识到极品了！节约节约节约！他们为什么要买色拉油？直接吃水煮呗！为什么要穿衣服？摘几片儿树叶遮着不完了？为什么要买茶叶？白开水喝不得？他们什么都要管，什么都要唠叨，郑晓凯，别说婚后跟他们住两个月了，我一个小时都待不下去了！”

郑晓凯终于拽住了她：“他们节省惯了，你不是不知道。”

龙宝贝白了他一眼：“我知道，我倒要看看，三万块钱在这座城市能结出什么样的婚！”

一个月后，龙宝贝终于明白这三万块是怎样在这高消费的城市力挽狂澜了。

装修房子，三千，冰箱彩电洗衣机净是打折促销货，加起来八千，大床衣柜电脑桌，三千，其他零零散散的除去后，定了酒席，居然还剩下四千。

龙宝贝佩服得瞠目结舌，一直到两人在那逼仄的小饭店里举行完婚礼都没能完全回过神来，等到清醒过来前情回顾时，郁闷得做着梦都能突然哭醒过来。

龙宝贝调了碗麻辣蘸酱，大口大口吃着涮羊肉，高琳嘟着嘴玩飞信，两个弱不禁风的女孩儿桌上摆满了肉食。

龙宝贝一口气喝完了一杯雪碧，高琳知道她要开始吐槽了，关掉了手机，洗耳恭听。

“你说我龙宝贝摆在这个城市，长相算出众吧？才华算横溢吧？人品算超群吧？

挣钱的本事算不俗吧？”

龙宝贝每问一句，高琳一脸诚恳地点一次头，大大增强了她倾诉的欲望。

“可我龙宝贝的婚礼……我简明扼要一点吧，别人是定制婚纱礼服，我是租的，别人是高级豪华酒店，我是地方小酒馆儿，听清楚，是个连舞台都没有的小—酒—馆儿！别人是请婚庆公司策划，我们是自给自足，连主持人都是酒馆儿临时推出来的一个什么什么经理，你在场都听见了？浓重的河南口音普通话，我都强撑着没有晕过去，她居然还敢笑场？别人请专业摄像师全程跟拍，他们家找他姐夫，拿的是数码相机不说，一转眼就不见人了，好家伙，我跟郑晓凯全程在追踪他！”

龙宝贝一仰脖子，一杯冰啤又入肚了。

高琳强忍着笑，实在憋不住了就喝饮料掩饰，偏偏弄巧成拙，一个没忍住，饮料喷了龙宝贝一脸。

“啊！姐，对不起。”

龙宝贝摇了摇头：“没事，这下算是清醒了，我嫁给郑晓凯算是瞎了这双美目了。”

龙宝贝作欲哭无泪状，这是她距事发四十八小时后的状态，可在新婚的晚上，她是真的哭了，哭得歇斯底里欲罢不能，她的婚礼怎么可以这个样子？穿着临时租来的婚纱，裙摆上大大一块污渍晃荡在她眼前，拥堵的小酒馆儿就快容不下她对婚姻甜蜜的憧憬。

“这是我从小到大参加的婚礼中最烂的一个，居然还是我自己的，呜呜呜……”龙宝贝趴在床上，眼泪沾湿了枕巾，那是她网购的床上六件套其中的一套大红色，眼下，喜庆的红变成了黯然的黑。

郑晓凯拍着她的背，柔声安慰着：“别哭了，我也没想到会弄成这样。”

龙宝贝撇过脸瞪着他：“你没想到，是你娶老婆好不好？”

郑晓凯沉默了，良久叹了口气：“我们家就这样的条件，我们自己又没有存款，你不是不知道。”

“难道我哭是因为你没有给我办一场世纪婚礼吗？郑晓凯，跟你在一起第一天开始，我有这样要求过你吗？我伤心的是，我们在一起四年，你对我做什么都不用心，结婚前那段时间，你天天起早贪黑，我还傻乎乎地以为你会在婚礼上给我一个什么惊喜呢，呵！郑晓凯，这场婚礼，你爸妈恨不得能省一分是一分，你是能省笔事儿就省笔事儿，你们有谁在用心做这件事情？”

“宝贝，我们不要为那些形式上的东西闹别扭好不好？”

“呵，郑晓凯，我不说形式上的，我们来说说实质的东西，你给过我什么？现在又要求我不要讲究形式上的东西？我跟着你就该无欲无求？”

郑晓凯有些恼了，酒席上被灌了不少酒，脑袋已经疼得不行了，他就想好好睡一觉，明天还得上班：“……我睡了。”

这就是龙宝贝的新婚之夜？居然透着股悲情的调调，龙宝贝又气又委屈，恨不得一脚将他蹬下去。

郑晓凯睡到半夜醒了一次，迷迷糊糊地去抱龙宝贝，被仍旧清醒的龙宝贝用力推开了：“走开！不许碰我！”

郑晓凯仍旧迷糊着，两手习惯性放在她的胸前，抚着抚着，身体就压了过来……

第二天一早，郑晓凯临上班前在她脸上亲了又亲，龙宝贝瞪了他一眼，郑晓凯浑然不觉，龙宝贝无语了：难道他把昨晚的争吵全忘了？打着健忘的幌子来欺负她，太无耻了！

“哎，结婚一点都不好玩，住在他家里，纯粹像是炼狱，你知道吗？为了省钱，我们结婚时连空调都没买，我跟郑晓凯晚上得脱光了睡。”龙宝贝黯然地扑扇着眼睫毛，万分怀念之前的小窝。

高琳翻了个白眼：“这样的天气没有空调？你公公婆婆过去都不用空调的吗？”

龙宝贝撇撇嘴：“我婆婆是自然凉的体质，比小龙女的白玉床还神奇，为了打消我们买空调的念头，她每天早上醒来都要对我说一句，‘现在的夏天跟以前不一样了，我晚上吹着鸿运扇都觉着凉飕飕的，搞不懂哪来那么多人非得吹空调，既耗电又伤身体’。”

高琳哈哈乐了起来：“你婆婆可真有趣！”

“有趣？你可真是站着说话不腰疼，哪里知道给女王当媳妇儿的痛苦，在他们家吃饭，我有股摆只木鱼的冲动，边吃边敲。”

“什么意思？”

“天天吃素呗，更惨的是，为了迁就她那一口假牙，菜被煮得入口即溶，吃菜跟喝水似的。”龙宝贝对郑晓凯家的伙食是打死都无法认同的，活生生在糟蹋食材嘛，水灵灵一棵白菜，被他爸弄得惨不忍睹，首先是择菜，龙宝贝喜欢将菜弄得赏心悦目，形态一致，而郑晓凯他爸手中择出来的菜，可谓是打断骨头连着筋，大小不一形态各异，再经他高强度清洗完，已经是伤痕累累一片狼藉了。

为这事，龙宝贝跟郑晓凯抱怨过，郑晓凯十分习以为常：“你以为人人像你，做菜跟绣花儿似的？”

“那也不能跟你爸似的连菜叶带菜根一起洗了吧？”

郑晓凯语塞了，这个问题无须龙宝贝多说，他已经说过他爸无数次了，他爸总是当面乐呵地答应着，转过身继续我行我素。

高琳听着龙宝贝的控诉，发自内心地幸灾乐祸着，一边给龙宝贝夹菜，一边嘻嘻笑着。

高琳是龙宝贝同父异母的妹妹，小她半岁，高明义带她上外头吃火锅，总要喊上龙宝贝，一来二去，两人就熟稔上了。

对于她的存在，龙美丽是不痛不痒的，既不主动亲近，也不至于排斥，而龙雪花则是又气又恨，却始终没有见过面。婚礼时，高琳以龙宝贝朋友的身份来参加，龙雪花浑然不觉地热情招待了一番，还直夸这姑娘水灵。

高琳正是大四实习阶段，果断将实习的战场定在了家里的大床上，终日混吃等死，只等着领了毕业证，再凑个人领张结婚证，了此一生。

她从小没有什么大的生活目标，高考是凑合考的，大学是凑合念的，就连初恋也是架不住对方的穷追猛打凑合着谈的。

她的生活可以说丰富多彩，也可以说暗淡无光，不是跟她妈斗嘴抗议就是被小男生约出去K歌。

原本她是深有怨言的，现在看龙宝贝的郁闷模样，顿时有了对比，心下宽敞了：“你跟晓凯哥放着恩爱日子不过，非要结婚，这下好了，你暴露在他家人面前了，还跟他的家人格格不入，一开始他会为你说话，久而久之他会看清你暴跳如雷失去理性破口大骂的一面，接着就会怀疑自己的眼光，对你诸多挑剔，总之，你和他爸妈有问题，绝对是你这个做媳妇的不够隐忍，不够大度。”

“你看的是苦情戏里的媳妇儿吧？怎么不说跪钉板，拈黄豆之类的戏码？”龙宝贝笑得没心没肺。

高琳一脸洞悉一切的模样摆了摆手指：“这是所有婆婆的通病，媳妇儿的通病是什么？没耐心，怕唠叨，大手大脚没节制，自我为中心，拿婆婆的心头宝当奴仆等等等等一系列，你有几条？”

龙宝贝讶然：她都有。

“这只是婆媳处不好的原因之一，还有一个致命的问题是：猜疑。你跟晓凯哥平时是不是喜欢关上房门说话？告诉你，千万不要！你的一切悄悄话在婆婆看来都是枕头状，她儿子乖巧听话，那是她管教有方，她儿子跟她意见不合，那就是你这个做媳妇儿的背后教唆，经我总结，女人养儿子像是存大米，儿子光着的时候，他们就愁啊：这么大袋米没有人分担，生虫了可怎么办呐？等儿子娶了媳妇儿，他们更愁：千辛万苦攒下的米，这下好了，放了只老鼠进去咬布袋了。”

龙宝贝愣了半晌，脑子都开始混乱了，懒得跟她鬼扯，只想着在火锅店熬到六点就出发去接郑晓凯下班。

十三：恋爱就是为了生孩子

等回到那个蒸笼似的家，沈春华正往客厅端菜：“去洗手吃饭了。”

郑晓凯连忙说：“马上来。”

“我吃过了，你们吃吧。”说完，龙宝贝准备回房间，这么热的天，别说已经吃过了，即使饿着肚子她也找不出半点胃口来。

“在哪儿吃的呀？”沈春华问，脸上透着不快。

“在外面吃的火锅，超好吃的。”龙宝贝还没有意识到问题的严重性，没心没肺地回答着。

沈春华正要说什么，郑晓凯连忙解释：“是，她回娘家吃的火锅，妈，快吃饭吧。”

龙宝贝看了看沈春华，又看了看郑晓凯，扭头扎进了房里，脑子里一阵嘀咕与莫名：什么时候开始她龙宝贝在外头吃顿火锅还得玩这些伎俩？

客厅里，沈春华的声音充斥着温热的空气：“我不管你们之前怎么过日子的，现在结了婚得有个结了婚的样儿，家里的饭我辛辛苦苦做好了，你们回到家拿起筷子就有吃的，没有下馆子糟蹋钱的道理。”

郑晓凯回答：“是，我们知道的。”

郑晓凯吃完饭回到房间，龙宝贝正对着电脑发呆，脸上没有气愤也没有委屈，竟只剩茫然。

阳台的窗户开得大大的，马力不足的鸿运扇对着她红通通的脸颊吹个不停，徒劳吹乱了刘海，却一点也起不到降温的效果。

“宝贝，怎么了？”郑晓凯拥着她，沈春华嗓门大，那番话，龙宝贝不可能没听见，可按照龙宝贝的脾气，她应该噘着嘴，红着脸，瞪着眼睛发脾气才对，怎么会是这副德行？

龙宝贝侧过脸看着他，嘟嘟嘴，蹿到了他的怀里：“老公，我不喜欢这样的生活。”

“怎么了？”郑晓凯再次明知故问。

“不快乐，不自由，不幸福。”

郑晓凯笑：“这么严重？”

龙宝贝笃定地点点头：“我就像是一只小鸟，我不要锦衣玉食，只要自由，我跟你在一起，是希望你陪我展翅高飞，而不是头挨着头被关在一间笼子里。”

郑晓凯揉揉她的发：“不会的，我妈是嘴上喜欢念叨，你不必放在心上，到了两个月咱们就搬走了，没必要跟他们计较，好不好？”

龙宝贝点点头：“我只要你明白，我所忍耐的一切，只因为我爱你。”

郑晓凯的眼里泛滥着宠溺，这就是他的龙宝贝，偶尔矫情，偶尔懂事，却时刻感性的龙宝贝。

龙宝贝的懂事是敏感的，沈春华不待见她，她知道，一如她自己也不喜欢沈春华。

住进这个家一晃眼半个月了，她通过无数细节总结了诸多感慨，例如她吃饭少，饭后习惯吃零食，每次提着装零食的袋子进屋，沈春华的眼睛能瞪得铜铃那么大，在她进屋后嘀咕个没完；例如她不喜欢吃郑晓凯他爸煮的稀饭配咸菜做早餐，一个人下楼吃生煎包配豆浆，沈春华和他爸会意见空前一致地教育她：外头的东西不卫生，钱得省着花等等；例如龙宝贝讲话没大没小，喜欢开玩笑，而沈春华会板着脸将她的玩笑视作心怀不轨的嘲讽；例如龙宝贝喜欢在安静的环境下码字，而郑晓凯他爸妈午睡过后习惯将电视音量调到最大欣赏黄梅戏或是抗战题材电视剧；又例如龙宝贝习惯晚起，而郑晓凯他爸习惯雷打不动地早上八点敲开他们的房门，进来擦桌扫地打扫卫生。

龙宝贝发现，这个家是否待得心安理得，完全取决于郑晓凯是否在家。

他不在时，她在这个家就是因为郑晓凯而存在的一个客人，端坐在三十九摄氏度室温的房间里，饭点被喊出去吃饭，应该说，是闷着头吞咽食物，她答应着他们有一搭没一搭的问话，数着时间等他回来亲自招呼自己；

他在家时，情景就完全不同了，龙宝贝有讲不完的话，撒不完的娇，咯咯咯的笑声伴着热浪洒满房间的每个角落。

龙宝贝在日记里将自己比作鲜花，郑晓凯便是阳光，是雨滴，是一切助她生长的东西，而郑晓凯的爸妈，是蒙在花圃上的薄膜，看似为她遮风挡雨，其实是在扼杀她的自由，将她鲜活的小生命摧残得体无完肤。

又是一个同样无趣的早晨，家里的阳台上晒满了婴儿的小毛衣，虎头鞋，和尚服，龙宝贝一觉醒来，看了一眼琳琅满目的阳台，一言不发地准备洗漱。

龙宝贝在朋友面前是个话痨，但在婆婆面前，郑晓凯对她的要求是：多说多错，不说不错。

这句话龙宝贝深表信服，郑晓凯已经冲在前面为她演示了沈春华的威力。

那是一天晚上，一家人坐在一起吃饭，新闻里说到一位九十多岁的老太太一身顽疾无人料理。

郑晓凯感慨了一句："年纪太大了也没意思，我觉得活到六十五岁就够了，再下去就是受罪了。"

沈春华一脸愠怒地接腔了："照你这么说，老子活到六十五岁还没死，你就要弄死我？"

龙宝贝汗颜：沈春华不但多疑，还会举一反三呢？

这会儿，龙宝贝往阳台上过时，沈春华刚从外头锻炼回来。

沈春华一边脱高跟鞋一边注意龙宝贝的反应，见她不闻不问，想着年轻人刚结婚，脸面上抹不去，呵呵一笑："我昨天给晓敏打电话，让她把熙儿小时候的衣服都清好送过来，其实还挺新的，洗好放着备用。"

龙宝贝听出沈春华是在跟她说话了，连忙停止刷牙："啊？谁要生孩子吗？"

沈春华乐了，朗声一笑："这傻孩子，当然是你跟凯凯啦。"

龙宝贝假笑着，当作没有听到，继续刷牙。

看着镜子里蓬头垢面的自己，突然有些哭笑不得：稀里糊涂当了人妻，再不打起精神来，糖衣炮弹之下得成人母了。

郑晓凯下班回来，沈春华迫不及待地将那堆衣物捧到他跟前，将白天对龙宝贝说过的中心思想再重复了一遍。

郑晓凯的反应比龙宝贝要大得多，又是皱眉又是拒收地闹腾了一番。

"这孩子！结婚不生孩子还结什么婚？"他爸在旁边一声吼。

龙宝贝不禁侧目观之，这是她第一次见到公公训郑晓凯，他的嗓门不比沈春华小，但平时说起话来总是唯唯诺诺，东拉西扯的，没有一点杀伤力，只会起到喧哗的效果。

这句话龙宝贝异常熟悉，当初要他俩结婚时套用的就是这个句式：不结婚还谈什么恋爱？原来恋爱是为了结婚，结婚是为了生孩子，总结而言，恋爱就是为了生孩子……

郑晓凯决定就生儿育女的问题跟父母促膝长谈，从他俩几乎为零的心理准备谈到现今生儿育女的不易，从孩子这一代战火纷飞的社会竞争到越来越残酷的生存状态，顺便扯出了2012，极有可能爆发的第三次世界大战等等等等。

总之，生了他等于害了他。

沈春华等他啰唆到一半才听出他话里的意思，气不打一处来。

年过三十才盼来一个儿子，如今快六十了，日盼夜盼就为那一个孙子，儿子竟跟她扯出那么些乱七八糟的借口不生孩子，简直是岂有此理！

嘴上训斥着儿子，心里却坚信儿子的无辜，这不用说也知道是龙宝贝的主意，现在的女孩子，为了身材，为了自由，将传宗接代这样的大事通通丢进了臭水沟，太不

懂事了，哎！

龙宝贝苦着脸看着郑晓凯："咱们得赶紧搬走，照你爸妈这势头，我得在二十三岁之前当妈了。"

郑晓凯笑："放心，决策权在咱俩手上。"

龙宝贝撇撇嘴，忧心忡忡：瞧他的老公多傻，从结婚住进这个家开始，他俩别说决策权了，连建议权都属于奢望。

十四：寿司

龙美丽签约了新东家，是一家成立不久的娱乐传播公司，主营模特公关业务，龙美丽一进公司便备受优待，用最得力的经纪人，接最烧钱的片子，收最高的酬劳，住最好的精装修日式公寓，当龙宝贝提着一袋水果去她的公寓做客，小舌头差点没给喷断。

“呜呜，姐，你三天两头出差，这房子就让妹妹来替你住吧？我不光自己来，还把你妹夫给你带来增点儿阳气，怎么样？”

龙美丽嫌弃地白了她一眼：“没见过像你这样厚脸皮的，你结婚我没去，给你买了礼物，房子你就别痴心妄想了。”

龙宝贝十分好打发地嘻嘻笑：“礼物也行呀，嘻嘻嘻……”

龙美丽送给龙宝贝的新婚礼物是一条镶钻铂金项链，款式十分简单，龙宝贝感觉自己像是在哪条广告里见过：“哇！龙美丽你太霸气了！”

龙美丽看着乐开花的妹妹，无奈地笑：“你说你结个婚怎么把生活质量给结没了？一条项链就能把你乐成这样？”

龙宝贝苦下脸来："还谈什么生活质量？连空调都买不起，你看我这一身的痱子，全是在他家给热的，哎，你就没发现我比过去忧郁了吗？"

龙美丽翻了个白眼："呸！你倒会顺杆子往上爬。"

龙宝贝认真地叹了口气："我说的是真的，我婆婆不喜欢我，你知道的，现在还逼着我生孩子，我公公除了糊涂点，啰唆点，对我其实不错，只是我跟他完全没有办法沟通罢了，而郑晓凯，我都怀疑工作是他娶的二房，我算是失了宠了，结婚这一个多月我是怎么过来的，想想都觉得不可思议。"

龙美丽帮她泡了杯花茶："不是满两个月就搬走吗？"

龙宝贝苦着脸："是这样打算来着，可原来的房东突然要涨房租，还一涨涨两千，疯了吧他？我把房子退了，在找其他的，我跟郑晓凯没有存款你知道的，租房一开始要押几个月房租，哎，都怪他妈，完全打乱了我们的生活秩序。"

龙美丽不会做饭，龙宝贝也没有兴致做，两个人中午找了家餐厅吃泰国菜，龙宝贝进店之前瞥了瞥隔壁的日本料理店："真搞不懂，生鱼片和寿司有什么好吃的，我家郑晓凯就喜欢吃那些玩意儿，我觉着恶心死了。"

龙宝贝原以为这是她和龙美丽的二人会餐时间，却没想到程祥也在受邀之列，龙宝贝看了看一脸傻笑的程祥，又看了看面无表情的龙美丽，一阵莫名其妙："你俩怎么个情况？"

龙美丽连忙解释："别误会，之前他去探我的班，给我送了几次饭，非得要求我回请他，有这样的吗？还有强迫人家请吃饭的？"

龙宝贝瞥着龙美丽，心想这货可真阴险，特地选在自己在的时候请，不是存心拿她当挡箭牌么？

程祥嘿嘿傻笑："本来我们中午没时间出来，你一说地方，离我们公司那么近，我也就来了。"

龙宝贝十分可惜："你怎么不把郑晓凯叫来？"

程祥连忙回答："他走不开。"

龙宝贝心疼地苦下脸来，突然想起隔壁的寿司店，手脚麻利地跑开了，二十分钟后，提着一盒打包好的寿司让程祥带回去给郑晓凯吃，程祥脸色怪怪的，低声嘀咕了一句："估计他也吃不下……"

程祥没有告诉她，有林玫在，她的郑晓凯不缺寿司吃……

程祥近来憔悴了不少，脸颊瘦了一圈，淳朴的娃娃脸开始走向沧桑，龙宝贝知道他现在跟郑晓凯一个组，是公司呕心沥血的加班战神之一，故意打趣他："郑晓凯说，你们公司前不久招进几个刚毕业的女孩子，有合您口味的么？"

程祥嘿嘿一笑："你还不知道我？我不挑食。"

龙宝贝哈哈笑："那赶紧追呗，你这样优质的社会主义新青年，单着多没天理。"

程祥冲龙美丽笑，龙美丽瞥了龙宝贝一眼，疲倦地用手托着腮。

程祥帮她倒了杯水："没休息好？"

龙美丽简单嗯了一声。

闲扯了几句，程祥午休时间有限，十分不舍地抱着那盒寿司离开了，约姐妹俩晚上十点去K歌，龙宝贝一口答应，龙美丽一口拒绝，她一向不爱唱歌，她的业余时间都花在打扮和形体训练上了。

程祥走后，龙美丽终于发作了，完美的脸部弧线开始上抬："龙宝贝，你能不阴阳怪调地撺掇程祥吗？你这叫怂恿，明白吗？"

龙宝贝摇头："不明白，他对你多好啊，你应该知足，我敢说，你在外头认识的那些时尚多金男，没一个比得上他。"

"我对他没有爱情，我俩也不合适，你是写小说的，总该懂得两情相悦，门当户对吧？"

"两情相悦是爱情的至高境界，但百分之八十的情侣很难从这个地步开始发展，至于门当户对，那是被无数作家所批判的封建桎梏，你走在时代前端的人物，怎么说出这样俗气的话来？"

龙美丽翻白眼："行，我说不过你。"

"虽然胜负已分，但我还是要说你一句，你不觉得自己太过理性了吗？换其他女孩儿遇上程祥那样的五好男人，早眼泪吧嗒地从了。"

"呵，你倒是感性，看你这婚结得，简直就是儿戏，你婚礼那天，老妈给我打电话哭了半天，心疼你从小被宠得跟公主似的，婚礼连仆人都不如。”

“可嫁给郑晓凯我不后悔，一辈子遇着这么一个爱我宠我的男人，还有什么可抱怨的？”

龙宝贝的话说得理直气壮，心里却虚得很，她不后悔么？对，她不后悔嫁给郑晓凯，却万分后悔成为沈春华的儿媳妇儿，偏偏这两项是自相矛盾的。

郑晓凯接下的案子纷繁复杂，加班是每日所需，龙宝贝只能一个人窝在二十平的房间里汗流浃背地打发时日，偶尔难得郑晓凯下个早班，吃完晚饭两人便窜回到房间，趴在床上，用只有两个人才听得见的声音说悄悄话。

从思念之苦说到一整天的所见所闻，从郑晓凯他爸妈变着法儿劝他们生孩子到商议对策，两个人变成躲着父母过家家的孩子，说到郁闷处，谁偷偷瞄向门口，两个人立马能窃笑起来。

“听妈说，姐今天来过了？”

“何止啊，熙儿也来了，你妈抱着熙儿那个又抱又亲呐，把那孩子蹂躏坏了。”

郑晓凯假装生气地在她脸上掐了一把，龙宝贝嘻嘻一笑，亲他一口表示认错：“你都不知道，你爸妈动员你姐姐姐夫集体出动，现在全家见了我都在说孩子的事儿，就连熙儿也问‘舅妈，你什么时候给我生个小弟弟啊？’你妈在一旁偷笑，不用问，定是你妈教的。”

“谁妈？”郑晓凯将右手伸到嘴巴呼气，眯着眼睛作势要挠她痒痒，这才发现她脖子上泛滥成灾的一片：“怎么长了这么多痱子？”

龙宝贝噘起嘴来：“长痱子算什么？夏天再不完，我恐怕就得八分熟了。”

郑晓凯心疼地捧着她的脸：“怪我，当初应该买空调的。”

“得了吧，用什么买？是不拍婚纱照还是不摆酒席还是不买一天二十四小时就没有断过档的二十九寸电视机？”龙宝贝从没发现，原来钱可以花得那么紧凑而又要什么没什么。

郑晓凯闷闷地叹了口气，龙宝贝鼓着嘴嘻嘻笑着哄他：“哎哟，随便说说嘛，其实还好，不是那么热，只是你不在家，我比较无聊而已。”

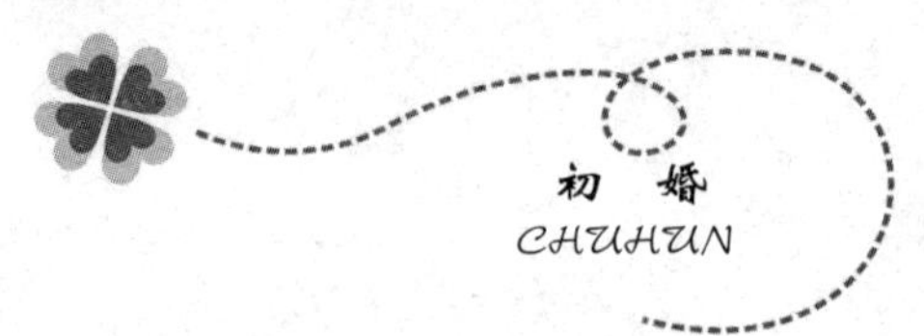

郑晓凯知道龙宝贝一个人待在这里不习惯，平常电视机被他爸妈霸占着看一整天的戏曲，她只能窝在房间里码字，当下殷勤地帮她捏着肩膀："老婆，我知道你不喜欢被人管着，放心吧，两个月很快就过了，之后我们就搬去应有尽有的房子里过二人世界。"

龙宝贝满意地嘻嘻笑了起来，转脸又叹了口气："那孩子怎么办？"

郑晓凯忙碌的双手突然变魔术般亮出一个安全套。

龙宝贝笑骂着，郑晓凯已经卸下了身上的累赘，边吻她边伸手帮她脱衣服。

门外响起了敲门声和他爸不紧不慢的声音："门关着干什么？凯凯？凯凯？"

龙宝贝连忙翻身起来穿好衣服，跑去电脑前一本正经地坐好，郑晓凯快速穿好衣服开门，他爸端着一叠晾干的衣服走进来。

龙宝贝偏过头，不禁满脸通红，她的胸罩和内裤正赫赫放在上面。

"你的胸罩和三角裤干了，放哪儿啊？"他爸无比自然地问。

龙宝贝无地自容，接过也不是，装傻也不是。

郑晓凯连忙接了过来，他爸看了一眼电脑屏幕，一边往外走一边自言自语地问："两人玩什么呢？半天不开门。"

他那个轻飘飘的"玩"字令龙宝贝再次脸蛋发烧，想起两分钟前自己和郑晓凯正要做的事情，又想起他爸捏着她的胸罩和内裤从客厅走进来，还在门口停驻了一会儿，她的脑子都要充血了，就像脱光了衣服站在人前，毫无隐私与尊严可言。

"你爸搞什么呀？那是我的内裤！我的胸罩！"

龙宝贝有些失控了，郑晓凯他爸今日的举动令她打心眼里大开眼界了。

"小点声。"郑晓凯捂住了她的嘴，搜肠刮肚为他爸的疯狂举措找理由，"我们家的这些家务都是我爸在做，他的想法向来很单纯，你把他当成长辈来看就行了……"

"长辈？如果我们以后生了儿子，我们的儿子娶了老婆，你会捧着她的胸罩和内裤走到她跟前问她放在哪里吗？"龙宝贝极力控制着音量，脸涨得通红。

郑晓凯语塞了，脑子里配合着想象龙宝贝提供的场景，表情很奇妙。

龙宝贝抑制不住了，突然狂笑起来，郑晓凯在她鼻尖上揪了一把，也忍不住笑了起来。

龙宝贝上网时偶然看到一篇文章，讲婆媳相处之道的，里面讲到“磨合”这个词。

龙宝贝觉得很有道理。

她和公公婆婆好比两方，他们成长于不同的年代，接受不同的教育，更有着千差万别的消费观，人生观，价值观。

这样的人凑到一起，怎么可能没有矛盾？

她和龙雪花也是一样，只是她跟着龙雪花生活了二十多年，龙雪花所有的不良嗜好都被她慢慢消化习惯了，也渐渐包容了，这就是磨合的力量。

龙宝贝想，或许三两年后，她会完全融入这一家子的生活，吃煮得烂烂的青菜，用脸盆淋澡，见他爸在饭桌上口水喷溅而不动声色，任由他筷头上的菜汁一滴一滴渗入她的饭里而浑然不觉，对于沈春华的强制性干预，她会习以为常到因为听不到她的指令而浑身不自在。

十五：八面玲珑（1）

这晚是在家陪龙雪花的日子，龙宝贝拿出为龙雪花买的睡衣，又穿上同一款式不同码子的睡衣出现在她眼前。

龙宝贝曾经在龙雪花面前抱怨过郑晓凯家的伙食差到令人想绝食，龙雪花记在心里，等女儿难得回来睡的日子，弄了一桌子好菜：粉蒸肉，麻辣小龙虾，香喷喷的小肥牛火锅。

龙宝贝酷爱吃火锅，这点像他爸，所以每次去他爸那边，高明义都会准备火锅。

高明义常说，龙宝贝和高琳都像他，吃起火锅来不要命了。

龙雪花一边不停往女儿碗里夹菜一边嗔怪着：“慢点吃！噎死你个臭丫头！”

龙宝贝嘻嘻地笑。

龙雪花瞪了她一眼：“笑笑笑！看你在他们家才不到两个月，脸都消瘦了。”

龙宝贝又笑了起来，突然想起郑晓凯他爸给她送内衣的事，想了想，还是没有说。

龙雪花本身因为聘礼的事情对他们家留下了连蒙带骗的印象，不好在她面前再说什么令她见怪的事情了。

“宝贝啊，妈妈问你件事情，你要老老实实地回答。”龙雪花舀了口汤喝，“你结婚那天，那个老不死的是不是也去了？”

龙宝贝知道妈妈所说的“老不死的”就是她爸，那天他在楼下跟她说了几句话就走了，就是不想跟她妈撞见，彼此尴尬，没想到还是被神通广大的龙雪花洞察了。

“他跟你说什么了？”

龙宝贝突然鼻子一酸，她知道，妈妈还是忘不了他，越是对他刻薄越是说明爱他太深。

这些年，龙雪花孤孤单单一个人，高明义却是合家欢乐，幸福美满，她那么要强的一个人，怎么会好过？

“祝我新婚快乐，让我……多回家看看您……”

“呸！”龙雪花啐了一口。

龙宝贝从包里拿出一张卡：“这是他给我的，我来不及拒绝他就走了，我想，我还是还给他吧！”

这张卡里有十万块，除了郑晓凯，龙宝贝谁也没说，郑晓凯之后也没打听过这个钱，让龙宝贝自己决定。

“给你了就给你了？凭什么还回去？”龙雪花盯着桌上沸腾的火锅，不再说话。

这个时候，门铃响了，一开门，居然是郑晓凯。

“都几点了还跑过来？”龙雪花看了看壁钟，已经晚上九点了。

郑晓凯径自换鞋进来了，跟龙宝贝相视嘿嘿一笑：“我明天早上要去这附近的一家公司谈事情，所以干脆过来睡一晚。”

龙雪花懒得拆穿他。

这个女婿，她说不上喜欢，可也讨厌不起来，去厨房拿了个碗让他跟龙宝贝一起吃，自己转身回房了，剩下龙宝贝和郑晓凯这对一日不见如隔三秋的小夫妻围着火锅

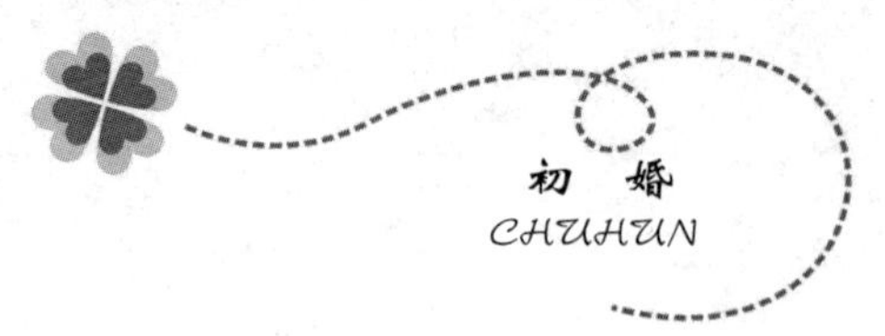

秀恩爱。

龙宝贝近来开了本新书，点击量不错，她写得越发有劲了，正准备跟酷暑斗争到底大干一场，郑晓凯他姐姐一家却搬了过来。

龙宝贝对郑晓敏印象很好，虽然没念过什么书，却是聪慧健谈的类型，龙宝贝开的玩笑她听得懂，龙宝贝爱看的电视剧她也爱看，两个人坐到一起，能连续磨牙三小时以上。

他姐夫崔健在一家公司当业务经理，因为几年下来，市场跑得差不多了，现在是枕在功劳簿上吃饭睡觉，不用上班，时不时出个差请经销商吃个饭联络感情就成，因此，一家三口都窝在家里。

他们住的是附近租来的私房，逼仄又闷热，熙儿身体差，不能吹空调，沈春华心疼女儿和外孙，让他们晚上过来睡，把夏天熬过去就好。

郑晓凯担心龙宝贝有想法，特地跟她交代了一番："姐姐姐夫过来住，你可得热情点儿。"

龙宝贝不以为然："怎么热情？"她对郑晓敏一贯很热情的好吧？

郑晓凯想了想："咱们还剩半个月就搬走了，这半个月就由你来做饭吧，作为媳妇，你给爸妈做几顿饭是再应该不过的了，更何况，有姐姐在旁边看着，一下子博了一家子的好感。"

龙宝贝突然一阵厌烦，她不是不愿意为公公婆婆做顿饭，而是她做的菜和公公婆婆的饮食习惯分明是背道而驰的，再说了，做饭就做饭，至于被郑晓凯说得跟刻意讨好谁似的！她不稀罕！

"郑晓凯，我怎么发现你变得那么装啊？"

郑晓凯笑道："这不是装，这是聪明人的做法，你会敲几个字没什么挑战性，能赢得一家人的赞许才叫厉害。"

龙宝贝是天生的造反派，受不了激将法，果断地从郑晓凯他爸身上夺走围裙，从沈春华手里掠走炒勺，自掏腰包做了四菜一汤端到了这一家老小的跟前，一时间如蝗虫过境，菜尽汤绝，被郑家人不遗余力地夸赞一番之余，毫无余地地揽下了未来半个

月的厨房生杀大权。

龙宝贝说不出是内疚还是心疼，不过是再普通不过的几道菜，肉末茄子煲、番茄炒鸡蛋、清炒油麦菜、土豆烧肉、虾皮紫菜蛋汤，沈春华和郑晓凯他爸吃得津津有味，赞不绝口，龙宝贝突然想起了龙雪花，她可从未帮龙雪花做过一顿饭呢，或许在龙雪花的意识里，她根本连炒花饭都不会。

那晚，沈春华吃撑了，在屋子里走来走去，见龙宝贝出房间上厕所，她的笑容透着淡淡的和蔼，虽然没有言语，但令龙宝贝很是受用。

“几道菜就能虏获你妈的芳心，太没挑战性了。”龙宝贝对郑晓凯嘻嘻笑着，得意的笑眼散发出幸福的光亮，她第一次体会到了婚姻生活里的乐趣，只是这种感觉太过短暂，当晚就被郑晓凯他姐夫磨砺得烟消云散。

龙宝贝早听郑晓凯说过，他姐夫有待在网吧打游戏两天两夜不吃不睡的彪悍经历，那夜一见，果然不同凡响，凌晨两点将近，他停放在游戏界面里的目光毫无偏斜，手上的香烟一根接着一根，烟头被随意扔在地上，好像一旁的垃圾桶是摆设似的。

龙宝贝和郑晓凯端坐在半米之外的床上，龙宝贝厌恶满屋浓重的烟味儿，苦着脸在郑晓凯耳边嘀咕：“他不会是准备在这里包夜吧？”

郑晓凯苦笑着摇摇头：“你先睡吧。”

龙宝贝撒娇：“不，要抱抱。”

郑晓凯在她脸上揪了一把，冲他姐夫使了个眼色，龙宝贝沮丧地低下头来。

那晚，郑晓凯他姐夫是几点回房的，龙宝贝压根儿不知道，只知道第二天一早，郑晓凯破天荒迟到了，更悲催的是，那天早上的会议十分重要，关系到郑晓凯未来半年能否升职加薪。

龙宝贝睡到日上三竿，鼻腔里全是呛人的烟味儿，有人在外头敲门，她只当是郑晓凯他爸来打扫卫生，一阵烦躁：“爸，我想睡觉，今天不打扫行吗？”

接着，龙宝贝就听到了她死也不想听到的声音——郑晓凯他姐夫的。

“这么晚还没起来？”

靠！龙宝贝忍不住想爆粗，她为什么睡到现在，别人不知道，他还不知道？

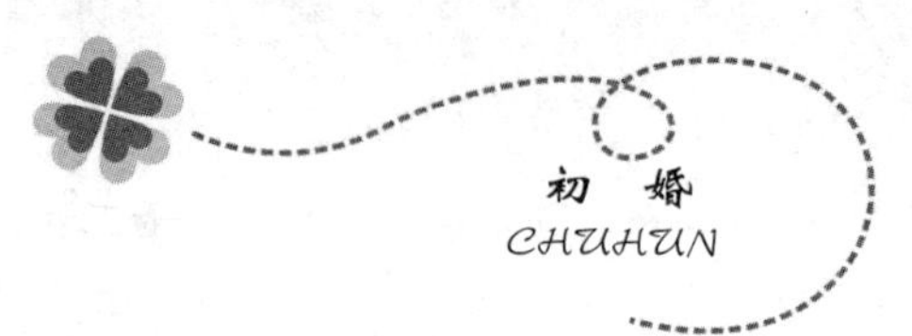

龙宝贝无奈地穿好睡衣去开门，嘴角挤不出一丝笑意："有事吗？"

他姐夫表情平静地说："没有，你睡你的，我玩儿会儿就走。"

……

龙宝贝要疯了，哭丧着脸拿起手机冲到厕所给郑晓凯打电话。

郑晓凯也只能无奈："说不定他一会儿就走了。"

龙宝贝一阵烦躁："你们家的人怎么都这样？难道不懂这样会干扰别人的生活吗？还有，有他这样跑到别人房间肆无忌惮抽烟的吗？"

郑晓凯叹了口气："小点声儿，他是我姐夫，又不是外人，再说了，又不是天天来，你就不能大度点？"

不是外人？切！他是自己不拿自己当外人！

龙宝贝突然想起郑晓凯早上迟到的事儿："你们领导没说你什么吧？"

郑晓凯支吾了一声："没有，我忙了。"

郑晓凯挂了电话，突然心里禁不住一阵起伏，他无法说明，领导之所以没有说他什么，是因为林玫开车送他去公司的，把早上迟到的那半个小时全算在了业务接洽上。

程祥在公司内部聊天工具上对他说："你和林玫那点事儿已经占据了公司全体同仁茶余饭后的谈资。"

郑晓凯一阵烦躁："一边去。"

程祥锲而不舍："我可以一边去，就怕你摆不平龙宝贝，那天的寿司外卖就是在你跟林玫常去的那家买的，您老悠着点儿，别被抓了个现行。"

郑晓凯不说话了，他能说什么？说他跟林玫见面是为了谈工作？可谈工作一定要在寿司店里谈吗？

连续两天了，郑晓凯他姐夫不分白天黑夜地杵在龙宝贝的电脑前，龙宝贝成天精神恍惚，偶尔灵感喷发想要写点什么，连喊几声，他姐夫嘴上答应着，身子却一动不动。

天！这到底是要干什么呀干什么呀！！！

龙宝贝要爆发了，可直接将他姐夫轰出去无疑是不靠谱的，找了个机会向沈春华

诉苦，顺便提了一下熙儿昨天翻她床头的事情，她只说，这样乱翻别人东西，不太好，而没有挑明了说，郑晓凯习惯把安全套放在床头。

龙宝贝将话说得很婉转，毕竟是郑晓凯唯一的姐姐，她可不想那么快弄出隔阂。

“那他想玩能怎么办？你白天玩儿一整天，晚上让他玩儿下也是应该的，再说了，你自己的东西自己归置好，别乱放，小孩子知道什么？”

沈春华不轻不重的一句话让龙宝贝犹如在三九寒天被泼了一盆冰水，既心寒又尴尬。

她突然发现沈春华很陌生，更发现自己跑来找她说这件事情蠢透了。

原来，她这个媳妇跟女婿和外孙比起来，仍旧只是个外人，还是个不识相，乱说话的外人——即使她做了几顿令她喜笑颜开的饭菜。

她的衣服鞋袜放在那间房子里，并不代表她就是那里的主人，她离“主人”这个角色有着微妙而又不可拉近的距离。

龙宝贝挎着包想要奔出门，偏巧这会儿，郑晓凯老家那边来亲戚了，是郑晓凯的三婶，提了大袋的糯米和干货，笑吟吟地坐在沙发上看电视，见龙宝贝从房间走出来，很是热情：“这是凯凯媳妇儿吧？上次你们结婚我见过的，不化妆也俊得很呢。”

龙宝贝冲她笑，在沈春华的指导下叫了声婶婶。

沈春华让龙宝贝给婶婶倒茶，龙宝贝一不小心将开水泼到了手上，烫出红红一块印记，他婶婶过意不去地喊了一声：“呀，伤着没？”

龙宝贝苦撑着摇头，正要去厨房抹酱油，沈春华冲他婶婶轻笑了一声：“哪就那么娇气了？没事。”

龙宝贝不自觉立在了那里，心里五味杂陈，她清楚记得，前几天郑晓敏带着熙儿过来玩，熙儿调皮打翻了郑晓敏的茶水，茶水溅到了郑晓敏的手上，沈春华跳起脚来跑房里拿出烫伤膏给她抹上：“这是你舅妈送的烫伤膏，进口的，我自己都舍不得用……”

龙宝贝苦笑，原来她在沈春华的心目中，不但够不上资格用进口烫伤膏，连三块六一瓶的酱油都不配糟蹋。

十六：八面玲珑（2）

龙宝贝负气从家里跑了出来，突然很想念妈妈，想念和妈妈毫无隔阂的争执和笑骂，可她不能回家，她现在的情绪太低落，被妈妈看到了，一定会把账算到郑晓凯头上，什么时候开始，她已经不能坦坦荡荡地接纳龙雪花的爱了。

龙宝贝来到了郑晓凯公司附近的火锅店，一个人吃了三人份的火锅，坐在那里等郑晓凯下班。

她以为自己可以行云流水地讲述整件事情的经过，换来郑晓凯同仇敌忾的响应，可当她看到郑晓凯惊喜而疲累的脸，突然只剩心疼了。

她一下午的眼泪和懊恼只换来了郑晓凯一句“妈不是那个意思，她只是想一家人都和睦”。

郑晓凯为了哄她，带着她去逛夜市，吃小吃，从街头吃到街尾，游荡到半夜十一点才回家。

破天荒的，他姐夫居然没有在电脑前，而是在他爸妈的房间睡觉。

龙宝贝过去打招呼，沈春华正对郑晓敏说着什么，郑晓敏的笑容有点僵，临了，龙宝贝听到沈春华当着他姐姐姐夫对她说的话：“电脑空出来了，你玩去吧，再没人跟你抢了。”

龙宝贝感到前所未有的懊恼和悔恨不迭，有种被全世界误解的不甘，再见到郑晓敏，明明想说些有趣的事情，却不敢直视对方的眼睛，心中暗骂自己的愚蠢和大意，想痛痛快快找个机会和她解释清楚，他们一家却没有再过来睡了。

为这件事情，沈春华奇音怪调地在饭桌上提起过：“我这一辈子，只有两个儿女，房子是我辛辛苦苦积攒下的产业，我就有权利决定把它给谁，要不是我疼儿子疼到了骨子里，在我死后，晓敏要求分走一半也是合情理的。”

龙宝贝沉默着不作声，她心里是委屈的，也是气愤的：难道她让他姐夫早点回房睡觉错了吗？难道自己长着一副想要倾占财产的嘴脸吗？她多想大声说出来：沈春华，见你的大头鬼去吧！你这套破房子，送给我我都不稀罕！

郑晓凯同样为龙宝贝抱屈，沈春华的弦外之音弹得铮铮响，他怎么可能听不出来？

“那就分吧，您要全给姐，我也不介意。”郑晓凯的语气有些生硬，决绝的眉眼令沈春华一度语塞，讪讪地换了话题：“对了，蓉蓉想学着写文章，你婶婶托我把她介绍到宝贝的单位里去，我已经答应了，在家上班，轻松又自由，多好，宝贝你改天跟领导说一声。”

蓉蓉是婶婶家的大姑娘，小学三年级没有念完就进厂打工了，龙宝贝结婚那天见过她，十七岁不到的姑娘学着浓妆艳抹，操一口生涩的普通话，但个性还算淳朴，对郑晓凯这个哥哥也很亲，只是……

龙宝贝愣了，郑晓凯也愣了：单位？龙宝贝哪里来的单位？

龙宝贝原本不想跟沈春华搭腔，但事情落在了她的头上，她不得不说话了：“我做的是自由职业，没有单位。”

沈春华像没有听见似的，继续说她的：“本来我也没想答应，咱们家进城二十多年，跟乡里那帮亲戚也没怎么走动，只是人人都知道我媳妇是个写文章的，要是不答应，倒弄得像我是在吹牛似的。”

郑晓凯有些烦躁："宝贝说了，她没有单位，她是自己在家写文章发到网站赚稿费。"

沈春华瞥了郑晓凯一眼："那个什么网站不就是她单位？说一声的事儿，怎么还推三阻四的？"

龙宝贝拉了拉郑晓凯的衣角，懒得理会沈春华，无知是项财富啊，可以不顾一切地胡作非为，她是真心被打败了。

这件事情在龙宝贝和郑晓凯这里算是过眼云烟了，沈春华却尽职尽责地回复着老家那边：放心吧，我媳妇已经答应了，她在单位受器重，安插个人进去再容易不过了。

龙宝贝听到了这样的话头，恨不得一头撞死以表清白，打电话给正加班的郑晓凯哭诉："你妈有没有一点常识啊？我都说了多少遍了，没有单位！没有单位！她一天到晚在那儿大包大揽的，我今后还见不见人了？"

"你不理她就行了。"郑晓凯忙得焦头烂额，急着挂电话。

"什么叫不理啊？郑晓凯你就不能站出来说句话？"

"我能说什么？实在不行你在网上帮她看看有什么适合的工作，你是嫂子，帮这点忙是应该的。"郑晓凯应付了几句，果断挂了电话，剩下龙宝贝在那头生闷气：靠！这点忙？把一个小学三年级都没有念完的小土妞儿培养成作家是小忙？

一家子神经病！

龙宝贝感觉自己都要爆了，顶着燥热发了疯般在网上找招聘信息，翻出电话簿里所有有可能的朋友打听情况，婶婶说了，蓉蓉身体不好，受不了工厂两班倒，她就想写文章，实在不行，有份轻松体面的活儿也不错。

呵！说得简单！轻松体面的活儿？这年头的研究生找工作也只敢提这么个要求！

沈春华等了五天，婶婶那边已经安抚不住了，恨不得即刻把蓉蓉连人带行李送过来，下一秒上岗，两天后发表文章，三天后成为文坛新秀，婶婶不懂内里的关系，沈春华也跟着不着调，她敲开龙宝贝的房门，龙宝贝正在一张纸上密密麻麻地写着什么。

"怎么样？跟领导说了没？什么时候上岗？"

龙宝贝欲哭无泪："妈，我真没单位，也没领导，我这充其量算是个体经营，蓉蓉要是真的喜欢写文章，直接在文学网站上发表就行，不需要通过任何人。"

"那一个月多少钱？包吃住不？"

沈春华问得一本正经，龙宝贝郁闷得几度快要吐血："妈，个体就是自己给自己当老板，赚多了多得，赚少了少得，哪有固定工资？找谁给她包吃住啊？"

沈春华似懂非懂地怔了一会儿，气恼地瞥了龙宝贝一眼："这孩子，你这叫办的什么事儿啊？你婶婶那边还等着我回话呢，你说你当嫂子的人，这么点忙都帮不上，今后那边的亲戚怎么看你？怎么看凯凯？"

龙宝贝想不通，这件事情跟她有什么关系？她好端端当了那丫头的嫂子就该千刀万剐？

"妈，说句您不爱听的，蓉蓉各方面的条件也不太适合写文章，我帮她找了一些工厂，有做女装的，也有做饰品的，她可以进去从学徒做起，怎么说也是门手艺，她今后可以……"

龙宝贝将那张密密麻麻的纸递给沈春华看，沈春华瞟了一眼，哼了一声，转身出了房间，嘴里嘟囔着："还能这样当嫂子，呵！"

龙宝贝的心口又被插上了一箭。

那天晚上，郑晓凯凌晨两点才到家，感觉到他正小心翼翼地爬上床，龙宝贝一头扎进他怀里，满腹委屈："老公……"

郑晓凯在她脸颊上亲了一口："我知道你要说什么，妈已经在电话里跟我讲了一遍了，我好累，我们先睡觉，有什么事情改天再说好不好？"

龙宝贝想不到郑晓凯会一口气说出这么些话来，黑暗中，想象着他疲惫时呆呆的表情，恶作剧心起，一只小手灵活地窜到了他的裤子里拨弄，郑晓凯轻笑，翻身压在了她的身上："小东西，看我怎么收拾你……"

……

前戏做足，衣衫褪尽，郑晓凯伸到凉席里摸索安全套的手迟迟不见出来："你把套套收走了？"

龙宝贝郁闷地陪他一起找："一直都是放在凉席底下啊。"

两人里里外外找了个遍，兴致全无，龙宝贝郁闷地看着他：“肯定是你妈给收走了，我还奇怪呢，最近怎么不提怀孩子的事儿了，原来背地里玩儿阴的！”

“别说得那么难听，也不一定是她拿的。”

龙宝贝闷着头钻进被子里不再说话，有种人格被侮辱的感觉，至于吗？管天管地还要管他们寻欢做爱？

龙宝贝跟龙美丽提起这件事情，气得咬牙切齿：“太可气了！没见过这样当长辈的！为老不尊！”

龙美丽笑：“不就害你禁欲了吗？都叨叨一上午了。对了，他那表妹工作找得怎么样了？”

龙宝贝苦笑，郑晓凯的表妹要找工作成了龙宝贝朋友圈里的热门话题，因为她苦寻无果的情况下迫于无奈在群里发消息求助，尽招来些不着调的回应。

“毫不夸张地说，为了帮他表妹找工作，我一个礼拜充了三次话费，写小说的时间都给耽搁了不少，就怕人言可畏，你知道他妈怎么说我吗？说我身为嫂子，对妹妹的工作不上心，妹妹的工作一天没解决，婶婶不乐意，叔叔不乐意，他们全家不乐意，他老家的三姑六婆都不乐意，我龙宝贝办事不利就该拖去五马分尸了。”

“他们家可真有意思，跟流氓有什么区别？”龙美丽跟着气恼。

“有，流氓打砸抢烧是明着来的，而他们家是打着正义的旗号剥削我，赢在了一个最佳伪装奖。”

“那你准备怎么办？”

“原本我以为他妹妹等个几天就会死心，谁知道，他们现在无数双眼睛盯着我呢，你说我一卖字的，凭什么要人力局的威风？”

龙宝贝在郑晓凯公司附近等他下班，一等就到了十点：“你不在家，我不想待在那里，你妈见了我跟见了阶级敌人似的，就因为我没能帮你的蓉蓉表妹寻到一个轻松体面的活儿。”

郑晓凯呵呵笑着挽过她的肩：“放心吧，这件事情我已经解决了。”

龙宝贝瞥了他一眼，眼里放着亮光：“真的吗？哪儿找的？”

“一个同事介绍的，去药厂做行政。”郑晓凯没有告诉她，这个同事是林玫，他

猛然发现，表面上他没有一件事情瞒着龙宝贝，其实在心底压着无数的秘密。

龙宝贝努努嘴，一阵沮丧，像是打完乱仗身心俱疲，心中无限感慨："老公，我终于知道什么叫作家长里短了。"

"过去你只顾自己的感受，突然要你学会顾全大局是难了点。"

龙宝贝瞪了他一眼，分明就是赤裸裸的讽刺嘛。

"老公，还有几天我们就要搬走了，得赶紧找房子了，还有啊，搬出去后，我们可以不理会你们家那些破事儿吗？"

郑晓凯在她头上砸了一记爆栗："宝贝，我们是结了婚的人，说话做事要有分寸，什么叫破事儿？关系到家人的事情都是大事！"

龙宝贝不说话了，心里却在嘀咕着：你们家的人就是比别人家的会来事儿。

郑晓凯跟沈春华的说法是，这个活儿是龙宝贝千辛万苦托尽关系才找到的，沈春华乐得连夜给他婶婶打电话邀功，临了不忘强调一句："……这有什么，她做嫂子的，这点小事不是应该的？今后有什么事儿尽管开口……"

龙宝贝只觉得耳膜一阵轰鸣，不自觉开始想象，若是沈春华知道了事情的真相，该怎么收拾自己呢？扫地出门还是乱棍打死？呵！龙宝贝突然厌烦透了这段婚姻给她带来的头衔，什么媳妇儿，什么弟妹，什么嫂子，都滚一边去！

十七：你们俩，不合适

第二天早上八点，龙宝贝还在睡梦中，舒默发来短信要请她吃大餐。

龙宝贝火速打扮出门，临走前不忘将刚刚换下的内衣塞进柜子里，然后一阵风般飘了出去。

通过这段时间的相处，龙宝贝对郑晓凯他爸是既震撼又恐惧。

好像在他的理解中，他儿子的房间他是可以通行无阻毫无避讳的，至于里面是否住了一个和自己毫无血缘关系的女子都是无关紧要的。

他照旧每天早上八点要敲开房门，在眯着眼睛没有睡醒的媳妇面前擦桌，拖地，清理需要洗的脏衣服。

不论是郑晓凯的臭袜子还是龙宝贝的内衣裤，一并丢进洗衣机里搅拌，衣服洗好后，从洗衣机里拿出来是什么形状，他就以什么形状挂出去晒。

好几次，龙宝贝对着皱巴巴的衣服看了许久，越看越心痛，越看越难以接受，干脆让郑晓凯找他爸妈说，今后她的衣服她自己洗，自己晾，自

己收。

天气一热，龙宝贝衣服换洗的频率是很高的，经常一天要换两三套。

龙宝贝习惯上午吃完早餐将衣服分颜色和种类来洗，丢进洗衣机后回房码字。

衣服洗好了，洗衣机发出报警声，第一声响起，客厅必定传来他爸急迫的声音："衣服洗好了。"

好像衣服在清洗的二十五分钟里，他时时刻刻守在旁边，就等着那一声报警响起，立马喊她晾。

龙宝贝厌烦透了他那一嗓子吆喝，为了不听到这个声音，宁可写到一半跑去厕所看衣服洗好没，常常弄得心绪不宁，烦躁不安。

龙宝贝跟郑晓凯说，他爸年轻时在铁道部当工人屈才了，应该去外交部才对，他非比寻常的理解力，惊天地泣鬼神的逻辑令龙宝贝每次与他对话都会内伤。

比如说一天下午，龙宝贝在冰箱里找吃的，他爸热情地走了过来："找什么呢？"

"爸，家里有红薯么？"

"你是要煮着吃还是焖着吃？"

龙宝贝犹疑了一下：煮和焖不是一种吃法么？管他呢，给她红薯就行。

"煮着吃吧。"

"那没有。"他爸十分肯定。

"那……焖着吃呢？"

"也没有。"

"……"

龙宝贝将这件事情讲给郑晓凯听，郑晓凯笑得差点没背过气去："爸这个人就是这样，说话做事不在调上。"

龙宝贝闷闷地想，何止啊，他这个人还勤劳过头，热情过度，跟养尊处优的，清高自大的沈春华算是无缝互补。

今天是个特别的日子，约她的人排成排，刚到半路，高琳又打来电话约她逛街，龙宝贝不好拒绝，干脆让她加入她和舒默的聚会。

三个人找了家火锅店入座，相谈甚欢地大快朵颐。

龙宝贝好长时间没见过舒默了，两个人有说不完的话，通常是交流两句近况，互相诋毁几句。

高琳在一旁兴高采烈地听着，时不时帮舒默涮羊肉。

“臭丫头，当你姐姐死了？”龙宝贝佯装不悦地瞪高琳，她当然知道，舒默高中时候就是出了名的秀色可餐，女孩儿见了他无不心动。

高琳闻声，连忙帮她涮了几块儿，嘻嘻地赔笑脸。

“你跟你公公婆婆相处得还好吧？”舒默随口问道。

“我只能说，现在的我不如以前快乐。”龙宝贝很笃定，“我像是寄宿在亲戚家里，没有隐私，没有空间，没有自我，一切以大局为重，说话得小心翼翼察言观色，不能开玩笑，不能随心所欲地说说笑笑……基本上跟养在笼子里的鸟差别不大。”

“那晓凯哥呢？”高琳连忙问。

龙宝贝脸色一变，冲她嘻嘻一笑：“我们恩爱如初。”

嗷！嗷！两阵呕吐声。

龙宝贝不以为然地撇撇嘴：“只是吧，我们准备结婚前他接了个大业务，经常忙到凌晨回家，我怪想他的。”

高琳啧了啧：“求你了姐，酸不酸呐？”

舒默一阵坏笑：“你可得当心了，男人加班太过频繁可不是什么好事。”

龙宝贝没听懂，继续顺着自己的思路走：“他说要努力工作，将来买一套属于我们自己的房子。”

舒默忍不住把话往白了说：“我是说，小心你老公打着加班的幌子在外头有情况。”

龙宝贝白了他一眼：“庸俗！我家郑晓凯才不是那种人呢！”

吃完火锅，三个人开始沿街淘货，龙宝贝给郑晓凯买了件超炫的潮版T恤，舒默觉得不错，也买了一件。

高琳买了条三百多的裙子，得了张抽奖券，竟抽到当天的大奖，一张周杰伦的亲笔签名CD。

高琳乐疯了，却转身将CD送给了舒默。

龙宝贝假装没看见，舒默客气了几句收下了。

为了给郑晓凯一个大大的惊喜，龙宝贝没打招呼就回娘家了，T恤被放在了床头显眼的地方。

破天荒的，龙美丽居然在家，还穿着家居服一副准备长待的架势，见了龙宝贝，诧异地瞥了她一眼，继续回到自己的冥想中。

龙宝贝靠在她身上："干吗呢？回来怎么不给我打电话？"

龙美丽不说话，脸色有些苍白，龙宝贝摸了摸她的额头："病了？"

龙美丽又摇摇头。

龙宝贝懒得问了，说起上次程祥托她送枕头的事情。

三人一起吃饭的那天，程祥见龙美丽一副疲劳过度的样子，上班钻空子跑去买了一个按摩枕头，传说有利于睡眠，他不知道龙美丽的新家地址，让龙宝贝给送去，天太热，龙宝贝懒得跑："我把她那儿的地址发给你吧。"

程祥说好，之后就没了后文。

"爱心枕头有效果么？你呀，就是富贵命，看我，不用沾枕头，看见枕头都能睡着。"龙宝贝没心没肺地仰躺在沙发上，高高搭起腿。

龙雪花在厨房切西瓜，听见龙宝贝的话，探出了脑袋："什么爱心枕头？"

龙宝贝吐了吐舌头，连忙闭嘴。

龙美丽吃过晚饭就去房里睡了，龙雪花要去楼上打牌，交代龙宝贝安静点，别吵着龙美丽休息，龙宝贝扑到龙雪花的怀里撒娇："妈，我也不舒服，您心疼心疼我呀……"

龙雪花作出嫌弃的样子将她推开："呀呀呀，一边儿去！"

龙雪花刚要走，高琳就来了，龙宝贝看出高琳对舒默有意思，却想不到她能积极到刻不容缓的程度，她前脚踏进娘家大门，高琳后脚跟了过来。

"你胆儿还挺肥，龙雪花的地盘你都敢生闯？"龙宝贝神经紧张地说。

龙雪花刚刚客气地端来果盘，交代了几句，功成身退地上楼搓麻将去了。

"我身上又没贴商标，她哪儿知道我的生产厂家？"高琳整个人趴在龙宝贝身上，娇俏可人的脸蛋泛着别样的光辉，“嘿！他怎么个情况？说说呗。”

龙宝贝清了清嗓子：“你们俩不合适，个性不适合，年龄也不适合，你大他一岁半呢。”

“我不介意。”

“你可真敢说，我是怕人家介意。”

“我认真的。”高琳立起身子。

“你哪次不认真了？”龙宝贝啧了回去。

高琳有两段恋爱史，初恋是在初三，她喜欢上了一个初一的小弟弟，那男孩儿长得别样清纯，大眼睛，小嘴巴，笑起来眼睛里有一股电流。

这段感情结束得很唐突，男孩儿的妈妈从男孩儿裤子口袋里搜出了高琳写给他的情书，满纸深情被理解成了不良太妹勾引纯情少男，冲到学校大闹主任办公室。

高琳一气之下转学了，情理之中的中考成绩因为这次转学有了说辞：“本来我考重点高中是不在话下的，都是转学给闹的，你知道的，新环境，新老师，新同学，嗨……”

高琳的第二段恋情是她的软肋，谁提谁遭殃。

大二那年，她跟着室友做促销赚外快，室友跟一位满身肥油的妇女吵了起来，妇女扇了室友一巴掌，室友呆了，捂着脸痛哭失声。

高琳气不过，举起一罐促销的进口奶粉砸向妇女的脑袋。

超市负责人正追究她的责任，这时候，主角上场了，一位被高琳形容为“风度翩翩，成熟稳重有内涵”的男人站了出来帮她说理。

事后，高琳便一头栽了进去，她对龙宝贝是这样解释的：“女人都是犯贱的动物，身边现成有的是决计不会珍惜的，一旦出现了截然相反的，管他好坏，视如珍宝。”

炼成火眼金睛的高琳她妈发动所有的亲戚将那男人的背景掀了个底朝天，当高琳发现她的“珍宝”不但是有妇之夫，还已为人父，心中百感交集，赌咒发誓下次再干一眼定乾坤的傻事就一头撞死。

“你们俩真不合适，他本性很好我承认，但个性太自我了。”

“现在的年轻人，谁不自我？三四十岁的老男人倒是体贴温柔老婆至上，你要不？再说了，我愿意做出牺牲迁就他。”

话都说到这个份上了，龙宝贝只好将舒默各种联系方式告诉了她，可说到舒默的家庭背景，除了他老家在外地，本市有一个姐姐，其他的，她也不是很清楚。

看着高琳兴高采烈地离去，龙宝贝只好烧高香为那丫头祈福了，在感情上，高琳是不撞个头破血流不知道转弯的励志姐，舒默是一点感觉不对调头回家的洒脱哥，他俩的碰撞，高琳注定是受煎熬的一方。

十八：那些你所不知道的我

郑晓凯近来常常加班到半夜，计算着凌晨两点他该到家了，龙宝贝发了短信过去。

“嘻嘻，喜欢吗？”

很快，郑晓凯回复了：“喜欢，谢谢老婆。”

龙宝贝发了张“乖，早点睡”的表情过去，郑晓凯许久没有回复，龙宝贝猜想他是睡着了，干脆也关灯准备睡觉，滴滴的来电提示音响了，是郑晓凯。

电话那头，郑晓凯的情绪很低落，一连忙碌了近两个月，不是没有起色，而是进展慢得出乎他的意料，林玫公司的那款游戏一开始负责设计的员工都已经联系不上了，修改起来步履维艰，他第一次接这样棘手的案子，想要请教公司的前辈，对方也阴阳怪调地顾左右而言他，郑晓凯知道，近来公司有不少关于他和林玫的传言，甚至有人打包票说他是林玫养的男宠，郑晓凯天生一副倔脾气，此类侮辱人格的言语无疑已经大大超过

了他的隐忍极限。

郑晓凯突然感到前所未有的疲惫与孤独。

“老婆，我想你了……”

龙宝贝哈哈乐了，嘴上却露出不满：“都多大的人了，快睡觉！”

挂了电话，龙宝贝却睡不着了，想着这段时间与他家人之间发生的不愉快，又想着相识以来郑晓凯对她的好，居然多愁善感地眼泪流了一脸。

龙宝贝没有跟龙雪花打招呼便偷偷摸摸从家里溜了出来，三更半夜拦了的士往郑晓凯家奔，刚徒步跑到楼下，正要打电话，迎面冲过来一个人将她高高抱了起来。龙宝贝惊叫一声，很快哈哈大笑起来：“老公！”

两个人来到对面的小吃街，点了三瓶啤酒，五十块钱烤串儿，相对傻笑着。恋爱的时候，两人常常心有灵犀地去找对方，见面后乐得像个孩子相拥在一起，那个时候，龙宝贝满心想着，这辈子一定要嫁给郑晓凯，不能嫁给他就剃了头当姑子，室友将她这番话传到了郑晓凯耳朵里，郑晓凯傻乐了几天。

龙宝贝这几天心情大好，一来，郑晓凯得了一笔奖金，定好了周末的机票带她去鼓浪屿旅游三天，二来，通过她几天锲而不舍地地毯式搜索，找到了几处不错的房源，等从鼓浪屿回来，两人就要准备搬家了。

为了尽快搬离这是非之地，龙宝贝已经等不及自己攒钱了，这时候，他爸给的十万块就成了救命稻草。

龙宝贝一直以为这笔钱是神不知鬼不觉的，不论她是还回去还是自己花掉，沈春华都不会知道，无奈郑晓凯曾对他妈“生性多疑”的总结应验了。

这天吃完晚饭，沈春华露出极其少见的笑容招呼郑晓凯过去，龙宝贝迟疑着，不确定自己是否也应该过去，沈春华看了他爸一眼，他爸收拾碗筷的手停了下来，一本正经地对沈春华说：“让她听下也可以。”

他的表情令龙宝贝哭笑不得，好像自己意外捡了个大便宜，若以她本身的分量，原是没有资格参与的。她赌起气来，干脆钻进了房里，却良久不见郑晓凯进来，心里又懊恼不该这样跑进来，好歹要知道他妈是不是又在搞什么鬼了，于是蹑手蹑脚地站到门口偷听。

房门的隔音效果很差，而他妈的嗓门很大，毫不费力地，她将他妈极力压制的话尽收耳底：“……怎么不好？她是你老婆，她的钱就该是你的！再说了，你拿来做生意，赚了钱还不是被她花了，我的傻儿子！这么简单的道理你都不懂？”

郑晓凯回到房间，一言不发地坐在龙宝贝旁边，龙宝贝眼睛盯着屏幕，心里却七上八下的，像是即将迎来夏天的暴风雨，闷闷的，沉沉的，一颗心像是被黏稠不透气的脏塑料包裹住了，迫切想要破壳而出，却又怕一旦冲破了，那层微妙的保护膜便碎裂了，心是不会觉得闷的，却要生生裸露在空气里，一会儿冰凉，一会儿灼痛。

“我跟姐姐提过，结了婚，我想自己创业，姐姐跟妈说了，妈不知怎么的知道你爸给了你十万块……”郑晓凯点了支烟，抽了起来。

郑晓凯从不在龙宝贝面前抽烟，龙宝贝也没见他买过烟，他这会儿突然拿出烟熟练地点上，龙宝贝甚至有些震惊：“你什么时候开始抽烟的？”

郑晓凯冲她苦笑着不言语，龙宝贝心里一酸，她一直以为自己对郑晓凯了如指掌，他的喜怒哀乐都逃不过她的眼睛，却唯独没有留意到他的“哀”，他从男朋友变成丈夫后的压力，两次回娘家留宿的晚上，他去家里找她，不完全是因为想念，更多的是因为无助与失落。

龙宝贝将那十万块钱悉数给了郑晓凯，至于如何分配，全权由他做主，郑晓凯为了让沈春华对龙宝贝多一点感激，大肆渲染地将事情在饭桌上说了一遍，当然，在他口中说出的版本是经过善意修饰的，例如龙宝贝并不知道他妈与他的谈话，例如龙宝贝一开始就准备把钱交给郑晓凯的，再例如，龙宝贝再三嘱咐，赚了钱一定要好好孝顺他二老，直听得两位老人眉开眼笑，龙宝贝却真正开心不起来，这种快乐是花钱买来的，不真切，她不稀罕，但也不能驳郑晓凯的面子，端着碗，埋着头，酥软的米饭吞下去，如骨鲠在喉。

盼星星盼月亮终于盼来了周末，龙宝贝凌晨三点就大睁着眼睛睡不着，郑晓凯被她吵醒了，看了看时间，无语地笑了：“小屁孩儿，快睡觉！”

龙宝贝满脸挂着笑：“呵呵，睡不着嘛，好激动好激动啊，老公，我们都大半年没出去旅行了。”

郑晓凯淡淡嗯了一句。

龙宝贝突然神经质起来，人家说乐极生悲，可别让沈春华洞悉了他们的大计，跑来挑事儿可就完了。

龙宝贝的预感没有错，不过挑事儿的不是沈春华，而是郑晓敏，准确来说，是半夜烧到抽筋的熙儿。

上午八点，郑晓敏给郑晓凯打电话，让他快到医院帮忙挂号。

龙宝贝一边穿衣服一边不安：“你姐夫呢？”

“出差了。”

“让你爸妈去不行吗？”龙宝贝央求着。

郑晓凯火速穿好衣服，跑到门口回头冲龙宝贝喊，“你倒是快点儿啊。”

上午九点，距离登机还差一小时，熙儿在郑晓敏的怀里上蹿下跳，哭得声嘶力竭，几次差点把针头弄下来。

龙宝贝看着手机上的时间，沮丧得无可比拟，悄悄拉了拉郑晓凯的衣角：“还要多久打完啊？”

郑晓凯看了看吊瓶：“半小时就差不多了，你饿不饿？下去买点东西吃吧？”

龙宝贝摇头，她哪里还吃得下？

“老公，还差一个小时飞机就要飞了……要不然让你爸妈过来吧……”

郑晓凯看了看一脸疲惫与心疼的郑晓敏，又看了看一脸央求的龙宝贝：“实在不行我们下次再去吧，又不是什么非去不可的事情。”

“不行！你答应我的！”

“你听话好不好，先去买早点。”郑晓凯强忍着不满，从跟出来到现在，龙宝贝压根儿就没有关心过熙儿的病情，满心尽想着她的鼓浪屿。

“都说了不吃了！”龙宝贝的眼泪掉了出来。

郑晓敏连忙打圆场：“凯凯你们有事就先走吧，我一个人能行。”

郑晓凯一阵无名火涌起：“熙儿这样闹，你一个人怎么弄得过来？龙宝贝！你再闹就没意思了！”

龙宝贝陌生地瞥着自己的丈夫，心里的委屈翻江倒海，什么时候开始，她在郑晓凯的心目中已经没有地位了，她所在乎的事情在他看来是无理取闹，跟他的家人比起来，分明就不值一提，呵！

龙宝贝扭身走了，一路从五楼飞奔到一楼，郑晓凯给她打电话："别闹了行不行？我保证下个礼拜就陪你去。"

"不去！你自己去吧！"

"宝贝，你懂事点好不好？你这样闹，我姐姐怎么想？如果不是没有别的办法，她也不愿麻烦我们的。"

"你……啊……"

"喂？宝贝？你怎么了？"

郑晓凯在那边喊，龙宝贝在这边疼得直不起腰来，右手手掌撞到了台阶上，擦破了皮，踩空了的右脚疼得无法站立。

匆忙找来的郑晓凯从身后抱她起来，龙宝贝又气又痛："走开！呜呜……不要你管我！"

"我不管你谁管你？"郑晓凯抱着她，哄了又哄，"宝贝你理解我好不好？姐姐也是没有办法才找我们的，我们是熙儿的舅舅舅妈，难道陪他看病不应该吗？"

"郑晓凯你别跟我扯别的！我生气不是因为我不愿意陪熙儿看病，而是对你太失望了！以前你做什么都是把我放在第一位，可现在你变了，你只会跟我说，身为嫂子，我该帮蓉蓉找工作，身为舅妈，我有义务照顾熙儿，身为媳妇，我理所应当要迁就你爸妈，你却不记得作为我的丈夫，你该怎么对我！"龙宝贝的眼泪肆无忌惮地往下落，她恨死了，恨死了婚后突变的郑晓凯，那不是她所熟悉的他，他不再陪她"胡作非为"，不再迁就她的"我行我素"，相反的，那些曾经被他视作孩子气的小毛病眼下成了他不可容忍的大缺点。

郑晓凯沉默了，他有吗？他自己竟然不觉得。

"宝贝，我们结了婚，是大人了，不能再像过去那样由着自己高兴……"

"就是这样！你就是这样一副嘴脸来教训我！"龙宝贝哭闹着，突然弯腰捂住了小腹，突如其来的坠痛令她泪花飞溅。

"怎么了？啊？怎么了？"郑晓凯慌了。

"肚子……痛……"疼痛和慌乱使龙宝贝忘了生气，巴巴地向郑晓凯求救。

郑晓凯对女人那点事知之甚少，肚子痛对他而言，不是大姨妈来串门儿了就是怀孕了："你那个来了？"

龙宝贝摇头："没有，已经超出一个礼拜了。"

说完，两人对视，一脸愁苦，送郑晓敏和熙儿回去后，马不停蹄地赶到附近的药店买测孕纸。

十九：怀孕

龙宝贝做梦都想不到，这年头，安全套已经不再安全了，两人小心翼翼地算日子，有条不紊地采取安全措施，这样都能珠胎暗结？

龙宝贝和郑晓凯苦着脸你看着我我看着你，龙宝贝在想，那些动辄不孕不育的都是干什么吃的？郑晓凯则在苦恼该如何安置这个莫名其妙的孩子，没人有空去想适才的争执了。

“哪天我一觉醒来发现有个孩子喊我爸爸，我会吓死的。”郑晓凯曾一脸笃定地说，此刻，他的想法丝毫没变。

而龙宝贝，她的生活态度很简单，为自己而活，为自己爱的人而活，此刻，她爱的人便是爸爸妈妈、龙美丽和郑晓凯，至于肚子里的那块肉，更多的感受是恐惧而不是爱。她想要一辈子活在童话的爱情世界里，被郑晓凯宠爱，享受自由散漫的时光，随时出发去一个场合，观察身边的人和事，结交性格各异的朋友，写永远不会褪色的爱情故事……

可若是有了孩子，这一切都成了虚无。

郑晓凯和她的想法有异曲同工之妙，他至今都没有真真正正当家做过主，大到工作结婚，小到穿衣吃饭都是沈春华在监督操控，有时他甚至会怀疑，没有沈春华，他是不是会光着身子饿着肚子出门，在他心目中，自己就是一个还没有活明白的依赖者，有什么理由去生孩子？

说到底是殊途同归了。

“老公，你不用为难，反正你爸妈还不知道，我们……”龙宝贝轻声说。

郑晓凯在她脸上掐了一把，却笑不出来了，显示两条杠的试孕纸被丢在了垃圾桶里，小小的个子却相当扎眼。

两个人相拥而眠，久久没有睡着却又相对无言，天亮后，郑晓凯起来上班，在她额头嘬了一口，深深地看了她好一会儿才离去。

龙宝贝知道，郑晓凯打心眼儿里不想要孩子，却又不忍心让她受人流的苦，龙宝贝想了许久，故作轻松地笑了笑：“不就是从她一米六五的身体里取出一颗芝麻大小的受精卵么？我自己去！”

打开房门，看到郑晓凯他爸又拿出了那一大包衣服鞋袜，一件一件地细心叠起来，看了看，不太满意，拆开重新叠，猛地抬头看到龙宝贝，不好意思地笑了笑：“起来了？”

龙宝贝嗯了一声，假装没留意，去到厕所洗漱，不知是妊娠反应还是刷牙用力过猛，吐得稀里哗啦的，这才想起厕所的门没关，连忙转身去关门，可为时已晚，郑晓凯他爸站在门外定定地看着她，他的眼神令她想起了之前送内衣裤给她的事情，心里有些厌恶：“没事，呛到了。”

龙宝贝也不管他信不信，连忙关上了门。

龙宝贝计算着时间，还有半个小时沈春华该回来了，没精打采地离开早点铺子往家里走，却看到沈春华满面春风地迎面走来，龙宝贝心里一咯噔，暗叫不好，一定是郑晓凯他爸暗中通风报信了：“妈，今天回来那么早？”

沈春华一阵乐，声音温柔得让龙宝贝不敢相信自己的耳朵：“检查过了？”

龙宝贝为难地假笑，若是认了，在沈春华的干预下，这孩子生也得生，不生也得生，可若是不认，真的能瞒得过去吗？

“有什么难为情的？怀不上的才该难为情呢！”沈春华的嗓门儿大，路边看起来脸熟的街坊纷纷侧目，龙宝贝不想跟她多说，三步并作两步地往家赶，偏偏越跑越糟，沈春华跟在身后嚷嚷：“这孩子，跑什么？当心点，别摔着了！”

龙宝贝一整天将自己关在房间里，在电话里将事情的经过讲给郑晓凯听了，她讲话的声音已经尽量克制了，无奈还是被沈春华听见了，冷不防从门缝里传来她穿透力十足的声响：“怀孕了要少上网，手机也别用了，对孩子不好。”见龙宝贝许久没有回应，又接着说，“老闷在房间里不好，出来看看电视也行，跟妈聊聊天也行。”

龙宝贝支吾着，不太情愿地走出了房间。

这是她第一次与公公婆婆并排坐在沙发上，她坐在中间，两位老人一左一右，好像此刻的她脆弱到不行，一个不注意便会从沙发上滚下来摔个粉碎。

“宝贝啊，妈妈知道，妈妈平时对你和凯凯太严厉了，你别跟妈妈生气，妈妈那是希望你们好，你懂不？现在物价多贵啊，你们都没有过过苦日子，更应该懂得计划。”沈春华拉着龙宝贝的手，一连叹了两口气，见龙宝贝点了点头才接着说下去，“不知道凯凯有没有告诉过你，妈妈生下晓敏后，曾经生过两个儿子，一个养到两岁就没了，一个一出生就有心脏病，养不活，妈妈心里的苦，你现在还没有当妈妈，体会不到，一直到生了凯凯，我是小心小心再小心，就是怕一个没留神，我的凯凯也没了……”沈春华呜咽着落下泪来，龙宝贝见惯了她强势的样子，一时慌了神，倒是一旁不声不响的公公急忙将抽纸递了过来，沈春华擤了擤鼻涕，接着说：“妈妈知道，你们不喜欢我管太多，那这样，等你们有了孩子，你们俩安心赚钱，孩子就交给我和老头子，妈妈保证把他养得白白胖胖的，你们俩想玩什么乐什么，妈妈什么都不管，好不好？”

沈春华期许的目光令龙宝贝躲闪不及，一个“不”字就那样卡在喉咙里，不上不下，骨鲠在喉。

龙宝贝怀疑自己是不是脑子发大水了，怎么就答应了呢？让她现在去生孩子，当妈妈？像先前的闺密那样坐在快餐店里撩起衣服，满脸慈爱地看着孩子吃奶？

“不是说好不要的吗？你为什么背着我答应妈生下来？”郑晓凯恨不得剖开龙宝

贝的脑瓜子看看里头是什么配置，怎么动不动就短路。

“你妈的话太煽情了，我一时没有把持住，再说了，我可没有明确答应啊，只是没有拒绝罢了。”龙宝贝还在嘴硬。

郑晓凯知道，事情发展到这里，他的意见扭转不了乾坤，最多是蚍蜉撼树，沈春华和他爸乐得满屋乱蹿坐立不安，龙宝贝也突然母性大发，瞅着自己毫无起色的肚皮天马行空个没完，这个家里，只有他一个人瞬间被隔离了出来。

他没有承认，他有些生龙宝贝的气，气她不着调地三分钟热度，气她没有经过自己同意就让沈春华掺和了进来，更气她没有察觉自己的不痛快，浑然忘我地进入了孕期状态。

这个龙宝贝，纯粹就是在胡闹！

高琳笑眯眯地帮忙削苹果，乖巧地放到龙宝贝的手里，在龙宝贝的强烈炮轰下，高琳终于交代了这段时间的行踪。

“我想过了，一开始太主动，今后只会被动，所以，我想先有意无意地跟他联络，就像对着干巴巴的海绵洒水，总会慢慢吸收的，等他对我有了感觉再一拍即合，可实践证明，我在对着又干又硬的鹅卵石洒水。”

龙宝贝哈哈大笑起来。

高琳翻了个白眼儿，接着说：“后来，我从博客里知道他要回老家，神不知鬼不觉地买了同一班车的票，他吓了一跳，我不管不顾地要跟着他回家，他急了，说他们那儿的人思想很单纯，会误会的，我说，怕什么呀？就是要他们误会。他还是不答应，我只能出杀手锏了，说我是离家出走没地方去，又怕遇见坏人，他眉头拧得跟天津大麻花似的，不情不愿地带我回去了。他们那儿的人果然单纯，见来了个生人，全凑他家问东问西的，我早有准备，买了十斤大白兔奶糖，见人就发，大家都夸舒默好福气。”

听到这里，龙宝贝的两边嘴角张得都快失去了韧性，她知道农村的风俗，高琳这么做相当于新媳妇上门拜访公婆了，妹妹这般生猛，她都没脸猜想舒默当时死灰般的脸了。

“他妈可喜欢我了，他妈是小学退休老师你知道吧？说话可有文化了，她拉着我的手，对我看了又看，他几个姑姑婶婶一个劲地问：‘舒默啊，啥时候办喜事儿啊？’舒默说：‘我们是普通朋友……’他话没说完，几个姑姑婶婶不干了：‘这么好的姑娘不赶紧娶进门？谁错过谁傻！’他还想垂死挣扎，被五六个长辈轮番训斥，他一恼，居然要提前走了。”

看高琳没心没肺的得意模样，龙宝贝欲哭无泪：这叫办的什么事儿啊？

“我跟着他到了汽车站，他要去买水，让我站在那里等他，接着就不见人了，手机，QQ，MSN，全都联系不上了。”末了，高琳喝了口水，深深叹了口气。

高琳沮丧的模样令龙宝贝笑得前仰后合，想着舒默落荒而逃的悲催境况，又想着下次见面他定会向自己诉苦，笑得喘不过气来。

房门被推开了，沈春华的脑袋探了进来：“宝贝啊，不要像这样大笑，当心动了胎气。”说完，房门又被无声无息地关上了。

龙宝贝合上了嘴，笑不出来了，这会儿换高琳大笑不止了。

龙宝贝将自己发现怀孕后所做的一系列徒劳的挣扎告诉了龙雪花，龙雪花听到沈春华那番推心置腹的保证词时，冷哼了一声。

“妈妈以四十八年的生活经验告诉你：搞促销的永远会说是最后一天，犯法被抓的总说是第一次，媳妇儿怀孕了，婆婆永远会拍胸脯说，你只管生，我来带！”

龙雪花一番绘声绘色的说辞令龙宝贝捧腹大笑。

郑晓凯最近在林玫的案子上有了重大突破，林玫亲自到公司来表扬了他带领的小团队，还请大家吃了大餐，郑晓凯受了不少精神上的表扬，因此，意外怀孕所带来的打击消退了一点儿，但晚上躺在床上还是会突然叹息：“你说这是不是天意呢？正准备创业，你有孩子了，公司又准备给我升职……”

龙宝贝捂住他的嘴：“既然决定要他了，就不要再说这种话了，宝宝听到了会难过的。”

龙宝贝原是开玩笑，郑晓凯却当真地点点头：“对，我要努力工作，保护你和我们的宝宝，那十万块就先放着备用！”

龙宝贝突然发现，怀孕是一件特幸福特光荣的事情，她不用再下厨，可以理所应当地“好吃懒做”。沈春华的厨艺也突飞猛进，做出的红烧肉块块满载爱心，大大一盘，唯她一人独享；郑晓凯他爸起个大早熬红枣莲子银耳汤，又亲自下楼买生煎包给她当早点；为了让她休息好，公公婆婆将电视音量调得低低的，他爸早上八点打扫卫生的习惯调到了十点；两位老人每个月一次上超市购置生活用品的习惯变为隔三差五去帮她买零食和新鲜鸡蛋糕……

看着他们忙前忙后的样子，龙宝贝幸福得无可比拟，她成了一尊名贵的古画，被全家捧在手心里呵护着。

“你看，其实我爸妈对你挺好的。”郑晓凯看着龙宝贝一口一口吃着蛋糕，连忙趁机说教。

龙宝贝点点头：“只要他们对我好，我自然会对他们好的。”

龙宝贝这话说得发自肺腑，却又有些心酸，好像她和郑晓凯什么时候开始已经被关进了一座拥堵的城，跟里面形形色色的人保持着割不断，甚至越来越千头万绪的关系，她想要跳出那个圈，却显得可笑而又徒劳，只能一天一天承受着，拼了命去发掘这种拥堵的好处来。

二十：屌丝是可以配女神的

龙美丽签约新公司后，不再接淘宝那些小活儿了，公司准备把她包装成时尚大片女神，当她一手提着果篮儿，一手扬着黑白相间的冷艳指甲盖儿出现在龙宝贝的面前，龙宝贝有种瞬间化作农村妇女的悲凉感。

“你终于活过来了？那天见你跟被雷劈了似的，还当你失恋了呢。”龙宝贝不忘损她。

龙美丽的笑里透着无奈，不接她的话茬，改说别的话题：“龙宝贝你不愧是新时代的女性代表啊，那想法一会儿一个变，说只恋爱不结婚的是你吧？说三十岁之前不生孩子的是你吧？你真该自己打自己嘴巴。”

龙宝贝满不在乎地洋溢着母性的光辉：“你知道我的，制定条条框框是我的习惯，跳出条条框框是我的使命。”

龙美丽帮她剥了个橘子：“你就不害怕？”

“怕什么？是个女人都能生孩子。”

“我是说生了孩子之后的生活，你得马不停蹄地围着孩子转，没有时

间写小说，没有心力打扮自己，不能去外地旅游，身材走样穿不了漂亮衣服……”

“哎哟行了行了，你那叫杞人忧天！我公公婆婆说了，他们带孩子，不用我管。”

“拉倒吧，就你公公婆婆那体质，三级以上的风力都不适宜出门，还带孩子呢！”

“大不了我请保姆啊，这是我跟郑晓凯的孩子，没怀上我自然不惦记，可现在怀上了，这就是天意，你想啊，等我们的宝宝出生了，我和郑晓凯平时忙工作，一到周末就带着他四处溜达，逛动物园、植物园、海洋馆，教他画画、弹琴，给他讲故事、买漂亮衣服，我亲手帮他做营养餐，看着他肉嘟嘟的小嘴儿吃得香喷喷的……”

龙美丽无语了：“你能从童话里滚出来吗？”

龙宝贝嘻嘻乐：“这不是童话，是我十个月后的幸福生活，嘻嘻……”

龙美丽服了：“龙宝贝啊，你考虑一下暂停写小说，出去上上班儿怎么样？看你一天到晚活在象牙塔里，我都替你发愁。”

龙宝贝摇头：“不要，我才为你发愁呢，你把人家程祥折腾得够惨啊，见我一次哭一次，我下次见他得带条帕子。”

龙宝贝没有夸张，她就奇了怪了，程祥是看上了龙美丽哪一点，至于这样不依不饶么？龙宝贝去郑晓凯公司附近陪他吃晚餐的日子，程祥十有八九亮闪闪地立在那里旁观。

郑晓凯劝他别去了：“何必呢？触景伤情。”

程祥摇头：“看着你们，我可以想象到我和美丽在一起的画面。”

用程祥自己的话说，他是想向世界证明：屌丝是可以配女神的。

郑晓凯调侃他理想太过远大，龙宝贝却没心没肺地鼓动他：“是，别放弃，什么叫相配？互相喜欢就是相配，现在你喜欢她已经相配一半了，继续努力！”

程祥是真的很努力，甚至算得上拼命，自从加入了郑晓凯的小组，他恨不得不吃不喝不睡把这个项目做完，他跟郑晓凯算过一笔账，接个这样的单子，他可以拿五万分成，一年接四个，只需两年，他就可以给套不动产付下首付。

“人家程祥为了你，顿顿啃馒头，喝凉白开，偶尔抢到郑晓凯的麦片都跟见着红烧肉似的，你损不损啊你？”

龙美丽要不是念在龙宝贝眼下身怀六甲的分上，恨不得跟她拼命才好：“你们一个个有完没完？这么明显的一个神经病你们不去制止，跑来指责我？”

“废话！我去制止神经病，不说明我也神经了？”龙宝贝理所应当。

这叫什么破逻辑！

“他要怎么闹由得他去，我跟你说我都快烦死了，就前天晚上，我在摄影棚加班儿呢，他突然蹿了进来，跟开门的助理说他是我男朋友，你是没看见他当时的打扮，衬衣估计半个月没洗了，领口那儿跟水墨画似的，胡子拉碴，头发流油，眼睛充血，把我的新经纪人给吓懵了，我把他拖出去让他快走，他居然傻了吧唧地笑了笑，递给我一个餐盒，又是宫保鸡丁饭！我都要抓狂了！”

龙宝贝看着她大呼小叫手舞足蹈，气得快要冒烟的小脸儿，满眼深情：“太感人了……”

“……”

郑晓凯让龙宝贝抽时间去医院检查一下，看看胎儿的发育情况，龙宝贝讨厌透了去医院，那股子药味儿令她五脏六腑翻涌，再说了，只是个受精卵罢了，瞎着急个什么劲。

因为龙宝贝怀孕，郑晓敏近来回娘家的次数明显增多，之前在医院的那点不愉快在龙宝贝活泼风趣的玩笑中灰飞烟灭，两人又如往常那般亲昵起来。

郑晓敏回娘家，看龙宝贝只是一方面，更大的原因则出在他姐夫身上。

就在上个礼拜，他姐夫被外地一个经销商投诉了，投诉他身在其位却不作为，已经有半年时间没有去过他们那里了解情况了。

郑晓敏气个半死：“跟你说了多少回了，你这样成天待在家里什么也不干，迟早得有人抓你小辫子，现在好了吧？你们王总都亲自打电话来了，你还有什么可说的？”

他姐夫也不示弱：“你懂什么？你还真当是经销商投诉的我？我敢打包票，这次的事儿绝对是老王找人演的，目的就是想把我从公司踢出去！妈的！老子为公司跑市

场累死累活，现在看我不顺眼了就想过河拆桥！还说什么给我表忠心的机会，哼！这个市场环境下要我提高百分之三十的营业额，当老子是神啊？”

郑晓敏一听这话，更来气了：“你也发现自己窝在家里两年什么都没干啊？你是老板你能乐意吗？崔健你别怪我说话不好听，你现在这样算是在职还是失业呢？成天窝在家里对着游戏，你是准备代表国家出赛还是怎么着啊？”

对于玩游戏这件事情，郑晓敏差不多每天都要唠叨不下二十次，她忙得团团转的时候，他在打游戏；孩子哭着满屋闹腾时，他在玩游戏；房东上门收房租，通知下个月起房租涨两百，她愁眉紧锁食不下咽，他仍旧在玩游戏。

郑晓敏脾气上来，真恨不得点颗炸弹抱着游戏同归于尽，被她恨得牙根痒痒的崔健却摆出比她气愤万分的架势：“郑晓敏你有完没完？成天掐着我玩游戏这点破事儿不放，我不就玩点游戏，既不赌又不嫖，你还想怎么着？”

郑晓敏气得想晕死过去再也不醒过来，她算长见识了，这年头好老公的标准已经沦陷为不赌不嫖即可？

郑晓敏冷静下来，跟崔健好好谈了一次：“你的饭碗是绝对不能丢的，因为这个饭碗，关系到咱们三个人的温饱。”

崔健只是沉默。

“这样，你跟王总解释一下，这么多年的交情，他不会赶尽杀绝的，你实在不愿再看他的嘴脸我也不勉强，你边应付着他们边找工作，别冲动谈离职，怎么样？”

崔健看着熙儿在跟前快乐地踢着皮球，无奈地点头了，不这样又能怎样？他得养起这个家，曾经对郑晓敏夸下吃穿不愁的海口，如今竟落败成饿不死冻不着了。

郑晓敏没有想到的是，崔健去了一趟公司，居然没有沉下气来，三言两语跟王总闹崩了，当场就办了离职手续。

郑晓敏气得眼泪都掉了下来：“你是准备让我和儿子怎么办？房租怎么办？一天三餐怎么办？”

崔健白天从老王那里听来的冷嘲热讽还没有消化，顿时气急败坏地冲她吼：“你不管就行了，我找工作还不行吗？”

郑晓敏已经无力与他辩驳了，躲着熙儿大哭了一场，冷静下来后，还是积极寻找出路，可他姐夫在家玩游戏晃荡了两年懒散惯了，让他去找工作，没激情了，自己创业，没本钱了，找朋友合作，没人脉了。

“我也不是生气，就是不想看见他。”郑晓敏眼圈红红地抱怨，“我跟他恋爱的时候，妈瞧不起他是农村来的，父母去得早不说，要学历没学历，要房子没房子，坚决不让我俩在一起。他为了攒钱结婚，大热天的一家家敲门推销遭白眼，脚底的血泡跟马蜂窝似的，结婚的时候说得多好听，一辈子不会让我为钱发愁，结婚五年了，我没有一天不在为钱发愁！他要是有恋爱时那股子冲劲，事业早成功了。”

龙宝贝递给她纸巾：“姐夫他肯定有自己的想法，你不要给他压力，慢慢会好起来的。”

郑晓敏摇摇头：“我不是怪他没有飞黄腾达，我失望的是，他辜负了我最初嫁给他时对他的信任。”

龙宝贝哑然，如此乐天知性的郑晓敏也会说出这番话来？看来，婚姻的确能让人成长，她的郑晓凯不就成长得快叫她受不了了么？什么责任感，什么顾全大局，听得她闷头装睡。

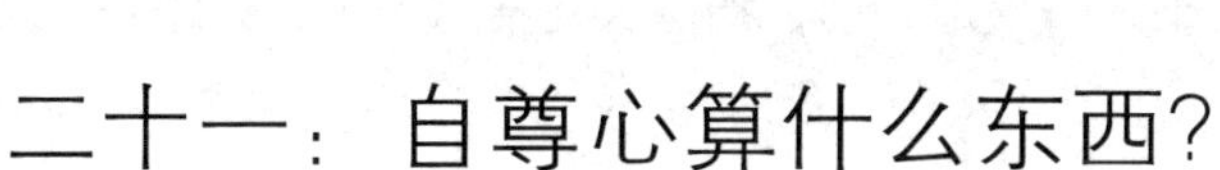

二十一：自尊心算什么东西？

这天上午，龙宝贝听到门外有说话声，还以为是郑晓敏来了，却是高琳她妈秦虹。

龙宝贝坐直了身子，喊了声秦阿姨。龙宝贝虽然跟高明义经常见面，却极少去他家里，秦虹看她的眼神透着不屑与敌意，小区转角占卜的瞎子都能看得出来，所以，两人始终维持冒着火药味的和平状态，龙宝贝结婚的时候她没有来，现在怀孕了来看她，倒让她意外了。

秦虹先问了一些怀孕的情况，不知不觉将话题扯到了她和高明义的海鲜生意上，接着大倒苦水，说是几个合作的大酒店都被别家抢走了，亏损了不少："别看我和你爸表面风光，背地里的苦，谁知道呢？他倒好，花起钱来不晓得心疼，大手大脚的。"

龙宝贝这才听懂她此番来的目的，看来爸爸给自己这笔钱是瞒着她的，现在东窗事发了，她也上门来兴师问罪了。

晚上郑晓凯回到家，龙宝贝把白天的事情跟他说了，郑晓凯比她更生

气："那就还给她，我们不稀罕！"

"当面就给了她……"

龙宝贝想过了，若是被爸爸知道了，要她重新收下这个钱，她一定会坚决拒绝的，可没想到，拿着卡跑上门来的居然是高琳。

"我妈太过分了，我们家的海鲜生意好好的，什么事情都没有，别听她的！"高琳将卡塞到龙宝贝的手上，龙宝贝紧握着拳头，不接。

"这钱是你应得的，为什么不接？这是爸让我拿来给你的。"高琳提高了声音，沈春华正要进来，听到她的话，猜得八九不离十了，大踏步走过去将卡接了过去："我替她收着。"

龙宝贝又急又气："妈，您别管行不行？"

"我不管？由得你犯傻？"沈春华说完，头也不回地拿着卡出了房间。

郑晓凯下班一回到家，龙宝贝就把他拽进了房里。

"我不管，你快去把卡要回来，这种伤自尊的钱，我才不要呢！"

"你不管，我去跟她说。"郑晓凯跟着一块儿生气，气他妈多事，气他妈每次没搞清楚怎么回事就自作聪明。

龙宝贝嘟着嘴瞪他："你傻？你这样去找她，她一定会认为是我在你跟前告了状的。"

郑晓凯一想也对，干脆让龙宝贝出去溜达一下，等他把卡要回来了再打电话让她回来，省得她在场尴尬。

龙宝贝借口下楼买东西溜了，郑晓凯坐到沈春华跟前，开门见山地说："妈，那笔钱我们还是不要的好，还给人家。"

沈春华像是早有准备似的，恨铁不成钢地瞪了他一眼："你老婆傻，你也傻？"

"事情不是您想的那样，那笔钱是她爸背着她继母给的，现在她继母上门来要，她要是不给，人家还指不定在背后怎么说她呢。"

"说她什么？说几句能少块儿肉？你媳妇儿喊你来的吧？凯凯，妈妈跟你说，这笔钱妈决定收下了，你们俩什么都别说了。"

"什么叫您决定收下了？妈我说您别管行不行？"郑晓凯急了，沈春华果决专断

的样子令他心里堵了块实心木头——憋闷。

“我不管？这是你们结婚她爸给的礼金，是理所应当的！凭什么收回去？哦，他们家这笔钱是拿出来压场面的，显得他们家比我们家富贵，现在事情过了又要收回去？他们倒是一分不花买了面子，我们家凭什么就娶个一分钱嫁妆不给的媳妇儿啊？”沈春华激动起来，喘了几口气，“凯凯啊，你从小在家里妈妈让你做过什么？全家宝贝你一个！你现在娶的媳妇儿妈妈是一万个不满意但都藏在心里，就是怕你在中间不好做人，她却越来越不懂事，越来越叫人失望，现在是有了身孕我就不说了，先前没怀孕的时候就好吃懒做！隔三差五地上超市买零嘴儿，她都多大的人了？一天三餐少她的了？从来去你房间，那零嘴码了一桌子，吃完东西随手一扔喊你收拾，成天对你指手画脚的，要你端茶递水，要你放洗澡水，要你晾衣服，上次我跟你爸走亲戚去了，她连饭都不给你做，看得我心寒呐，有手有脚的年轻人叫什么外卖，还骗我说只要十几块钱，你们当妈是瞎子？她压根儿不是个过日子的主儿，现在找他爸演这出戏，当老子看不出来？想把钱拿回去？门儿都没有！这十万块钱，光堵她那张馋嘴都够呛！”

郑晓凯听着沈春华没完没了的控诉，震惊得张大了嘴巴，他从没想过平时对龙宝贝笑吟吟客客气气的妈妈，心里竟对她有那么多不满，更没想过龙宝贝喜欢吃零食这样一件平常到不能再平常的事情也会令他妈气恼不休到这个地步，龙宝贝恍然间成了他不谙世事的孩子，眼下遭到了邻居刻薄的指责，他的声音不觉大到了顶端，近乎咆哮：“您太过分了！早知道您是这样看她的，我打死都不会让她在这里住一天！”

儿子初次这样训斥自己，沈春华面红耳赤到恨不得拔地而起找个人拼命，当然，这个人无论如何都不是郑晓凯，因为他就是她的命。

“老子辛辛苦苦把你拉扯大，你就这样报答老子？老子不管！老子不管！让你们俩过去，你就听她的话，跟她过去！”

他爸两头劝着，像是拿着竹篓在两个火堆间来回奔波，浇不灭任何一方，反倒让整个场面更加混乱了。

“凯凯啊，你妈也是关心你们，你怎么这么不懂事啊？”他爸边给沈春华递抽纸边劝郑晓凯道歉，郑晓凯倔强地扭身就走，打开门，龙宝贝就站在门口，身体激动得

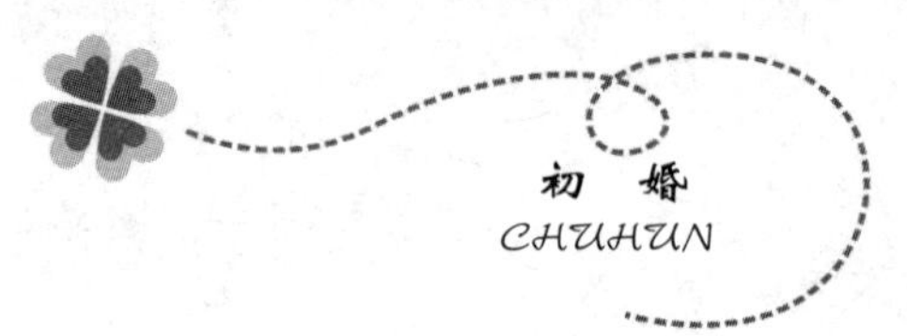

簌簌发抖，只觉得怒火烧了她全身，可却越烧越冷，冷到了骨子里，冷得她动弹不得。

房间里，龙宝贝翻箱倒柜地收拾东西，郑晓凯关上门，想要抱抱她，却被一把推开：“宝贝……”

龙宝贝的眼泪掉了下来，从小到大，她还没有被人这样嫌弃过，呵！原来她近来的优待和幸福感是沾了孩子的光啊，原来她龙宝贝这么不招人待见啊？

“你别说话，我不想待在这里了，我要回家！”龙宝贝哭了出来。

“好好好，我们一起走。”郑晓凯也开始收拾东西。

龙宝贝哇的一声坐在床上大哭起来：“郑晓凯！嫁给你，我悔死了！我要跟你离婚！”

郑晓凯愣住了：“这件事情是我妈不对，我不是已经跟她把话说开了吗？你还要我怎么样？”

“我不管，我要离婚！”

“再闹就没意思了！”郑晓凯冷下脸来。

龙宝贝看了他一眼，哭得更伤心了：“你有什么资格凶？跟你在一起到现在，你给过我什么？看看我们现在住的房子，看看我们寒酸得要死的婚礼，再看看你爸妈是怎么对我的？”

“我家就这样的条件，我瞒过你吗？结婚前你怎么说的，你说只要跟我在一起，其他什么都可以不计较，自己说过的话说忘就忘吗？”

“可结了婚跟我想象中一点都不一样！”

真的不一样，她才知道，原来结趟婚，生活里会多出这么许多甲乙丙丁来，她不再是她龙宝贝，不再是郑晓凯的女朋友，而是郑晓凯的老婆，沈春华的儿媳，郑晓敏的弟媳，熙儿的舅妈，郑蓉蓉的嫂子，她和郑晓凯的花前月下变成了窝在被子里的悄悄话，所谓的吃大餐喝红酒变成了受尽冷语的五元早餐、膨化零食，就连身体的缠绵也被赋予了神圣的使命。

郑晓凯呼了口气，蹲在她跟前抱着她的腰：“宝贝，我们已经结婚了，做什么事情都该有大人的样子，我妈是不对，但她终究是长辈，你可以觉得她吝啬小气，可以

觉得她自以为是，这些毛病她确实都有，但哪家的老人没有这些毛病？难道所有的夫妻都要用离婚来解决吗？”

龙宝贝看着他，泪水再次肆虐：“可我讨厌透了和他们相处……他们不喜欢我，我也不喜欢他们，为什么我们要生活在一起？”

“宝贝，话不是这样说的，谁结了婚不是这样过？你多想想他们的优点好不好？”

龙宝贝摇头：“我不我不，这不是我想要的生活，你知道吗？自从结婚搬来这里，我说话得赔小心，我吃东西得偷偷摸摸，我得无条件包容你姐夫杵在我的房间彻夜不归，我理所应当得给你小学没毕业的表妹找到一份轻松体面的工作，我得无数次听她叨咕我是一分钱嫁妆没带的媳妇儿，现在，她可以义正词严地怀疑我和我爸合伙耍诈……郑晓凯，你扪心自问，我在你妈心目中龌龊到了什么程度？我怎么能跟这样的人生活在一起？”

郑晓凯静静听着，沉默许久，终于柔声哄着：“那我们搬出去，好不好？”

龙宝贝心里那根刺仍旧没有剔除：“就算搬了出去，我仍是你的老婆，他们的儿媳，我讨厌跟他们扯上一丝半点的关系！”

郑晓凯不再说话了，无奈地看着她的脸，认识她四年了，她从没像这样哭过，他内疚，因为他的关系，让她承受了这样的委屈，他开始自责，自责自己对龙宝贝不够体贴，她还是个孩子，固执地认为生活就该无忧无虑的孩子，他自以为爱她，所以给了她这段婚姻，同时也给了她束缚和苦恼。

龙宝贝捧着他的脸，注视着他的眼睛：“老公，我只想和你在一起，过去我们很幸福的不是吗？我不要他们，我讨厌他们，我只要和你在一起，呜呜……”

郑晓凯终于在她的泪水中妥协了：“好，我们离婚，离了婚再像从前那样过。”

二十二：入赘

龙宝贝和郑晓凯去民政局办理离婚证那天天气大好，龙宝贝吵着要郑晓凯请她吃“散伙饭”，两人吃了西餐，喝了一整瓶红酒，等回到家已经晕晕乎乎了。

龙宝贝一进门就冲龙雪花嚷嚷：“我不做郑晓凯的老婆了，我又做回他女朋友了，我不做沈春华的儿媳妇儿了，哈哈……”

龙宝贝酒醒后，将房间收拾了一下，下午，搬家公司将她的行李运了过来，归置到天黑才勉强收拾好，看着她和郑晓凯离婚后同居的“新房”，龙宝贝拿出数码相机，美美地自拍了几张照片，用彩信发给了郑晓凯。

五分钟后，郑晓凯回复了：“从今天起，我就入赘你们龙家了，请多关照。”

“入赘”这两个字令龙宝贝有些心疼，她住进沈春华的地盘尝尽压迫管制逃了出来，现在让郑晓凯住进龙雪花的地盘，又得尝尽寄人篱下的辛酸……

“老公，现在是缓兵之计，等咱们攒够了钱，找到了合适的房子就搬。”龙宝贝这样安慰着。

郑晓凯笑道：“没事。”

郑晓敏听说了他们离婚的消息，一个电话打了过来，郑晓凯知道她要说什么，急忙奔到了洗手间才敢接：“不为什么，性格不合。”

郑晓敏机灵一笑：“是跟你不合啊，还是跟妈呀？”

郑晓凯苦笑，他跟龙宝贝约好了的，离婚后秘密同居，不让他家人得知任何风声，就当她龙宝贝彻彻底底从地球消失了，若不是眼下经济紧张需要投靠龙雪花，原本准备连她也一并瞒过去的。

龙宝贝想过了，即使她和郑晓凯从那个家搬出来，她是他妈的媳妇儿这个事实还是没有改变，她有义务回去探望她，有义务为他们家传宗接代，甚至有那么点义务听他妈颐指气使地安排她的生活，干涉她的隐私。

想要彻底和那位难缠的老太太永远Say Byebye，唯有离婚。

“妈那个人，刀子嘴豆腐心，你还不知道？她再怎么不讲道理，却是真心宝贝你的……”

郑晓敏说了很多，郑晓凯不作回应，他当然不是怪沈春华，只是缺乏与她沟通的技巧，这个技巧不是依靠后天努力所能练就的，那是一种气场，需要一些契机，至今来说，这两样都不具备。

昨天下班回到家，沈春华从厨房迎了出来，见只有他一个人，好不容易堆起的笑脸垮了下来：“你老婆呢？”

郑晓凯将离婚证书拿了出来，递给她看，沈春华没念过什么书，但离婚证书几个大字还是识得的，手一哆嗦，差点没晕过去，手里握着锅铲，一晃一晃地为自己抱屈：“我就说了两句她就要离婚？我的个天呐！你是讨了个什么老婆？啊？拿婚姻当儿戏？啊？想结就结，想离就离？啊？哎哟，气死我了哟……”

郑晓凯形式化地将她搀到沙发上坐下，沈春华猛地一惊：“你们离婚了，那我孙子怎么办呐？”

郑晓凯又撒了个谎：“已经动手术拿掉了。”

沈春华哀号一声，眼白将眼黑挤走了，嘴唇一麻痹，晕了过去。

郑晓凯和他爸又掐人中又拍冷水才救过来，他爸一着急，气得跳脚大骂，先是骂郑晓凯，接着骂龙宝贝，将一屋子人骂了个遍才闷着头钻进了房里。

龙宝贝回来的第一晚，同样是热闹非常，被龙雪花训斥得满脸唾沫：“你傻？你没脑子？你肚子里还怀着孩子呢就敢离婚？他付得起赡养费吗？”

龙宝贝先应付着：“孩子我们没准备要。”

“没准备要也不能……”龙雪花情绪激动，很快回过神来，眼珠子转了转，算计了一番，“也好，趁早跟他断了，听妈的，他们全家没有一个省油的灯。”

龙宝贝咋舌：最费油的还得数龙雪花。

这晚，郑晓凯要加班，龙雪花让龙宝贝去新世界帮她选衣服，龙宝贝急匆匆奔了过去，站在约定位置等的却是个男人，一个笑容相当猥琐的老男人。

“你好，龙小姐比我想象中还要漂亮，我是唐峰。”

龙宝贝猜得七七八八，差点没晕过去，急忙解释了几句就想闪，唐峰却故意装傻，一会儿说要给妹妹买东西，让龙宝贝帮忙挑选，一会儿说自己是杂志主编，很乐意跟龙宝贝探讨写作方面的问题。

龙宝贝无奈，跟着他围着商场绕了两圈，越绕越觉得这人精神有问题，这时候，手机响了，是郑晓凯。

龙宝贝急中生智，拿起电话听了听，作出错愕不已的样子：“啊？住院了？严重吗？天呐！我马上过来！”

转而对唐峰说，“唐先生，真不好意思，改天请您吃饭吧！”说完，拔腿就往电梯口的方向冲去，刚跑到门口的旋转门，有人一把将来不及刹车的她拽了回去：“谁住院了？”

龙宝贝如遇救星，哀号一声拉着他就跑：“快走，不然我就得住院了。”

两人奔出商场，上了公交，郑晓凯用怪怪的眼神瞅着她：“我刚刚看见你跟个男的在一起，故意打电话试探你的……”

龙宝贝夸张地握着他的手抖了又抖：“我谢你八辈祖宗，你救了我的小命了。”

“你别扯七扯八的，那男的是谁？”

“我真不认识。”

“你不认识他能把你吓成这样？”

龙宝贝叹了口气：“实话跟你说吧，我是被我妈骗来相亲的，可你看那男的，我妈哪里是帮我找，分明就是帮自己找，切！没有五十也该四十九了吧？”

龙宝贝这番话说得丝毫不留心机，竟一点没有考虑到郑晓凯和龙雪花的立场，等看到郑晓凯一脸愠怒时已经晚了，再想圆回去算是无力回天了，只好拿出一贯的杀手锏：恶人先告状。

龙宝贝这才想起一件事情。

“郑晓凯，你不是加班吗？你什么时候来商场当导购了？”

郑晓凯不理她，心里依旧闷闷地不是滋味。他自然不会告诉她，他今天并不是加班，而是陪林玫来买衣服的，林玫坚持要送他一套西装，被他拒绝了。

从什么时候起，“加班”这个词汇在他看来有了更深的含义，它是一切秘密行动的代名词，而打着加班的幌子陪别的女人逛商场，对老婆无疑是莫大的伤害，所以，不说是上上之策，

可眼下，他对龙宝贝的那点内疚荡然无存了，满心装载的都是拥堵的情绪。

晚上两人一起回的家，龙雪花打开门，见两人闷闷的表情，大概猜到了结果，讪讪地说了声：“洗手吃饭吧。”

郑晓凯回房间换衣服，龙宝贝尾随龙雪花进了厨房，洗了手，边帮郑晓凯盛饭，边向龙雪花发出郑重警告：“妈，今后别干这事儿了。”

龙雪花假装没听懂，端着碗汤就往客厅奔，龙宝贝也懒得多说她什么了，饭桌上一个劲帮郑晓凯夹菜，郑晓凯只是沉默着不说话。

郑晓凯让龙宝贝跟医院预约动手术的事情，龙宝贝嘴上答应，心里却游移不定，她希望在这件事情上是郑晓凯来说服她留下这个孩子，而不是自己一味的坚持，郑晓凯一味的为难。

龙宝贝见舒默约她出去吃饭，干脆把地点定在了郑晓凯公司附近的火锅店，等郑晓凯下班一起回家。

龙宝贝从包里拿出离婚证，满是得意地在他眼前亮了一圈，这是她的甜蜜爱情通行证，是她脱离沈春华殖民地统治的自由宣言。

“离婚的滋味如何？”舒默听龙宝贝讲完经过，像是看了场精彩的马戏表演。

龙宝贝夸张地闭上眼睛傻笑：“没结过婚就不晓得离婚的好哇！你知道吗？我只要想到从今往后听不到他妈叨叨叨叨的教育，不用看他妈的脸色吃东西买东西，全身的细胞就像死灰复燃了一样。”

两人相对傻笑，最后话题落到了高琳头上。

“其实，你若是做我妹夫也不错。”龙宝贝哈哈大笑，见舒默花一般的脸苦了下来，就笑得更欢了。

“她对我来说就像个小妹妹，而且，我也没想过要结婚，我姐姐说，婚姻好比水，幸福好比船，水能载舟亦能覆舟，年轻时轰轰烈烈的爱情抵不过岁月的变迁。”舒默努嘴一笑，将涮好的羊肉夹到龙宝贝的碟子里。

龙宝贝似懂非懂地愣愣发着呆，她和郑晓凯离婚算是悬崖勒马么？

从火锅店出来，外面下起了毛毛细雨。舒默里面穿的是上次和龙宝贝一起买的T恤，外面套了一件浅色衬衣。龙宝贝说过，他是她见过将衬衣穿得最不做作的人。

舒默将衬衣脱下来，双手撑在龙宝贝的头顶上，龙宝贝突然想起了高中时两个人也是这样从突降大雨的操场跑回教室的，那次，两个人淋成了落汤鸡，龙宝贝又咯咯咯咯笑个不停，舒默说她是落入凡间的鸡精，被雨一淋，现了原形。

“哈哈，你还记得吗？你当时说我是鸡精。”龙宝贝大笑。

舒默笑着嗯了一声。

“你还说，我三十岁之前没有人要，你就娶我。”龙宝贝这句话说得极其顺口，一说完，急忙吐了吐舌头，跳起脚在舒默的头上敲了一板栗，“哈哈，你再长高我就敲不着了。”

郑晓凯从电梯走出来，正看见龙宝贝和舒默撑着一件衬衣冒冒失失地闯进来，龙宝贝嘻嘻哈哈笑着，两个人说着没头没尾的话。

龙宝贝正要冲过去，突然想起自己此刻是隐婚一族，还是低调点好，被郑晓凯身边任何人发现了都不是好事，于是窃笑着冲郑晓凯使了个眼色，示意自己在外面等他，郑晓凯却不回应，表情严肃地径自向前走。

龙宝贝在布置好的房间里跑来跑去，只要是她收拾归置的小角落都要拿出来邀功，往常的形式是这样的：

“老公，阳台是我收拾的哦，我还买了盆吊兰回来！美吧？”

“嗯！老婆真能干！”郑晓凯奖赏般在她脸上嘬一口。

“夫君，今日奴家亲自下厨，做了你最爱吃的白灼虾！”

“娘子真好，来，亲一口！”

可在今天，她十分刻意的邀功得不到任何回应，郑晓凯只顾闷不吭声地拿毛巾蹭头发上的雨水。

龙宝贝郑重地捧起他的脸，佯装生气道：“谁欺负我老公了？快说，老娘跟他拼了！”

龙宝贝的样子让郑晓凯没有办法不开口了，像是小孩子生了半天闷气只为引起大人注意，眼下目的已经达到了：“为什么他也有这样的T恤？”郑晓凯指着身上龙宝贝送的那件。

“他也看上了，就买下了。”龙宝贝说完，又补充了一句，“他自己付的钱，你这件是我付的钱。”

郑晓凯白了她一眼，表示她说的是废话：“今天在公司楼下为什么刻意避开？”

龙宝贝听了这话，大大为自己老公的智商悲哀，抱着他的脑袋摇晃着，作出了痛心疾首的神情：“你傻啊？我们现在是在搞地下恋情，什么叫地下恋情？就是不能让别人知道，万一你们公司有你妈布下的眼线可怎么办？你夹板气没受够是吧？”

龙宝贝的话让郑晓凯无言以对，正好龙雪花在门外喊他们吃饭，他顺水推舟，做出不是他没有话说，而是眼下懒得说的样子，龙宝贝嘻嘻一笑，连忙讨好地吊着他一边胳膊往外扭。

晚上，龙雪花上楼打牌了，龙宝贝和郑晓凯难得靠在沙发上一起看电视，是综艺节目，请来了一群能歌善舞的小鬼来热场，龙宝贝看得越笑越深，最后苦恼地看了看肚子："老公，我能不做手术吗？他是我们的宝宝，你想想他肉嘟嘟的脸蛋儿，小手，屁股，想想他淘气后挨打了噘着嘴委屈……老公，我舍不得了……"

郑晓凯不言语，将她更紧地搂在怀里，良久："好，听你的，这是我郑晓凯和龙宝贝的孩子，我们要努力赚钱，将那小子养得白白胖胖的。"

二十三：分叉

龙宝贝下定决心生下孩子了，一时之间如释重负，满心欢喜地期待当妈妈，可之前喝过红酒，越想越不放心，找了个礼拜天去做检查。

郑晓凯临时接到林玫的电话，说之前处理的程序出了点问题，让他去他们公司谈，郑晓凯没办法，硬着头皮去了，问题倒是很快解决了，林玫又安排了饭局，约了几个生意上的伙伴给他认识，看情形是要给他介绍客户，郑晓凯推托不开，也不舍得推托订单，心心念念地期待着早点结束饭局回家陪龙宝贝赎罪。

龙宝贝站在医院门口进退两难，心里像是住了只毛茸茸的兔子，难受。

她给郑晓凯打了无数通电话，一开始是让她等等，处理完手头的事情就过来，接着是让她再等等，临时有点事，最后直截了当了："宝贝，我去不了了，要不然改天再去吧。"

龙宝贝火了："不能来你早说啊，我都傻乎乎站门口半天了！"

郑晓凯耐着性子解释："公司有重要事情要处理，听话，你先回家，咱们改天再去。"

龙宝贝挂了电话，坐在过道的长椅上生闷气，她习惯了一个电话郑晓凯便马不停蹄地赶到她身边，可自从接了那个活儿，郑晓凯突然忙到没有时间接她电话的地步了，即使接了也是三句将她打发掉："怎么了""现在很忙，回来说""拜拜"。

龙宝贝感到一阵委屈。

龙美丽去了三亚，这个时候找龙雪花是绝对的找骂行为，昨晚她已经明确表明态度了："你要生下孩子就复婚，你要不愿复婚就把孩子打掉。"

龙宝贝给高琳打电话，高琳急着想见到舒默，估摸着舒默知道龙宝贝要做检查，无论如何不会再做缩头乌龟了，于是把他也约着来了。

"你可真行！我做产检你把他叫来？"龙宝贝翻着白眼儿，高琳只顾花痴地盯着舒默，嘻嘻哈哈地笑。

龙宝贝拿着号牌排队，心里紧张到不行，突然小腹一阵紧似一阵地坠痛，高琳慌了，急得直跳脚："该不会是早产吧？"

舒默无语地注视了她两眼，为她渊博的知识折服。

龙宝贝满头大汗地被送进了急救室，好一会儿，戴着口罩的医生出来了："病人是阑尾炎，马上进行手术。"

医生的话令两人半天回不过神来：龙宝贝根本就没有怀孕，她的腹痛是因为阑尾炎，之前的些许孕吐很有可能是消化不良。

一进手术室，高琳将包包一甩，拉着舒默钻到一个小角落："我姐说你上学的时候成绩数一数二，为什么在我这儿就这么笨呢？我喜欢你呀傻瓜！"

舒默干笑着，闷着头组织了半天的语言："我不适合你，我就想活得自在点儿，不受约束……"

舒默没说完，高琳的眼里泛起了兴奋的光芒，仿似流浪已久的小狼找到了狼群："我也是呢！我最恨别人干涉我了！咱俩绝配啊！我保证，咱们俩在一起不会受到任何阻碍，我们不结婚，不在对方父母跟前出现，隐婚也好，只恋爱不结婚也罢，都随你！"

高琳有一双晶莹黑亮的眸子，此刻透着无限的真诚，她紧紧捉住舒默的手，嘴上说得没心没肺的，心脏却在咚咚跳个没完，舒默想要将手收回去，高琳加了力气握紧，脸上的笑意却显得勉强了，舒默不敢看她的眼睛，再次想要挣脱，高琳却干脆松了手，一头撞在他身上，他们两个身高悬殊，她这一抱，刚好够到他的胸口："我就是喜欢你，由不得你！"

高琳无厘头的话令舒默突然想起龙宝贝来，她和郑晓凯从相识到相恋不足两个小时，那天他去学校看她，两个人坐在食堂面对面吃番茄海带粉，龙宝贝边吃边乐："我就是喜欢他，哈哈。"

这一刻，她的妹妹却对自己说着同样的话。

龙宝贝无法理解，自己在手术室里心惊胆战地挨刀子，为莫名其妙失去的孩子失落伤心，两个特地赶来的家属却在外头谈起了恋爱，岂有此理！怎么当家属的？还有没有一点专业素养了？

龙宝贝麻药药效过去，醒来第一件事就是看手机，郑晓凯没有打来电话，高琳连忙解释："别看了，你做手术的时候我给凯凯哥打了电话的，无人接听。"

龙宝贝脸色苍白地倚靠在病床上，麻药药效过去，身体传来的剧痛令她眼泪翻涌，她拿出手机，一遍又一遍地拨打郑晓凯的电话，那边传来的只是低沉的嘟嘟声和刺耳的忙音。

"要不然我去他们公司找找他吧？"舒默不放心，他从没见过欢蹦乱跳的龙宝贝露出这样死气沉沉的脸。

龙宝贝摇摇头："不用，他忙完公司的事情会打给我的。"

这个电话，龙宝贝一等就是一个晚上，这个晚上，她难熬得痛不欲生，伤口处针扎般的疼痛和病房里难闻的气味，耀眼的白炽灯令她彻夜未眠，捧着舒默给她准备的杂志，却一个字也看不进脑子里。

她的手机静悄悄地摆在那里，除了龙雪花和高明义的电话，没有响起过一次，她一度怀疑郑晓凯的手机是不是被偷了，不死心地接着摁号，摁到后来，恨不得砸掉手机来发泄心中的憋闷。

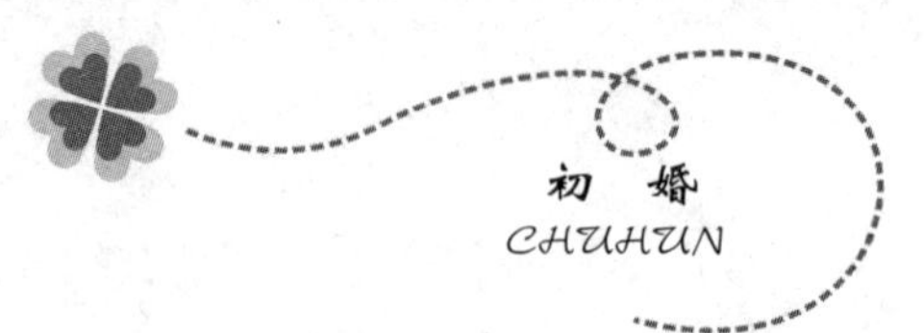

第二天上午十点，郑晓凯的电话终于打了过来："我在来医院的路上……"

龙宝贝强压着心中的怒火，语气冰冷："我妈说你一晚没回去，你昨晚干吗去了？"

"我喝醉了，在外面睡着了。"

"在哪里睡着了？"

"酒店。"

"哪家酒店？"

"……宝贝你这是干什么？"

"我动了手术，摘了阑尾，打了一晚上你的电话，现在在跟你讲电话，我回答你了，到你回答我了，哪家酒店，和谁在一起？"龙宝贝感觉自己的呼吸剧烈起伏着，胀得心脏抽痛。

郑晓凯在电话那头沉默了，龙宝贝也不挂电话，两人就这样僵持着，正当龙宝贝感觉郑晓凯离她越来越远的时候，他的脸出现在了病房里，手里拿着KFC的皮蛋瘦肉粥。

龙宝贝苍白的脸，凌乱的发，通红的眼像是一把弯刀扎进了郑晓凯的肺腑之间，他将稀饭趁热喂到她的嘴里："你信我，我陪客户吃饭，喝醉了，朋友送我去酒店睡了一晚，怕我被打扰，帮我把手机调成了静音。"

如果那个"酒店"不是朋友的私人公寓，如果那个朋友不是林玫，那么这个理由算得上是问心无愧天衣无缝的，郑晓凯一早醒来，看到的是完全陌生的环境，林玫帮他准备了醒酒汤，让他喝下去，他拿起手机，上面显示的是126个未接来电。

林玫解释："有人找你吗？不好意思，我怕你睡得不好，所以调成静音了。"

"没事。"郑晓凯硬着头皮回答，心下却满是不安，如果自己喝醉了，她可以送他回家，或者给程祥打电话，实在没有必要送到她的单身公寓吧？

之前，林玫送他各色办公用品，因为同时也送了其他几位同事，他也就没有理由拒绝，久而久之，他的办公桌上全是林玫的礼物，桌摆、日历、记事簿、便利贴。

程祥曾给他提醒："这个女人来者不善，看你的眼神儿都能拧出水来，你自己看着办吧，我把丑话说前头，宝贝对你那么好，你要是敢对不起她，我做兄弟的第一个不放过你。”

郑晓凯当时觉得他脑子进水了，给了他一记白眼：“你哪只眼睛看见我对不起龙宝贝了？我跟林玫是正常的工作关系，别人不知道，你天天跟我一起你还会不知道？”

“我就是因为天天跟你在一起，看到了太多不该看到的可耻画面，所以才警告你，人家是漂亮，有气质，有钱，可人家离过婚，大你五岁，你下得去手啊？”

郑晓凯恨不得痛扁他一顿：“算我白交了你这个兄弟。”

“我是为你好，跟她保持点儿距离，不然哪天被龙宝贝抓着了，以她的个性，你俩准玩儿完！”

郑晓凯不服气：“凭什么保持距离？我问心无愧！”

林玫留他吃早餐，郑晓凯婉言谢绝了，这个女人有着一颗通透的心，一双明媚的眼，令他经此一夜觉得格外危险，程祥一贯不靠谱，这次却说对了。

龙宝贝低着脸不说话。

“还疼吗？”郑晓凯心疼地抚着她的手，“宝贝我错了，我知道最近我因为工作忽略你太多，为了补偿你，等你身体恢复了，我带你去云南，你不是一直想去吗？”

龙宝贝瞥着他，他宿醉之后的脸有些憔悴，脸上挂着讨好的笑，龙宝贝防线崩溃了，嘟着嘴哭了起来：“我不是怪你，只是不习惯你不在我身边，昨晚我痛得一晚上睡不着，又担心你怎么了……”

“是我不好，是我不好，没有照顾好你……”郑晓凯拂去她的泪迹，“我保证再也不会了，你信我。”

龙宝贝信他是真的自责了，却也信他是真的不想要这个孩子，从他联系上自己到现在，没有提及有关孩子的只言片语，这个来得不可思议，走得莫名其妙的宝宝终究只是他们生活中的一场闹剧。

这场闹剧在龙雪花那里还只是前奏，她赶到医院，看着一夜不知所踪的郑晓凯满眼凌厉：“你可是越来越忙了呢。”

龙宝贝连忙解释：“妈，他昨晚加班……”

龙雪花一声不带掩饰的冷哼：“哦，加班啊？成天忙成这样，现在工资涨到多少了？不吃不喝攒个一年半载是买得起一块车牌还是租得起一间厕所啊？”

“妈！”龙宝贝一激动，扯到了伤口，疼得直冒眼泪，适才对郑晓凯的那点埋怨全化作袒护了。

“你当心点儿！”龙雪花心疼地帮她检查伤口，“你紧张个什么？我说错什么了？男人就该有男人的担当，别以为我家宝贝死心塌地要跟着你，你就可以不拿她当回事儿。”

“妈，您越扯越远了！”龙宝贝真的生气了，因为沈春华的存在，她太能理解郑晓凯此刻的心情了。

“我说的就是现在，你这还好是虚惊一场，如果真是怀的孩子，你们怎么养？就每个月挣的那点钱，给他喝白粥吃咸菜？”龙雪花没有停下来的意思，定定地看着郑晓凯，“当初我不同意你们结婚，宝贝寻死觅活地跟我闹，说你会对她好，说你们会过得很好，现在瞧瞧你们这日子过的，三天两头在搬家，连个自己的窝都没有，再看看你，原来说得豪情万丈的，你的事业呢？没有事业，你凭什么说让她过好日子？”

郑晓凯拉着龙宝贝的手，眼里没有笑意，直直地回视龙雪花：“您看到的只是现在，我会向您证明的。”

龙宝贝嘟着嘴，难过得眼泪往下翻滚：“妈，您别这样为难他好不好？您究竟要我们怎么样嘛？”

龙雪花气恼得就要爆炸：“我为难他？你个臭丫头死没良心的！现在是他们一家人在为难你！你为什么离的婚？为什么搬回来住？你以为你不说我就不知道？”

龙宝贝无言以对了，只能捂着脸流眼泪：烦死了烦死了！为什么一开始要结婚？为什么要在两边家长的指指点点下没有自尊地生活？

二十四：钻风箱

出院回家的第一个晚上，龙宝贝靠在郑晓凯的怀里长吁短叹："老公对不起，我没能保住你的孩儿。"这句话，龙宝贝每个月来例假都会假模假式地说一遍，这次却说得格外哀伤，郑晓凯在她脸上吻了吻，心疼地将她抱在怀里哄她睡觉。

龙宝贝出院第二天，郑晓凯已经从沈春华那里把卡要了回来，亲自上门当着后丈母娘的面还给了丈人，还替龙宝贝说了些感谢的话。

"老公真好！只有你能理解我。"龙宝贝龇着牙傻笑，即使在金钱诱惑面前，龙宝贝的立场也被摆在第一位，这是郑晓凯十分可贵的品质。

龙宝贝不知道，为了要回这张卡，郑晓凯差点没磨破嘴皮子，沈春华的态度很强硬，道理一套一套的："离了婚就得把礼金退了？那其他亲戚送的份子钱是不是都得退了？我为你们结婚买的家具家电算怎么回事？谁来赔偿我的损失？"

郑晓凯说不过她，打电话向郑晓敏求助，郑晓敏到底是对付沈春华的

老江湖，一句话令他妈放下了一切武装：“您这样做，人家不会说您什么，但背后要戳凯凯脊梁骨的，说他骗女人钱。”

沈春华越想越气，好像龙宝贝她娘家的人当真冲进了家里，七嘴八舌地对着郑晓凯谩骂，心疼得都心力交瘁了，骂骂咧咧地将卡交给了郑晓凯。

龙宝贝长达半个月的休养期，舒默和高琳两个人犹如恩爱的夫妻，打电话问候是同声同气，前来探望也是出双入对。

舒默特会做饭，每次来都哄得龙雪花眉开眼笑，龙雪花也对着龙宝贝叹息过几次：“看看人家小舒，嘴甜又能干，你是走眼了才找了郑晓凯。”

龙宝贝再三警告她不许再讲郑晓凯的坏话，她一直认为，婆婆对媳妇的爱是斤斤计较的，丈母娘对女婿的爱却是宽厚博大的，事实证明，龙雪花在情感方面总是个另类。

郑晓凯早起上班的时候龙雪花在睡觉，晚上下班回到家半夜了，龙雪花仍旧在睡觉，他换鞋洗漱弄出的声响必定要被雪花唠叨个没完；郑晓凯喜欢打游戏，不加班的日子往往要玩到转钟才睡，龙雪花将房门敲得砰砰响，每隔半小时起来报时一次；龙宝贝不爱喝汤，龙雪花每天都要煲给她调理身子，龙宝贝想了个好办法，等郑晓凯下班回来，一口气栽给他喝下，原以为神不知鬼不觉，还是被精明强悍的龙雪花发现了，顾左右而言他地埋怨最近菜价又涨了，一家三个人，伙食费够呛。

郑晓凯和龙雪花俨然不是丈母娘与女婿，而是刻薄的房东太太与穷酸租客。

龙宝贝烦透了龙雪花这一点，却又无能为力，她不愿待在郑晓凯家受他妈的冤枉气，可也不忍心郑晓凯住在她家受她妈的窝囊气，她突然发现，若是不及早攒够钱搬出去，她和郑晓凯只能当钻风箱的老鼠，选哪头，都受气。

龙宝贝心血来潮将自己和郑晓凯所有的照片都清理出来，花了一整天的时间做成了电子相册，每一张相片底下都有备注，记下拍摄的时间，地点，当时的心情，其中有一张相片是郑晓凯睡着的时候龙宝贝偷拍的，他睡得很香，嘴角带着稚气，龙宝贝在照片上亲了一口，独自傻乐着，却没发现无处不在的龙雪花此刻正站在她身后。

“哎哟妈，你走路怎么没个声响啊？”

龙雪花一屁股坐在床上，见她在对着郑晓凯的照片傻笑，满脸的不屑：“之前你

动了手术身子弱，妈懒得跟你说，现在你身体也好得差不多了，妈跟你好好谈谈。你跟郑晓凯到底准备怎么着？”

“我俩好着呢，一辈子都这么好。”龙宝贝故意龇着牙笑。

龙雪花气呼呼地瞪了她一眼：“现在婚也离了，孩子也证实是虚惊一场了，你赶紧的跟他分了！”

龙宝贝不喜欢她妈命令式的沟通方式，她不应该养孩子，应该养条小狗，让它点头就点头，让它在哪根电线杆前撒尿就去哪根电线杆前撒尿。

龙宝贝也来气了：“妈，正好我也要跟您说清楚，郑晓凯是我老公，我们俩离婚是为了应付他爸妈，他再怎么着也是我男朋友，请您不要对他横挑眉毛竖挑眼的，您之前帮我介绍男朋友他都没有说您什么，对您已经算恭敬了，他在他们家被宠得跟个宝似的，要不是为了我，何必要来受您冷眼？”

龙雪花眼睛一瞪，高高挽起袖子决定大干一场：“恭敬？我今天算是长见识了！从第一次上门开始，就没见他大大方方露个笑脸儿，聘礼，没有；生活费，没有；你怎么就那么贱呢？条件好的男的满大街都是，你图他什么？”

“行行行，我就是贱，您反正也单着，有条件好的您赶紧的别耽搁了自己，还有聘礼那事儿，我说过多少回了，他家里条件不好，拿不出来，您不也没给嫁妆吗？两边谁也没吃亏，谁也别说什么！”龙宝贝这话是冲龙雪花说的，更是冲沈春华说的，结婚前双方都同意了的事情，怎么说变卦就变卦呢？还一个比一个说得委屈，说得理直气壮，活该她夹在中间，在婆家是没给嫁妆的媳妇，在娘家是没收到聘礼的姑娘，太欺负人了！

“臭丫头别胳膊肘往外拐，老子今天把丑话说在前头，你们跟过家家似的说离婚就离婚，现在又不荤不素地住在一起，就算哪天他不认账了一脚把你蹬了，你也只有哭的份儿！”

龙宝贝将邮件发给郑晓凯，不理会龙雪花哭天抢地地闹腾，换了套衣服去接郑晓凯下班。

“贱丫头！晚上要吃什么？”龙雪花停止了哭闹，冲到门口大叫。

“不回来吃了，让我这个贱丫头自生自灭吧！”龙宝贝说完，听到龙雪花再一声

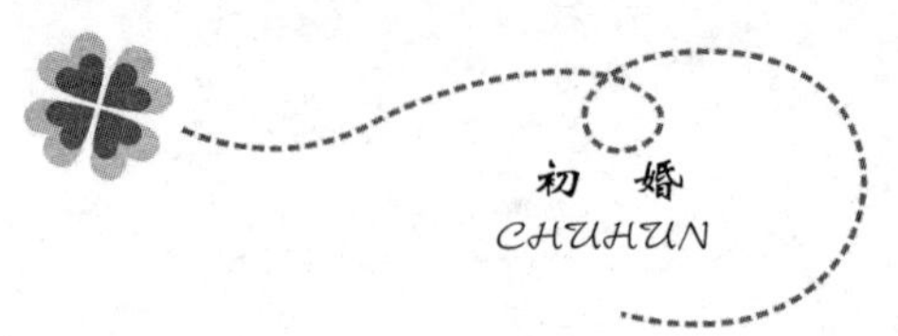

哀号，终于忍不住大笑起来。

从龙宝贝记事起，龙雪花的脾气就异常火暴，上初中起，她不再逆来顺受了，想怎么着就怎么着，由得龙雪花哭爹骂娘去，她权当听不见。小到报考院校，大到终身大事，只要是龙雪花说不的，她就浑身叛逆细胞膨胀，一直到结婚当天她被接走，龙雪花都没有心甘情愿说过一句赞同的话，边下楼边哭骂，又是下辈子不做她娘这套词儿，龙宝贝听着有趣，下次回来买件小礼物，说点服软的话，又将她收拾得服服帖帖了。

龙宝贝出院后，又恢复了往日没心没肺，奢侈享受，无忧无虑的生活，不是约朋友逛街就是吃大餐，每次甩出信用卡付账，脑子里都会奇妙地闪过沈春华极度心疼而扭曲的五官和她不眠不休的谆谆教诲，那些神情和话语像是在她脑子里装载的芯片，拔也拔不掉，卸也卸不了。

龙宝贝点好菜，从五点等到六点，郑晓凯还是没有下班，电话里，郑晓凯匆忙地安抚着她，龙宝贝正要挂电话，那头，一个很美的女音传了过来："晓凯，你看这样改行不行？"

郑晓凯公司的人，龙宝贝差不多都见过，这个声音无疑是陌生的，龙宝贝自娱自乐地胡思乱想了一番，郑晓凯终于来了。

"又吃火锅？"郑晓凯放下电脑包，他从小不爱吃火锅，但这是龙宝贝的最爱，他已经舍了无数条命陪君子了。

龙宝贝往火锅里下丸子，肚子饿得咕咕叫："发给你的邮件看完了吗？"

郑晓凯一片茫然："你给我发邮件了？"见龙宝贝失望地嘟起嘴，赶忙道歉，"今天太忙了，我回家就看。"

两个人回到家已经是晚上十一点了，龙雪花房间的门紧闭着，龙宝贝洗了澡，换了睡衣坐在电脑前看泡沫剧，郑晓凯闻着她头发上的兰花清香，坏笑着将她打横抱起，龙宝贝失声叫了出来，很快捂住了嘴巴，用手指了指房门，郑晓凯点了点头，示意他已经反锁了。

两个人极力压制着声音，郑晓凯干脆用嘴堵住龙宝贝的嘴，龙宝贝挣扎着，脸蛋憋得通红……

“宝贝？宝贝！”龙雪花的声音从门缝里钻了进来，“三更半夜不睡觉瞎折腾什么！”

两个人再无兴致可言，苦巴巴地看着对方，龙雪花的声音却还在继续：“晓凯，你懂点事儿不？宝贝才刚做完手术就瞎折腾，你就那么忍不住？”

一番话说得郑晓凯脸上变了色，穿好衣服就开始收拾行李。

“老公……”龙宝贝想要制止，郑晓凯来回匆匆的，她插不上手，“我妈也是关心我，没有别的意思。”

郑晓凯闷着头不说话，他衣服本来就不多，不一会儿就收拾妥当了：“我搬过来时跟我妈说是公司安排了宾馆，老这么住着也不合适，我先搬回去了。”

龙宝贝追出了房间，又追到了楼下，郑晓凯腿长又正在气头上，走得快，龙宝贝连追带跑才赶上，跑累了，心里一股无名火涌起：“郑晓凯你站住！你再走就不要回来了！”

“我就没想过要回来！”

龙宝贝拽住他：“你什么意思？我妈说你两句你就受不了了？那我住在你家的时候你爸妈不是一个德行？”

“你别扯开话题，我妈只是说话不好听，但她心里是为着我们的，你妈呢？从一开始就瞧不起我，不就是因为我没钱吗？她要是觉得舒默好，那就找舒默当女婿，我郑晓凯配不上你们家！”

“你这样算什么？想分手直说！”

“是！”郑晓凯甩开她的手，跳上一辆出租车。

龙宝贝站在原地哭了一场，气呼呼折了回去，进屋见龙雪花坐在沙发上看电视，冲过去气得发抖：“这下好了？高兴得睡不着了吧？”

龙雪花还在为郑晓凯刚刚冲出屋子对她视而不见而气恼，现在龙宝贝也将气撒在她头上，越发气不过了：“老子就是养条狗也不会像你这样忘恩负义！老子是为了谁？为了你这个死丫头！啊呜呜呜……你这样伤我的心呐……”

龙宝贝关上房门，泪水止不住地往下淌，她想不通，她和郑晓凯是怎么了？为什么会变得这样敏感？为什么会沦入俗气的吵闹不休当中？

龙宝贝辗转睡不着，打开电脑，看着电子相册，越是甜蜜的回忆越是令她泪流不止。郑晓凯对她是包容的，可他也是骄傲倔强的，龙雪花对他的态度，伤了他的自尊。她知道，他今晚说的是气话，却还是忍不住委屈，忍不住难过，费尽心力呵护的心口像被拉了道口子，连呼吸都是痛的。

二十五：给爱情一个自由的空间

郑晓凯开始不分昼夜地忙碌着，将林玫公司的案子处理得井井有条，因为他的突然得势，等着看笑话的人没有看到笑话，一个个闷着脸不吭声，公司里的气氛变得酸涩而又诡异。

郑晓凯通过林玫的介绍又接了一个大单子，光是分成就近十万，这个数字无疑是遭人嫉恨的，关于他和林玫的谣言传得更凶了。

郑晓凯温顺柔弱的个性里隐藏着歇斯底里的叛逆，表面上对谣言充耳不闻，行动上却毫不客气地刺激那些龌龊的嘴脸，每次加班，对林玫特地送来的晚餐和宵夜都照单全收：凭什么要畏惧那些势利小人的看法而刻意回避？

可同时，林玫的过分关照也会令郑晓凯不安，虽然每次她都有一套说辞，不是打着公司的名义就是以朋友的身份，郑晓凯还是难以心安理得，他就像是负气将油门踩到底，最后却发现刹车失灵的冲动鬼，一边桀骜不驯一边忧心忡忡。

林玫几乎每晚都会过来，生煎包配奶茶，或是三明治配牛奶，最多的是生鱼片和寿司，从没有空手过。郑晓凯收多了糖衣炮弹，下次加完班，林玫让他请喝酒就不好拒绝了，一来二去，郑晓凯近半个月的业余生活都是和她一起度过的。

林玫会做西式糕点，家里的厨房装潢得比客厅还要豪华齐备，脱下正装，林玫俨然变成了一个亲切感十足的小女人，她穿着天蓝色家居服，套着拖鞋楼上楼下满屋忙，不是泡花茶就是找杂志，生怕郑晓凯会觉得闷。

“我看电视就行，不用麻烦了。”郑晓凯过意不去地招呼了一声，林玫回转身，将柔软纤长的头发抚到脑后，冲他尴尬一笑：“不好意思，家里太久没有客人来了，我都不知道主人该做什么了。”

她紧张急切的样子令郑晓凯有些发呆，公司里雷厉风行，酒桌上精明强悍的她居然会有这一面？

郑晓凯品尝了她做的水果蛋糕，两人聊起了各自的家庭，往常和人聊天，郑晓凯会滔滔不绝地讲起龙宝贝，这次却难以启齿，不自觉讲起了姐姐郑晓敏，谈到了姐夫工作上的不顺利，林玫颇感兴趣地笑了笑：“我一直想投资做调味品生意，如果你姐夫在这方面有经验，倒是可以来帮我的忙。”

郑晓凯喜出望外：“行，我先替我姐夫谢谢你了。”

郑晓凯不敢想象，没有龙宝贝陪伴的时间也可以过得那么快，转念一想却又不是这样：他起早贪黑废寝忘食地工作，不就是为了给龙宝贝好的生活，不再看龙雪花奚落的白眼吗？说到底，生活能够依然充实，还是因为她。郑晓凯经常加班到凌晨三四点，看看手机，想意外发现一个漏掉的电话或是短信，手机却安静得令人难受。

月底，为了感谢郑晓凯带领的小组圆满完成任务，林玫邀请全组人吃饭，郑晓凯爽快答应了，正要关电脑，一个客户打来电话让他查收邮件，点开邮箱，来自龙宝贝的未读邮件赫赫立在上面，时间却是半个月前，他从龙宝贝家搬出来的那天下午。

郑晓凯看着屏幕上的照片和底下的文字标注，龙宝贝仿似活生生站在他跟前撒娇，扮鬼脸，最后一张是两人的婚纱照，龙宝贝依偎在他怀里，拳头却抵着他的下巴，表情乖张，底下的标注是：从此，王子和公主步入了婚姻的殿堂，王子心甘情愿被公主欺负着，一辈子幸福快乐地生活。

郑晓凯在同事们的哄闹中溜走了，愧疚和心疼包裹着他，买了一束玫瑰花，匆匆赶到龙宝贝家楼下，正犹豫着怎么上去，却见龙宝贝远远跑了过来，脸上笑容灿烂：“晓凯！”

郑晓凯悬着的心放下了，正喜出望外，却见一条小狗冲到脚边，咬住了他的裤管。

龙宝贝跑了过来，对郑晓凯不理不顾，却伸手抱起了小狗，放在怀里抚了抚，“哦哦，晓凯，又不乖了？不要乱咬人，有的人呐，脾气大着呢，咱们惹不起。”

郑晓凯哭笑不得，将花递了过去，嘴里低低喊了一声：“宝贝……”

龙宝贝不理他，抱着狗往回走，郑晓凯怏怏地站在那里，龙宝贝头也不回地冲狗喊了一嗓子：“晓凯！喊你哥哥去家里吃饭，他丈母娘今天不在家。”

郑晓凯苦着脸一笑，讪讪地跟了上去。

龙宝贝做了一桌菜，又买了八瓶啤酒，两个人对着喝，第三瓶酒下肚，龙宝贝嘟着嘴瞪着郑晓凯：“你够狠的呀？半个月不理我！”

“我最近太忙……”

“哼！那你下班之后也忙吗？”

下班之后？郑晓凯一阵心虚，这半个月来，林玫总是陪着他加班，下班后，要么她请他吃日本料理当宵夜，要么他请她去公司附近的夜场喝酒，他们聊着有趣的事，商量着游戏的下一步运作，一切原本是那么的自然，却在龙宝贝一问之下显得黑暗而暧昧。

龙宝贝不等他回答，嘟着嘴一头撞进他怀里，眼眶一热，声音都哽咽了：“你以后再敢提分手，我就让你一辈子找不到我！”

郑晓凯连连点头，龙宝贝平静下来，接着说，“我细致分析过了，我们俩想要回到从前，还是得搬出去单住，我找了间房子，虽然不及以前那个好，但可以先应付着，一个月只要三千，还可以一月一付，就在你公司附近。”

龙宝贝没有告诉他这房子是舒默帮忙找的，上次在公园拉手套奖品他吃醋了，跟他穿一样的T恤他生气了，陪她做手术他生气了，她妈不待见他却屡屡夸赞舒默，他更更生气了，郑晓凯不是个小气的人，但也不至于大方到坦然接受老婆的蓝颜知己送

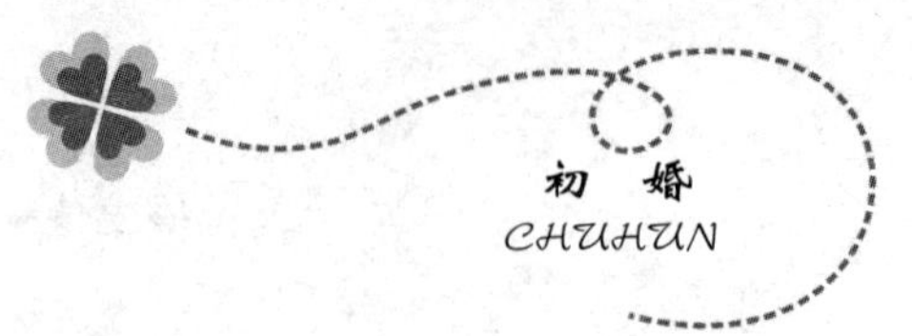

上的一切好处。

和郑晓凯冷战的半个月，龙宝贝意外发现小区里有只可爱至极的狗，平时看着乖巧可人，发起脾气来却似一头犟驴，像透了郑晓凯，龙宝贝三天两头带着人家的狗在小区里溜达，没有经过主人同意，径自给它改名“晓凯”，有事没事对着它念念有词：“晓凯，再给你一天时间，明天你再不来，我就真的不理你了……”

搬家的时候，龙宝贝假模假样地向龙雪花道别，客套地说着“没事儿上家里玩儿”，龙雪花坐在沙发上不理睬她，龙宝贝更来劲了，跟那条狗热乎地亲了又亲，直说舍不得它，气得龙雪花想臭骂她一顿都找不到说辞。

二十六：第三者

龙雪花这边为龙宝贝流的眼泪还没干透，在三亚的龙美丽就出事了，龙雪花第一次相信，自己的大姑娘原来真是明星，因为这个消息她是从几天前的杂志上看到的。

龙宝贝急匆匆往家里赶，龙雪花已经哭得快要背过气儿去了，郑晓凯匆匆跑了过去，正赶上送她去医院。

龙雪花被推进了急救室，龙宝贝和郑晓凯坐在走廊上。

“这是哪个混账东西写的报导？她只是在片场晕倒了，凭什么就说她是怀孕啊？凭什么就说她怀的是她前老板的孩子啊？”龙宝贝将杂志撕得粉碎。

郑晓凯没有跟她同声相和的意思，反而有些泼冷水：“提供照片和情报的是她前老板的老婆，怎么会有假，怎么不见她说人家？”

龙宝贝瞪着他：“你什么意思啊？你现在是站在哪边啊？”

“我哪边都没站，就事论事。”郑晓凯替程祥打抱不平。

龙宝贝咬牙切齿："郑晓凯，你跟我说什么家人的事儿都是大事儿，是特指你的家人吧？龙美丽不是你姐啊？"

"你讲点道理好不好？她破坏人家家庭，我还得为她喝彩？"

"……妈……"龙宝贝吓了一跳，连忙迎过去扶着龙雪花，郑晓凯脸上有些尴尬，龙雪花蹒跚着走了过来："我生的姑娘，不麻烦你来教育。"

郑晓凯闷着头，不再说话。

龙宝贝急忙解释："妈，晓凯不是这个意思……"

龙雪花疲惫地摆摆手："别说了别说了，头疼得很，回去吧。"

龙宝贝当着龙雪花的面，故意给郑晓凯脸色："你自己回去吧，我今晚陪我妈。"

郑晓凯不领她的情，跟龙雪花应付式地招呼了一声，转身就走了，他还得回公司加班儿呢。

龙宝贝给龙雪花吃了药，陪她睡下了，母女俩无数次拨打龙美丽的手机，始终无人接听，担心得长吁短叹许久，龙雪花哭成了泪人："你姐从小就懂事，这次怎么会这么糊涂啊……"

"妈，还不一定是真的呢，说不定是杂志乱写。"

"可人家老婆指名道姓说是她，她跟那男的能单纯到哪儿去？"龙雪花的心算是伤透了，自己年轻时候承受的痛苦，她的女儿附在了别人身上，这是什么命啊？

"那也不能全怪姐姐，那男人就没责任吗？会在外头找情妇的已婚男人会是什么好东西？"

龙宝贝这话说出来是无心的，却想不到偏偏这么巧，用在那一刻的郑晓凯身上适当到了极致，加完班不想回家的郑晓凯跟林玫喝酒去了，不过这次不是林玫找他，是他找的林玫。

事后他很后悔，也很憋屈，因为心情不好所以想找朋友倾诉，这个理由不嫌扯淡？为什么不是别人，而偏偏是与他风言风语不断的林玫？

那晚，郑晓凯的控诉没有说出口，在外人面前说龙宝贝的不是，他不习惯，因此，微醉的他听了一晚林玫的哭诉，她生活上的孤单，事业上的压力，最后化作了一个长长的拥抱，这是郑晓凯除龙宝贝以外，抱的第二个女人，一个长发飘飘，文静乖巧，沉默寡言的女人。

郑晓凯出了酒吧就给龙宝贝打电话，迫切想要回到原来的轨道，龙宝贝迷迷糊糊地接起了电话："郑晓凯你有病啊？三更半夜吵我睡觉！"

郑晓凯被她一骂，心里顿时踏实了："宝贝，我们下个月去旅行吧？"

听到旅行二字，龙宝贝的瞌睡瞬间醒了，语气兴奋："真的吗？去哪里？"

"你想去哪里就去哪里。"

龙宝贝想了又想，想去的地方好多啊："等我想好了再告诉你，你快睡吧。"

挂了电话，郑晓凯决定不回他们的小窝了，打了车奔去龙雪花那里，龙宝贝打开门，吓了一跳："你半夜不睡觉到底在干什么？"

郑晓凯不由分说地一把抱住她单薄的身体，亲吻她的脸颊："宝贝我爱你。"

龙宝贝呵呵笑了起来，可真难得，这句话他已经很久很久没有对她说过了："乖啦，快去睡觉，明早我还得带我妈去量血压呢。"

龙宝贝和龙雪花起床的时候，看到客厅的茶几上摆了一部测压仪，龙雪花知道昨晚郑晓凯来过，心里也估摸了个八八九九，虽然心里有些感动，脸上却丝毫没有表现出来："多少钱，回头妈给他。"

龙宝贝嘻嘻笑着打哈哈："妈，他这个人就是头倔驴，您别跟驴一般见识啊，嘻嘻……"

龙雪花白了她一眼，扯开了话题："我头昏脑涨的，你还指着我给你弄早饭啊？"

"不敢，不敢，主子稍等片刻，奴婢这就给您传早膳去，嘻嘻嘻……"

龙雪花吃完早点接着睡了，龙宝贝躲在阳台那儿给程祥打电话："你不是见过她的前老板给她发的简讯吗？号码记不记得？或者那家公司的地址？又或者他的名字……"

程祥迟疑了一会儿，电话那头传来一个女声："我来说吧……"

龙宝贝吓了一跳，这不是龙美丽的声音吗？

“你死哪儿去了？妈都被你气晕了，还不快滚回来！”龙宝贝揪着的心腾地爆发了，从小都是她给龙美丽惹麻烦，龙美丽可没让她担过心，龙宝贝可算是体会到为家人着急上火的滋味了。

“你帮我跟妈说，我没事……”龙美丽的声音有些低沉，夹杂着浓浓的疲倦。

“你在哪儿，我去找你。”

“别来了，我现在就回去……”

龙美丽到家时已经临近中午了，龙宝贝打开门，看着她苍白得已无血色的脸，害怕得哭了出来：“你怎么了？怎么弄成这样了？”

程祥搀着龙美丽进屋：“她现在身体很虚弱，让她多休息一下。”

两个人将步履飘忽的龙美丽扶到了床上，程祥不放心地看了看龙美丽，又再三对龙宝贝交代：“有什么事情等她好了再说行不行？”

龙宝贝眼里挂着泪，恼恼地白了他一眼：“她是我姐，我心疼她不比你少。”

程祥趁龙雪花没有出现就先溜走了，龙宝贝帮龙美丽倒了杯白开水：“要喝水吗？”

龙美丽摇头，龙宝贝帮她盖好被子：“你放心吧，我知道你不想说，不会问你的，好好睡你的，就你这脸，一会儿把妈吓出个好歹来。”

龙美丽苦笑，在三亚的海边，她中暑晕倒了，送去医院才发现已经怀孕两个月了，她的生理期一向不太准，这次却因为马虎出了大纰漏。

助理是有公关经验的，努力封锁消息，偏偏还是被捅了出来，龙美丽直到离开三亚时才知道，跟宋境他老婆里应外合的人竟是她在公司唯一说得上话的颜夕，她俩一起被签进这家公司，旁人看着她俩待遇上的巨大落差都会暗指这俩人必定会不合，偏偏，颜夕是难得的好脾气，总是笑眯眯地拉着龙美丽说：“别理那些无聊的家伙，都是宫廷剧看多了，呵呵……”

龙美丽从步入社会以来，对身边的人总是留个心眼儿，她做人的宗旨是：我不害人，但别人也休想害我。

这次，她两样都没做到，首先，她害人了，她破坏了宋境的家庭，另外，别人也害到了她，她不但在事业如火如荼时被爆与有妇之夫有染，怀孕，还被公司无限期冷藏，顺利顶替她上位的，无疑就是颜夕了。

原来这就是职场，这就是尔虞我诈，她总算看清，龙宝贝言情小说里的狗血情节也不见得完全都是虚构，生活中形形色色的嘴脸不是她能一一看清的。

她躲在三亚一个小渔村里，关掉了手机，连续发了几天高烧，当她睡得迷迷糊糊时，程祥那张纯真的娃娃脸就出现在她眼前了，那一刻，她仿似看到了天使，呵，这个世界上，对她始终如一的似乎真的只有程祥，又被龙宝贝那个臭丫头说中了。

那晚，她问程祥："你怎么找到这里的？"

"我知道你会往偏僻的地方跑。"

程祥声音嘶哑，说得简单明了，龙美丽后来才知道，他看到杂志后联系不上她，担心她会做傻事，假都没来得及请，匆匆忙忙赶到三亚，已经找了她三天了，见人就指着钱夹里的照片问，最后遇着一伙儿小流氓，抢了他的钱夹，还暴揍了他一顿。

"我当时只想要回照片。"程祥很笃定。

"你真是蠢得可以。"龙美丽偏过头去不理他，心里却刮起了狂风暴雨。

龙美丽回到本市，既不想回家也不愿一掷千金地住酒店，干脆窝在了程祥的出租房里，龙美丽第一眼看见那屋子，满脸嫌弃："你这窝，给猪住猪都嫌乱。"

程祥只管嘻嘻笑，上次郑晓凯来，也是这样说的，程祥当时啧他："别站着说话不腰疼，你那窝能像模像样的，还不都是龙宝贝收拾的，我这窝吧，五脏俱全，只缺一女主人。"

程祥安顿好了龙美丽就去上班了，回到家吓了一跳，睡得全身酸痛的龙美丽帮他把屋子收拾得井井有条，连晚饭都煮好了，程祥差点没感动得涕泪交加。

龙宝贝端坐在一旁闷头听着，发出啧啧的声响："你终于发现程祥的好了？"

龙美丽这次破天荒地没有否认："或许吧。"

看着龙美丽憔悴的脸，龙宝贝叹了口气，连打趣她的兴致都没了："真有了啊？"

龙美丽点头："事情发生后，宋境偷偷去三亚看过我，给了我一笔钱。"

龙宝贝怒由心生："他也太不要脸了！拿你当什么啊！"

龙美丽苦笑一声："行了，我也不是什么好东西。"

龙宝贝沉默下来："你俩彻底断了？"

"我都看到他拿钱打发我的嘴脸了，还有什么可留恋的？算我瞎了眼。"龙美丽苦笑。

龙宝贝不再说话了，托着腮发呆，脑袋瓜子开始给已婚男人贴标签，是不是男人结了婚就会变得冷静、理智，或者说是混账呢？那个传说中的宋境，如果这会儿二十出头，牵绊他的不是妻儿，而是父母，他还会火急火燎地扔支票了事吗？不会，他定会抛弃荣华富贵，带着龙美丽私奔的，一定是这样的。

时光让女人感性，让男人理性，这貌似是不争的事实。

二十七：这不是爱情，是心理安慰

自打龙美丽回家后，龙雪花的眼里就没了龙宝贝的存在，她和郑晓凯分与不分那点破事儿也入不了她老人家的法眼了，一心扑在龙美丽的肚皮上。

龙雪花言简意赅："打掉！"

龙美丽语气平淡："您不说我也会打的。"

龙雪花气得泪花飞溅："你现在工作没了，又惹一身脏，我看你以后怎么办！"

龙美丽淡然："工作的事情，我会解决的。"

这是程祥的原话，他最清楚龙美丽的个性，让她放下事业是万万不可能的，可眼下回到原来的公司也是够呛的，他向龙美丽放话："工作的事情，我会解决的。"

龙美丽当时听着还有点儿感动，当知道他解决问题的方法后，恨不得掐死他一了百了。

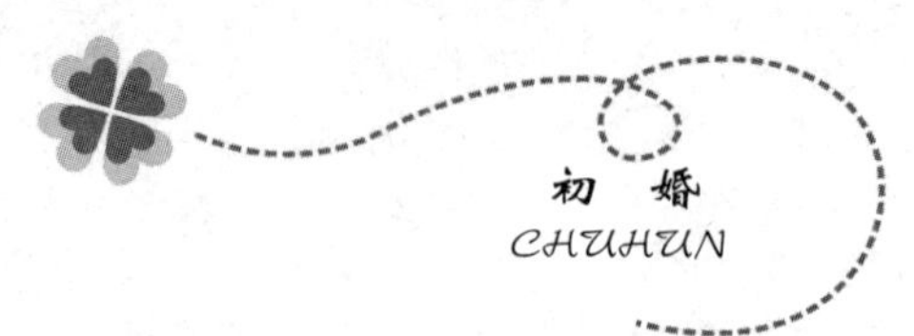

程祥通过林玫找到一个记者朋友和一帮社会青年，浩浩荡荡上宋境的公司砸场子，台词句句抢戏：“宋境你这个王八蛋！我家龙美丽拒绝你的潜规则你就冷藏她，她重新找东家你又让你老婆抹黑她，幸好老子的儿子没事儿，不然非弄死你不可！”

龙宝贝看着杂志上关于龙美丽不爱巨富，与打工仔甜蜜相恋多年的报导，一口水差点没喷出来，连忙给程祥打电话：“兄弟，你干IT屈才了，转行写小说吧！”

程祥嘿嘿傻乐：“小意思，我就是看不惯那混蛋欺负美丽。”

龙宝贝干咳了两声：“这……现在欺负她的人貌似是你吧？你都一跃成了她孩儿的老爸了。”

这个问题的严重性，程祥不是没想过，只是，当龙美丽扬着苍白的小脸儿冲去他的小窝迎头给他一嘴巴时，他还是表现得格外震惊，无奈他的震惊没有消除龙美丽的怒火，反倒浇了她一身汽油。

“你这个白痴！谁让你胡说八道的！”龙美丽就差没有跳起脚来。

程祥不解释，也不狡辩，直到龙美丽激动过度，疼得大汗淋漓，才十分霸气地将她抱下楼往医院赶。

“留不留？”医生脸色变冷，言简意赅三个字。

龙美丽比医生更省：“不。”

看着脸色苍白的龙美丽被推进手术室，程祥的心被紧紧揪了起来，脑子一热，冲过去拉住病床的铁杆：“美丽，我们结婚吧，这个孩子我和你一起抚养。”

龙美丽正在发呆，被他突如其来的举动吓了一跳，只能哭笑不得地白了他一眼：“想要自己生去！”

医生护士在一旁不耐烦了：“做是不做？后边还有人排队呢，别耽误时间！”

龙美丽瞥了程祥一眼，虽没有笑容，眼神却是出奇的温柔：“孩子我是不会要的，但前面那句我可以答应你。”

就这样，在龙雪花看来十分有剩女气质的龙美丽终于要嫁了，对方还是她众多蜂蝶中最不起眼的一只。

龙雪花在家哭天喊地，她怎么就生了这么两个没出息的闺女，一个个上赶着往苦日子奔，图什么？都是图什么？

龙宝贝得到消息，将龙美丽约到了外头密谈："程祥都乐疯了，郑晓凯不信，所以我来确认确认。"

龙美丽白了她一眼："这不是你一直想要看到的结果吗？"

龙宝贝嘻嘻笑，晚上躺在床上还在乐着："郑晓凯，你总说我幼稚，我就说吧，这个世界上，不要物质，只要爱情的男女多了去了，可不止咱们俩。"

郑晓凯不以为然："你真当你姐是爱上程祥才答应嫁给他的？别傻了，你姐是看遍人间冷暖，遭到情人背叛等多种现实打击，再被程祥不食人间烟火的单纯给感动了，这不是爱情，是心理安慰。"

龙宝贝噌地坐起身来："郑晓凯，你跟我姐有仇啊？"

郑晓凯也干脆坐了起来："你既然这样说，我也趁机跟你好好掰扯掰扯，她做错了事，我不赞许，就说明我跟她有仇？为了表示我对你的衷心，你家人的一切缺点我都得理解成优点？"

"你这分明就是强词夺理，上次的事情，本来就是你不对，你扪心自问，如果出事的是你姐，你还会那样气定神闲地说风凉话吗？"

"那不是风凉话，是事实，首先，郑晓敏干不出这事儿，另外，她真这样干了，我也不会像你这样一味地偏袒。"郑晓凯倒头就睡，"不说了，再怎么说你也不会懂，小屁孩儿。"

"哼！你双重标准！"龙宝贝气鼓鼓地不进被子，郑晓凯在她屁股上拍了一把，伸手一拖，龙宝贝溜进了被子里，麻利地钻进了他的怀里，被郑晓凯顺势扑倒……

……

"等等！不说带我去旅行？什么时候去啊？"龙宝贝脑袋钻出被子，一脸较真。

"再说吧，眼下有更重要的活儿要干……"郑晓凯边笑边往她怀里蹭。

"……流氓！"

二十八：远离父母，幸福恋爱

郑晓凯总说龙宝贝是十足十的精神洁癖外加小资，过去住的房子在她的一番捯饬下，恨不得发出万丈光芒才好，这间房子也不例外，龙宝贝除了里里外外打扫过，还将房子重新布置了一遍，去花鸟市场买了几盆盆栽摆在阳台上，又买了全新的毛巾，牙刷，餐具。

前几天和舒默逛街时，龙宝贝碰巧看到床上六件套大促销，一口气买了四套，舒默夸她越来越有主妇的风范了，龙宝贝得意得乐了一天，跟发现新大陆似的给龙美丽打电话："快来快来！这里有好便宜的床上六件套大促销，你可以存着结婚用。"

那头的龙美丽眉头紧锁："龙宝贝，你怎么变得跟小市民似的？"

龙宝贝一愣，接着嘻嘻笑："有吗？呵呵，小市民的幸福你马上就能体会到了。"

龙美丽急着挂电话："我要工作了，我现在不着急，说好一年后再办事儿。"

龙美丽把话说得很隐含，眼下，摄影棚里，身旁站着服装师、化妆师、摄影师，她可不想在这个圈子里继续“大红大紫”下去。

这是她做完手术后接的第一单生意，是一家背景不甚明朗，但资金十分雄厚的时尚杂志，龙美丽接到他们的电话，对方没有多聊的意思，直接开价了，想到有合约在手，尺度等敏感问题全罗列其中，龙美丽十分爽快地答应了。

龙美丽当初是这样跟程祥说的，她离不了事业，而现在正是低谷，给她一年时间，等有了起色他们再领证。

程祥乐呵呵地答应了，都不辞劳苦地等了六年了，也不差这一年半载的了，更何况，他还指着这一年时间大干几笔，给龙美丽一个盛大的婚礼呢。

郑晓凯说他傻：“我敢跟你打赌，一年后，龙美丽准得反悔。”

这是程祥担心得成宿睡不着的问题，可眼下还要嘴硬：“美丽不是那种人。”

“她为什么会在这个时候接受你，你比我更清楚，别怪哥们儿没提醒你，等她事业有了起色，也就不需要你这个心理安慰了。”

程祥一阵烦躁：“没事儿装什么占卜师？你管好自己就行了，林玫介绍的单子稳是稳，你……”

这下该轮到郑晓凯恼了：“我会接这些单子，全是为了给宝贝好一点的生活，我问心无愧。”

龙宝贝和舒默逛累了，照旧去吃火锅，入秋了，火锅店里的客人渐渐多了起来，龙宝贝照旧坐在靠窗的老位置上：“为了让这个家更温馨一点，我把所有的积蓄都花光了，还好房东把电磁炉什么的都留下来了，不然天天下馆子可怎么够花？”

上菜的服务员看上去不满二十，冷不防与舒默四目相对，害羞得连忙低下头。

“你和高琳怎么样了？”龙宝贝搬家后就极少见到高琳，倒是舒默近段时间特别闲，龙宝贝想找人一起逛街采购，舒默立马回应：“等着，马上来！”

舒默摇了摇头：“大概是我俩电话粥熬多了，她爸妈发现了什么，被软禁了。”

龙宝贝诧异地张大了嘴巴：现在还有父母来软禁这一套？

“她爸妈要见我，我没答应。”舒默接着说，这是他近期最头疼的事情，他的妈

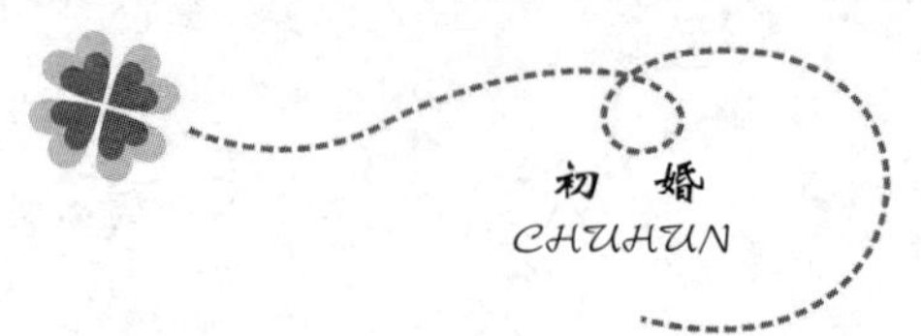

妈是小学老师，对他严格得跟训练特种兵似的，他早已不胜其烦，一毕业就跑来这座城市投奔他姐，就是想跟老一辈距离产生美，不料他那头是扯远了，又撞上了高琳那头，“她妈已经将未来女婿的要求罗列出来了，说出来你一定觉得好笑……”

“让你当上门女婿，对不对？”见舒默诧异地张着嘴，龙宝贝确定自己说对了，笑着说，“我早知道了！当初秦虹抢走我爸是因为肚子里有了高琳，我猜想，我爸义无反顾地跟她走，很大一个原因是以为她肚子里是个儿子，结果空欢喜了一场，秦虹这么多年一直想要个儿子，将我妈彻底比下去，可惜未能如愿。”

龙雪花无数次在龙宝贝跟前叹息：你这个贱丫头不争气，你要是个儿子……哎……

“在我看来，入赘比裹脚还要可笑。”舒默无奈一笑，“估计这个问题会越来越严重，今后都是独生子女，生女儿的人家但凡条件比男方好，大概都会提这个要求。”

龙宝贝当然知道秦虹的为人，打心眼儿里不希望舒默去做她的女婿，却又满心祝福高琳和舒默能在一起，她的观点是自相矛盾了，于是，只好什么都不说，跟舒默面对面叹着气。

自从搬进了新家开始了新生活，龙宝贝怀疑自己不是生活在陆地上，而是飘在半空中，那种幸福与满足难以言表，却在她和郑晓凯相视一笑间被诠释得淋漓尽致。

郑晓凯工作越来越忙，龙宝贝中午给他送热乎乎的便当，又是大笨熊又是爱心地摆了一饭盒，晚上郑晓凯加班，龙宝贝待在家里上网陪他加班，他的QQ一旦变成灰色，龙宝贝腾地站起来，撒丫子跑去楼下接他。

龙宝贝更加佩服自己英明的决断：远离父母，幸福恋爱。

若不是高琳哭哭啼啼地用光了茶几上的一包抽纸，龙宝贝至今都无法从童话中清醒过来。

才一个月不到，高琳明显消瘦了，眼圈红肿，脸颊发白，龙宝贝边帮她泡花茶边听她哭诉：“我妈太过分了，她没收了我的手机，还冒充我给舒默发短信说要分手，舒默是头笨猪，他一口答应了，还说祝福我。我妈说，看吧，这个男人根本就不是真

心爱你，是你犯贱，非上赶着人家。”

龙宝贝心想，若是舒默坚持不肯分手，秦虹还是有说辞的：看吧，这个男人根本就是图咱们家钱，死皮赖脸地缠着你，你当是真喜欢你啊？

高琳擦了把眼泪，接着说：“今天我跑出来了，用公话给他打电话解释，他不听，还说我们俩不合适，迟早得分，啊呜呜呜……我不想分！”

高琳越说越委屈，越说越气愤，直扯到了两人之前的相处，她像是殖民地的屈辱小奴仆，舒默的态度始终不够热情，吃什么？随便。看什么电影？随便。你爱我吗？随便。高琳曾一度怀疑舒默是蒙牛民间代言人。

“我知道我妈对他的要求有些过分，他就不该把我妈说的话放在心上！从小到大，我妈就没有做过一件不让我心烦的事儿！无知妇孺这句话就是说她的，要不是她从中作梗，我相信我和舒默能幸福的，他妈妈也很喜欢我。”高琳说得十分笃定，虽然舒默没有主动约过她一次，但只要她说一声，不论是要逛什么，吃什么，玩什么，舒默一定会陪着她。

一次，两人逛街时，高琳故意往路中间凑，一辆骑得飞快的自行车冲了过来，险些将她掀倒，舒默伸手将她扯了过去，瞪着骑车的家伙良久，那人终于灰头土脸地闷头溜走了。那一刻，高琳觉得自己失足掉进了舒默精心制造的蜜罐里，可如今，蜜罐变成了炼丹炉，将她一颗痴心生生烧得四分五裂。

姐妹俩中午去菜市场买了些火锅食材，隔着热气吃得大汗淋漓，高琳临走的时候让龙宝贝帮她留心舒默的动向，龙宝贝满口答应，不料半小时后，舒默的电话嗡嗡打了过来。

“如果高琳找你，就说你也联系不上我。”

龙宝贝连嗯了两声，有些心虚，至于是对高琳心虚还是对舒默心虚，一时自己也迷糊了。

舒默对龙宝贝而言有着异乎寻常的意义，单纯的“蓝颜知己”这个定义都显得不够亲密。舒默在龙宝贝的QQ分类上属于“亲人”一栏，里面还有龙美丽、郑晓凯和高琳，一次被郑晓凯发现了，吃了好久的醋，龙宝贝耐心分析着：“我认识他比认识你早了三年，若是对他有意，你搭飞机也赶不上呢！”

这三年对郑晓凯而言是又酸又涩的距离，对龙宝贝而言却是最美好纯真的青春记忆。那时她刚刚上高中，因为不想被龙雪花管着，所以选择了住校，舒默是外地来的，不可选择地也是住校，两人一开始就成了同桌，又臭味相投，一天到晚凑一块儿，班主任多次找他们谈话，以学习为重，不要早恋，龙宝贝乐了，越是有人在背后说三道四，她就越是要跟舒默黏在一起。

高三刚开学的时候，龙宝贝跟龙雪花吵了一架，冷战之中不幸得了重感冒，后来又加重成了肺炎，龙宝贝倔强着不肯回家治，更不肯向龙雪花伸手要钱，是舒默拿出了一千多块的医药费，后来才知道，这些钱是他向他姐姐和兄弟借的，龙宝贝感动得哭得稀里哗啦。

很多人问龙宝贝，舒默对她那么好，为什么他们俩就没有成一对儿呢？龙宝贝用看疯子的眼神瞅着对方："我和舒默？哈哈哈，你脑子灌水了吧？"

这个问题，舒默也问过她，龙宝贝摆出大人的神态在他头上抚了抚："乖乖，我大你两岁呢！也就是说，姐撅着屁股和泥巴的时候你还没长牙呢，哈哈哈……"

"又没要你跟我的牙凑一对。"舒默嘟囔着。

如果说，过去的舒默在龙宝贝心目中是个不谙世事的孩子，那么现在的他也只是个成长中的孩子，她可以在他跟前滑落肩带而不慌不忙，当着他的面拿出卫生棉而眼不红心不跳，他就是一个弟弟，一个个子高，样子帅，对她好到不行的弟弟。

至于高琳，龙宝贝没有办法像龙雪花那样去恨她，她单纯善良又正直，是个人都会去疼惜她，更何况她们喊同一个男人爸爸。

龙宝贝苦恼地佯装失忆：就当她没有见过高琳，也没有接到舒默的电话，让这两个小屁孩儿折腾去吧！

二十九：安全感

郑晓凯从郑晓敏那里得知沈春华病了，据说很严重，跟公司请了一下午假回家看看，考虑再三，还是觉得应该让龙宝贝知道，龙宝贝勉强笑了笑，她和沈春华之间隔阂重重，不是说旧事不提就可以化解的，尽管如此，龙宝贝还是上超市买了一大包糖尿病人吃的饼干和糖果让郑晓凯带回去，不料郑晓凯回来时提了满满一袋子水果。

“妈让我带给你吃的。”

龙宝贝哑然：又穿帮了。

郑晓凯回到家，是他爸开的门，沈春华端坐在沙发上，郑晓敏抱着熙儿似笑非笑地看着电视。

“妈，好点了吗？”郑晓凯赔着笑脸，将吃的送到沈春华手上，沈春华面无表情地接下了。

“你再不回来，我都不记得你长什么样儿了。”沈春华的眼睛继续看着电视。

郑晓凯假笑着：“这不是工作忙嘛，咦，妈，您看的是什么节目啊？”郑晓凯连忙扯开话题，假装兴致勃勃地看着电视。

“少跟老子来这套！这个礼拜六你回来一趟，跟妈妈一起锻炼的陈婆婆有个幺姑娘，生得聪明伶俐又乖巧，你去见见，带回来吃顿饭。”

郑晓凯这才断定，他妈这病着实是装的。

“我现在奔事业，没心情谈这些。”郑晓凯无奈表现出了离婚男人的沧桑。

“没心情？见了那姓龙的就有心情了？”沈春华半眯着眼睛，表示她已经洞悉一切了，郑晓凯看向郑晓敏，郑晓敏连忙抱着没吵没闹的熙儿骂起来：“好好坐着，闹什么闹！再闹抽你！”

“妈妈今天在这里把话跟你说清楚了，无论如何，我不会让她当咱们家儿媳妇儿了，人家太金贵了，咱们高攀不起，拿婚姻当儿戏，拿骨肉当儿戏，这样狠心的女人，指不定背着我们怎么欺负你呢。”沈春华说着说着，激动得颤抖起来，她一生叱咤风云惯了，家里男的女的老的少的都得对她马首是瞻，偏偏最应该受到婆婆压制的媳妇在她跟前造起反来，想到龙宝贝任性的模样，再看看儿子老实巴交的个性，活像是送羊入虎口。

“瞧你这话说的，她能怎么虐待我不成？妈，宝贝对我很好，您是不了解她，她是个心地善良的好女孩儿。”郑晓凯想起一件事情来，“妈，一直没机会跟您解释，其实上次那个孩子，不是宝贝打掉的，是查错了，根本就没怀上。”

沈春华啧啧了两声，在郑晓凯的额角搓了一把：“我怎么生了你这么个不着调的东西？啊？老子还没得痴呆呢就这样糊弄我？她教你这样说的是不是？那个小妖精教的是不是？”

“妈，我说的是真的，还有，别小妖精小妖精的，多难听。”

“老子要是信你，这五十八年就白活了！你傻？你还看不出来？她根本就不愿意为咱们家生孩子，她背后藏着一手呢，只要有机会就把你蹬了。”

“妈，这样的话就不要再说了，宝贝有什么对不住咱们家的？以她的条件，完全可以找个有房有车的，跟我结婚，连件首饰都没买给她，婚礼也办得寒酸，她都没抱怨什么，再说了，她妈要咱们家给三万块聘礼，宝贝还坚持为着咱们这边呢。”郑晓凯满心是想为龙宝贝争点分数，不料自作聪明在沈春华的伤口上撒了把盐。

“还有脸跟我提聘礼的事情？你问问你姐姐，她嫁给你姐夫我收聘礼了吗？嫁到我们家就是我们家的人，这么点道理都不懂？倒是他们家，一分钱的嫁妆不给，他爸给了十万，硬生生又收回去，她骗得了你骗不了老子！就是她让她爸故意拿出来压场面，算计好事后拿回去的。”

“妈，您这么说就太冤枉人了，宝贝不是那种爱钱的人，她第一次来家里，您红包都没封一个，她不也没跟您计较？”

沈春华瞪大了双眼，扯长了嗓子，气得跳起三尺高：“凭什么要老子封红包，她要跟你成了就是咱们家的人，老子的钱以后还不都是她的，她要是跟你没成，老子那钱不是肉包子打狗了？”

郑晓凯无语了，沈春华蛮不讲理到令人畏惧，扯了个公司有事的幌子，推开门就走，跑到下一层还能听到沈春华的声音紧紧相随：“趁早跟她断了！礼拜六你要是不回来，老子就死在你面前！”

郑晓凯一路越想越窝火，给郑晓敏打电话，郑晓敏喂了半天，他愣是气得说不出话来。

“我的弟弟呀，亲人呐，我也是为了帮你们才通风报信的，妈四处托人给你介绍对象呢，我只是想你自己跟她说清楚，免得到时候让宝贝误会……”

郑晓凯不想再听了，挂断。在楼下常逛的超市买了些龙宝贝爱吃的水果，谎称是他妈买的，蒙在鼓里的龙宝贝想起沈春华的好，叹了口气，依偎在郑晓凯怀里：“我真不想跟你爸妈弄成这样的。”

郑晓凯只顾点头，什么话也说不出来了。

郑晓凯原计划礼拜六关机的，不料风暴提前降临，礼拜五的下午，一个长发，戴着空框眼镜的女孩儿来公司找他，同事们笑得怪怪的，让她在会客室等。一番介绍之下，郑晓凯彻底服了，她就是陈婆婆的幺姑娘，李萌，是沈春华让她今天过来找他的。

“你五点下班吧？我们找个地方聊吧！”李萌个子不高，长得机灵可爱，对郑晓凯印象奇好，呵呵笑着。

郑晓凯答应了，公司里不方便跟她解释，更何况，这件事情是沈春华的错，怎么的也要请人家吃个饭赔礼道歉。

郑晓凯给龙宝贝打电话，说晚上要加班，公司订了饭，让她自己解决，龙宝贝支吾着，不情不愿地在冰箱里找食物，最后叹了口气，决定下楼觅食。

郑晓凯没有想到李萌也是个火锅爱好者，单单点了龙宝贝常去的那家火锅店不说，偏偏坐在了龙宝贝常坐的位子。

郑晓凯想等李萌吃完再解释，眼下只能耐心听她谈天说地，说到他感兴趣的话题，郑晓凯也会跟着侃上一番，两人说说笑笑，不觉吃光了一桌美食。

“要不要再来点什么？”郑晓凯拿出一旁的菜单，眼神恍惚间瞥见一个身影正站在玻璃窗外直直地注视着他。

郑晓凯慌忙跑了出去，龙宝贝立在那里等着他，她的眼神令他既陌生又害怕，迫切想要解释清楚，却发现只有两个选择：说实话，是他妈给他介绍的对象？龙宝贝更生气；说假话，被拆穿了就罪加一等了。

李萌付了帐走了出来，看了看郑晓凯，又看了看龙宝贝。

郑晓凯死死攥住龙宝贝的手，慌忙向李萌介绍：“不好意思，其实我已经有女朋友了，我妈不知道，我请你吃饭就是想解释清楚的。”

李萌诧异地立在那里，留也不是，走也不是。

龙宝贝甩不开他的手，使劲咬了下去，郑晓凯咬着牙不肯松，龙宝贝更气了：“你这是在报复我？就因为上次我妈帮我介绍了一个？你太无耻了！我如果没有撞见，你会跟人家坦白？刚刚我去超市，老板说你前天才买过一大袋水果，那是你买的，为什么要说是你妈买的？你今天明明是来和人家女孩儿吃饭的，为什么骗我说是加班？郑晓凯，你究竟还有多少事情瞒着我？”

郑晓凯不敢再攥着她不放了，怕她情绪无处宣泄更加暴怒，龙宝贝恼得满脸通红，郑晓凯松了手，龙宝贝转身跑了，只要想起郑晓凯刚刚和别的女孩儿谈笑风生的模样就忍不住心灰意冷。

龙宝贝约舒默出来K歌，半唱半叫到凌晨已经声嘶力竭了。舒默请她吃烤肉，两个人又转战去烧烤店，龙宝贝喝了几瓶啤酒，最后连烤肉和烤黄瓜都分辨不清了，大吐一场，迷迷糊糊昏睡了过去。

一觉醒来，居然是在熟悉的房子里，她在街边买回来的小碎花六件套，窗口挂着的米色风铃，还有，那个她一边诅咒一边吐口水反悔的郑晓凯。

“连舒默也靠不住了……”龙宝贝干着嗓子自嘲，她隐约记得，迷迷糊糊中，舒默打电话让郑晓凯快过去，两人同心协力将她塞进了出租车。

郑晓凯不管不顾地将她死死扣在怀里，好似她是只狡猾的泥鳅，稍不留神便能滑走。

这是郑晓凯惯用的招数，只要龙宝贝与他冷战，便死死抱着她，如果她挣扎叫骂，冷战算解除了，她若是闷不吭声由得他抱着，他只需坚持个十来分钟，她的气也就消了。

“我发誓，我真的对她没别的意思，人家也是受害者，我请她吃顿饭解释加道歉也是应该的……”

这番话重复到第十次时，龙宝贝吭声了：“道个歉你至于笑得那么浪？你是倚楼卖笑的？”

郑晓凯哑然。

“那么多位子不坐，偏偏要坐我的位子？”

郑晓凯再次哑然。

“你妈不但没有让你带吃的给我，还存心让你跟别人好，你不反抗，还照单全收？”

郑晓凯呵呵一乐：“你吃醋了？”

“呸！你在我的心目中就是一打酱油的！”

龙宝贝不得不承认，人，就是犯贱的。

过去在一起的四年，郑晓凯洁身自爱，极少和女生打交道，他们是彼此的初恋，也是彼此的第一次。龙宝贝曾经跟郑晓凯说过，她是有精神洁癖的，换言之便是处男情结。郑晓凯是她的，从肉体到灵魂就得完完全全属于她，不提跟别的女人发生关系了，即使是一个拥抱都能令她心中起火。

龙宝贝一直认为，在她和郑晓凯之间若是出现了第三者，百分之一千二是哪个男

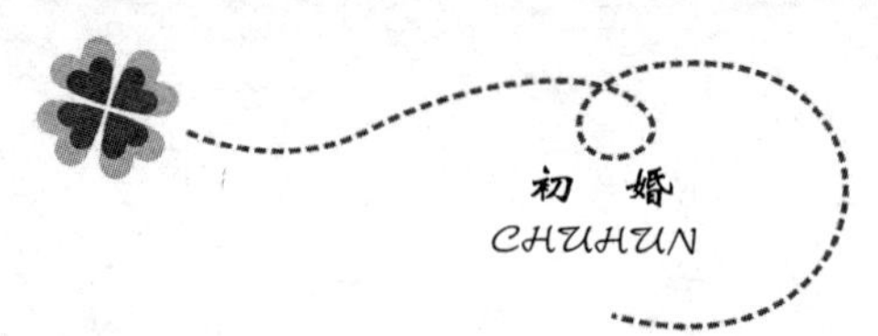

的看上她了，郑晓凯出事概率为零，这个李萌的出现无疑令她猝不及防，也不知是高估了自己还是低估了郑晓凯，一种从未有过的危机感包围着她，令她满心不安。

高琳欣赏着她焦虑的脸：“女人想要绑住爱的男人，最好的办法是跟他结婚，为他生孩子，即使有天你人老珠黄了，孩子还能绑住他。”

龙宝贝听了她的话，吓了一跳，她一向自视清高，不愿落入俗套，怎么会沦落到为了留住对她死心塌地的郑晓凯而去结婚生孩子呢？

“郑晓凯不是那种人。”

“那你担心什么？”

龙宝贝语塞了……

“不要太过自信哦，现在的女孩子都很生猛的，管你结婚没结婚，像晓凯哥那样的，一走出门被活活打走都是有可能的呢！”

高琳说话的神情令龙宝贝忍不住深深瞥了她一眼：“你最近像是很开心呢？”

高琳哈哈一笑，将自己近段时间的光辉事迹搬到了桌面。

高琳从舒默他妈那里要来了他姐的电话，又从他姐那里得知了他目前的住处，龙宝贝喝醉的那晚，舒默打电话让郑晓凯接她回去，然后自己回家，走到楼下，冷不防一个黑影蹿出来将他抱住，被舒默一个侧手翻转甩倒在地，不但擦伤了胳膊，还扭伤了手腕。高琳忍着剧痛不去医院，趁机赖在他家不走了。

“我们接吻了……”高琳得意地眨巴眼睛，龙宝贝张大嘴巴，傻傻地啊了一声，高琳接着说，“我让他端着汤，趁他双手不能动弹的时候吻的他。”

龙宝贝崇拜地连连发出啧啧的赞许声：“他没拿汤泼你？”

高琳含笑摇了摇头：“我跟他说，汤里有鱼翅，很贵的，哈哈哈……”

“……”

三十：隐婚

在八月的月底，龙美丽的女神个人写真上市了，大气的摄影风格，完美无缺的时尚妆容，无可挑剔的服装搭配，让整本写真一夜爆红。

龙宝贝兴奋地给龙美丽打电话："哈罗，女神！"

那头的龙美丽愣了一下："有事儿说事儿，忙着呢。"

龙宝贝也不生气，嘻嘻笑着："也没什么事儿，就是想确认一下你爆红之后，是否还认我这个妹妹，还有，老妈说了，有几张照片胸开得低了点儿，下回注意。"

"……"

龙宝贝没来得及告诉她，程祥看到那本写真，既为她高兴，又为自己万念俱灰，半夜喊郑晓凯和龙宝贝出去喝酒，当两人赶到时，程祥的娃娃脸已经通红，一只手搭在郑晓凯的肩上，一只手指着龙宝贝："郑晓凯，我是真羡慕你，特别特别羡慕你……"

龙宝贝看着他昏然睡去的娃娃脸，心里堵得难受，那晚，他俩送程祥

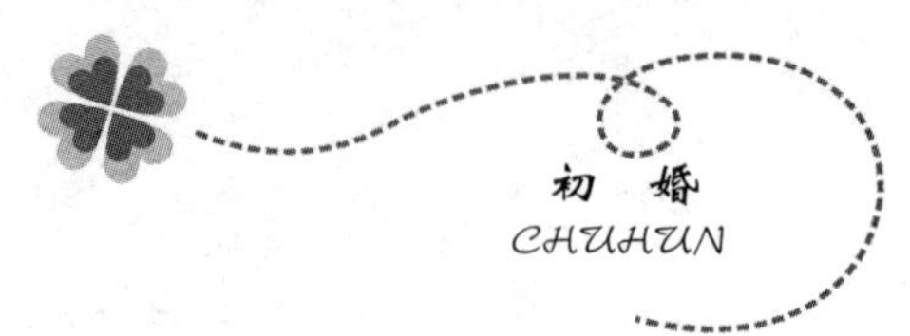

回了宿舍，回去的路上郑晓凯紧紧拽着龙宝贝的手："宝贝，是不是在别人眼里，咱们俩幸福得无可挑剔啊？"

龙宝贝想起了高琳和舒默，点点头："好像是的。"

龙宝贝突然发现，原来幸福是件虚无缥缈无法求证的事情，和郑晓凯掩人耳目相恋那四年，她是幸福的，幸福得透彻至极，不容置疑；结婚后，她的幸福大打折扣，可就是因为那段怅然若失，泪水肆虐的日子，眼下得到的平淡生活才显得格外的难能可贵与幸福。

龙宝贝想了想，还是给龙美丽打了个电话，告诉她，程祥喝醉了，为她拍写真的事儿。

龙美丽莫名其妙："我拍写真跟他喝醉有什么关系？"

"担心你们的差距越来越大，一年后你会反悔呗。"

电话那头，有人在喊龙美丽的名字，龙宝贝识趣地挂了电话，第二天一早，程祥却给她来了电话，大致意思就是感谢她帮忙，龙美丽昨晚去看他了，还约他这天下午去领证。

龙宝贝哪里知道，当龙美丽忙完手头的工作，百忙中抽出时间吃上一碗阳春面，看着上头的葱花，脑子里突然闪过程祥的鲜活的娃娃脸，犹豫再三，给他打了电话，那一刻的程祥正睡得分不清天上地下，自然听不见何包里的手机在叫嚣，龙美丽说不清是担心还是愤怒，拦了辆出租往他的住处赶，差点没把那扇破门给拍散架，程祥才睡眼朦胧地出来开门。

程祥想不通："宝贝，你说你姐最近是怎么了？按她过去的脾气，估计灭了我都不嫌过分啊，怎么反倒主动说要领证呢？"

龙宝贝诧异地愣在那里，别说程祥了，她也觉得不可思议呀！

程祥还在电话那头连连道谢，龙宝贝良久才顺水推舟："哎哟，别这么说啦，咱俩谁跟谁啊，记得要请我吃饭哦。"

龙宝贝挂了这头，连忙给龙美丽打过去："你真要跟程祥结婚啊？"

龙美丽正在化妆准备出门："是，记得随礼。"

龙宝贝啧啧："龙美丽，你到底怎么想的？来，把你异于常人的思维跟我分享分享，下次我好写个精神分裂的题材。”

龙美丽翻了个白眼：“他对我好，我觉得他不错，他未婚，我未嫁，我们结婚不应该吗？”

龙宝贝叹了口气，接着嘻嘻一笑：“好吧，虽然有些牵强，但看到你幸福，我还是很舍得为你开心的，只是啊，我姐突然变得有血性，我还真不习惯。”

龙美丽听到手机里传来电话接入提醒，匆匆骂了一声：“滚！”电话挂断，看了看来电显示，那熟悉而深刻的名姓像是一把温柔的刺刀，令她的呼吸不能自持。

电话这头的龙宝贝十分听话地滚了，她可不是什么闲人，每天要码字，还得解决三餐问题，够她折腾的了，龙美丽那一揽子风流韵事，她只当饭后消遣来打牙祭，等到郑晓凯回家，马不停蹄地开始八卦：“程祥今天下午请假了吧？”

郑晓凯莫名其妙：“你怎么知道？”

龙宝贝一字一顿：“他跟龙美丽领证去了。”

郑晓凯呆了半晌，龙宝贝接着说：“程祥追随她这么多年，给个名分安安那孩子的心也是应该的。”

郑晓凯第二天才知道，这名分给得有点儿不靠谱了：光领证，不办婚礼——传说中的隐婚。这样的待遇在郑晓凯看来，好比龙宝贝的某部作品被某出版社看中，协商数月之后，变成了自费出版一般令人心灰意冷。

龙美丽是这样说的：“程祥，我不在乎什么婚礼蜜月，我需要我现在的工作，可它接受不了我的婚姻，所以，我们隐婚好不好？”

程祥愣了一下，他满脑子都是匆匆赶来的龙美丽拒绝自己的画面，所以一度有些失神。

龙美丽微微低下头：“你可以再考虑，如果你介意就算了，如果你不介意，我们现在就把手续办了。”

程祥感激上苍赐予他不算太差的反应能力，在龙美丽转身离开前，他总算回过神来，拉着龙美丽一阵宣誓：“我不介意，你说怎么样就怎么样……”

于是，刚刚确定不甚明朗的男女关系，没来得及度过一分一秒浪漫时光的两人果断冲进了婚姻的围城。

第二天，郑晓凯趁大家不注意，将程祥拉到了茶水间，程祥太清楚他要说什么了，连忙阻止："行了行了，别再中伤我家美丽了，从昨天下午三点五十八分开始，她就是我的合法妻子了，为了她的事业，我甘心隐婚。"

"懒得管你那破事儿！"郑晓凯一片赤诚被泼了冷水，什么都懒得说了，恼恼地转身要走。

程祥拉住他："虽然你不稀罕管我的，可我还真得管管你的，林玫在北京开了新公司，你可得悠着点儿，有空多想想我那单纯可爱的小姨子。"

郑晓凯白了他一眼，林玫在北京开新公司的事情在公司已经传开了，而她让自己跳槽去帮她，无须抓到任何真凭实据，整个公司都可以铁板钉钉地这样认为了，郑晓凯也懒得否认，即使他出言否认，可又有谁信呢？林玫确实找过他，还不止一次，郑晓凯不无心动，他相信林玫的实力，跟着她混上两年，他的事业必定突飞猛进，可他跟龙宝贝的感情也必定死无葬身之地。

郑晓凯很清楚，他离不了龙宝贝，离不了她精致美味的菜肴，离不了她满屋萦绕的花香，离不了她肆无忌惮的欢笑声，更离不开她孩子气的依赖。

通过上次李萌的事情，他终于见识到了龙宝贝的霸权主义，跟他比起来是有过之而无不及，一旦被她得知了林玫的存在，可不是喝醉酒闹闹情绪就能了结的。

郑晓凯有时会不经意拿林玫和龙宝贝作比较，浑然如程祥所说，一个是女人，一个是女孩，林玫知性，八面玲珑，龙宝贝孩子气，自我为中心，粗略一看，貌似林玫完美至极，而龙宝贝却是一身缺点，郑晓凯却无法不爱她的真实与可爱，更何况，她从十八岁就和他在一起，最最珍贵的一切都给了他，这是多少恋人梦寐以求的完美开端。

可他也离不了林玫的帮助，这是最最令他懊恼的，所以对于去北京的事情，他没有答应，也没有明确拒绝，他在等待一个帮助他做决定的时机。

郑晓凯近来不是一般的忙，常常到凌晨一两点才到家，早上八点又起床去了公司，龙宝贝对龙美丽抱怨："我感觉自己是在守活寡。"

龙美丽忍不住笑："都在一块儿多少年了，还腻歪个什么劲啊？"

龙宝贝一声坏笑："你呢？我十分感兴趣，你俩圆房没？是谁先放倒的谁？"

龙美丽恨不得一把将她拍晕："你能别这么色吗？"

龙宝贝撇撇嘴："真装，你俩黑灯瞎火孤男寡女不干那事儿，难不成讨论全球变暖的应对政策？"

龙美丽无语了，自打领证这半个月来，她租了一间两居室的小公寓，程祥从小猪窝里搬进了红瓦房，边收拾东西边忧心忡忡："我这样算不算入赘啊？"

龙美丽一想，貌似算吧。

龙美丽帮他把东西归置好，程祥眼睁睁看着她将自己的衣物放进了她的衣柜，又看到大床上摆着两个枕头，小心脏跳得差点儿熄火。

两人别别扭扭地下楼买菜，中间相距不下三米，吃完晚饭，端端正正立在沙发上看电视剧，龙美丽觉得邪了门儿了，过去看电视，从头摁到尾，不是动画片儿就是综艺节目，怎么那晚跟设计好了似的，净是些情感剧，台词肉麻也就罢了，男女主角四片唇挨一块儿就没舍得分开过，看得她和程祥一起郁闷：就这样结婚了？就这样住一块儿了？接下来顺理成章的事儿全来了，可这会儿才发现，他俩貌似不熟。

龙美丽当时打心眼儿里崇敬古人的父母之命媒妁之言，一面未见，掀了盖头就办事儿，太牛掰了，她做不到，犹豫再三过后，她悲哀地发现，别说那啥了，让她亲程祥一口她都下不去嘴。

俨然就是那句经典台词：太熟了，下不去手。

终于插广告了，程祥假模假式地看了看时间："呀，都这么晚了，要不然……早点睡吧……"

龙美丽看着他紧张得通红的娃娃脸，忍不住想笑。

熄了灯的房间里，大床上，同一张被子里，两人各自睁大眼睛纠结着，终于，程祥说了一句："郑晓凯说，龙宝贝睡觉的时候得他抱着，不然满床瞎转悠。"

"我没那毛病。"龙美丽声音很轻。

"可我有，不如你抱我吧？"程祥不由分说地蹿了过来紧紧搂着龙美丽，龙美丽隐隐嗅到他身上有股好闻的清新气息，一如他单纯诚挚的娃娃脸，突然有种从未有过的踏实感，尽管这个男人没有华丽的外表，没有出色的才干，没有显赫的家世，更没有讨女人欢心的伎俩，可这些在那一秒的她看来突然变得不重要了，也瞬间懂得龙宝贝为什么会死心塌地地爱着郑晓凯，面对感情时的她和龙宝贝一样，只想成为某一个男人心目中的公主，公主所在意的唯有王子，可以暂时忘却权势和王位，但到底也只能是暂时忘却。

“呀，你俩一个是时尚名模，一个是IT精英，行个房怎么尿得跟二十世纪八十年代不开化的老夫老妻似的？”龙宝贝八卦地撇嘴。

龙美丽叹了口气，双眼无望地盯着眼前的高脚杯，龙宝贝眼冒金光，一把抓住她的纤纤玉手：“你这表情不对啊，这是深闺怨妇才有的凄凉嘴脸啊？”

龙美丽再次叹了口气：“不是深闺怨妇，却也是被婚姻摆了一道的，过去我以为结婚就是两个人搭伙过日子，他做了我那份饭菜，我顺道帮他洗个衣服，其实这样也不错，现在才知道，婚姻不单单是围城，更是面照妖镜，过去你看不到的嘴脸在揣起结婚证的那一秒，无所遁形。”

龙宝贝咋舌：“程祥有什么卑劣的癖好被你给洞察了？”

龙美丽白了她一眼：“这就是婚姻的奇妙之处，不存在什么吃喝嫖赌坑蒙拐骗的大毛病，尽是些鸡毛蒜皮的小事儿，他吃饭吧唧嘴、洗碗不放洗洁精、各种颜色的衣服糅在一堆洗；回到家屁股就没腾空过，不锻炼身体，不学习进取，你说他白天上班对着一帮游戏，回到家还对着游戏厮杀，不觉得自己是在免费加班吗？”

龙宝贝奇怪地看着她：“不然呢？吃鱼香肉丝跟吃红酒牛排似的装模作样，洗几只碗得用五步程序，七种颜色的衣服分七次清洗，回到家便马不停蹄地做俯卧撑，吃完晚饭端着自学教程狂啃充电？这不有病吗？”

龙美丽喝下一口红酒，脸颊泛起红晕：“可他现在的一举一动都让我觉得很憋屈，我不像是嫁了个老公，反倒像是找了个不懂事的小孩，跟他在一起，我像是随时会爆发的活火山。”

龙美丽没有夸张，她看不惯程祥懒洋洋倒在沙发上看电视的姿势；看不惯他作为成年男子看蜡笔小新时的幼稚表情；看不惯他吃起饭来狼吞虎咽的架势；还看不惯他殷勤地围在自己身边请旨等候差遣的乖巧模样，最让她心灰意冷的是程祥丢得渣都不剩的事业心，好像眼下勤勤恳恳上班领薪水是再甜美不过的日子，事业？没想过，充电？没想过，另谋出路？没想过。他的脑子里装的只有热腾腾的饭菜，千篇一律的动画片，以及在她看来无聊至极虚度时光的修仙游戏。

龙美丽曾暗示他："我有个朋友是资深游戏编程师，如果你有兴趣的话，可以多跟他交流。"

程祥脑子一热，十分没有心机地说了一句："这种东西没什么可交流的吧？"

龙美丽强压着不满："那你对未来有什么规划？总不能一直这样拿薪水过活吧？"

程祥欢快地扒拉着筷子，脸上笑容灿烂："放心吧，我基本上不花钱，每个月的薪水都给你。"

龙美丽无语了，过去只当他是淳朴，这会儿看起来却是愚昧至极，怎么就看不懂别人的脸色，听不出人家的弦外之音呢？

龙宝贝仍旧直挺挺站在程祥那边："话也不能这么说，你不觉得问题出在你身上吗？你事业心太强，对未来的期望太高，而程祥不一样，他从小山沟里出来的，现在的工作和生活状况跟过去比起来已经是天上了，不是他不上进，而是你俩起点不同。"

"起不起点是一方面，既然结了婚，两个人一起为将来奋斗总是没错的吧？他如今的收入，不吃不喝一年也就买半间厕所吧？"

龙宝贝努努嘴："你可真俗，只要他一心一意对你好，你非要那房子做什么？我和郑晓凯也没房子，不也挺好？"

龙美丽无奈得翻白眼："世界上有几个像你这样的傻瓜？"

龙宝贝嘻嘻乐着，又开始胡说八道："我倒是希望郑晓凯跟程祥似的天天围着老婆转悠，自从我俩结婚后，他成天忙得跟国家总理似的，要是我能一夜爆红挣个一百万该有多好，我就包养了他，不让他上班了。"

龙美丽笑骂了一声："白痴！要我跟这样的男人过一辈子，我宁愿剃了头当尼姑！"

龙美丽很没出息地在新婚一个月不到就后悔了，她一边气恼程祥的不求上进，一边怨怼自己的一时糊涂：当宋境交给她支票，宋境他老婆背地里找她"细谈"，她表现得果敢而骄傲；当宋境再次出现在公司楼下展览他的一脸深情时，她不哭不怒地将皮包夹层里的结婚证给他看，这是她刻意带在身上的，比砸支票有种多了，果然，那一刻宋境的脸无比沮丧。

从她认识宋境那天起，仿佛他总是志得意满，风度翩翩的，吃饭的时候细嚼慢咽，举手投足斯文有礼，俊逸的五官不怒而威，龙美丽固执地认为，她第一眼被宋境迷上是命中注定的，他除了已有家庭，其他各方面都跟她理想中的情人吻合至极。

宋境年轻时在道上混过，背上有条五寸长的疤痕，就是那次受伤，他认识了他现在的老婆闻娴——当初负责照顾他的小护士。他俩也有过一段真心相许的日子吧，宋境提起闻娴，总用“贤惠”二字来赞许她，她照顾自己，照顾女儿，照顾整个家，和她在一起到现在，宋境没有洗过一双袜子，没有煮过一碗面，所以，跟龙美丽在一起的日子，他的心被负罪感包裹着，脑子里不时闪过闻娴忙碌的身影和女儿无辜的眼神。

那天，宋境将车开到他名下的私人餐厅，他带龙美丽来过很多次，也零零碎碎和其他女人来过，却唯独闻娴不知道这里的存在。

龙美丽有时会想，如果宋境一开始娶的是自己，或许她有生之年都没有机会品尝这里的英国红茶了。

“你是在报复我。”宋境疲惫地脱下外套。

龙美丽没有否认：“是。”

“呵！你找个什么都不如我的男人，你可真狠。”

“他现在是什么都不如你，终有一天，他会赶超你。”龙美丽当时摆出手捧潜力股的得意，回过神打开家门，看到程祥懒洋洋窝在沙发上看动画片，心头顿时涌起愤怒的绝望。

“程祥，这就是你说的婚后会为我奋斗，会让我成为最幸福的女人吗？呵！可真够幸福的，有了你的衬托，我觉得自己简直就是他妈的战斗机，我他妈太有斗志，太有上进心了！感谢你委屈自己来衬托我！”

程祥吓了一跳，他不知道龙美丽哪里发起的大火，十分急切地开始救火：“美丽我错了。”

龙美丽欲哭无泪：又是这句话！

“你告诉我，你哪里错了？”

程祥想了想，摇了摇头：“你告诉我，我一定改。”

“你最大的错，就是永远都不知道自己错在哪里！”龙美丽甩开他，转身冲回房间，房门被无情地反锁了，龙美丽愤怒坐到床上的那一秒，突然一阵惊恐：她仿佛在顺着龙雪花的道路行走，龙雪花是望女成凤，将来在前夫和情敌跟前扬眉吐气，而她却是望夫成龙，盼望终有一天在宋境和闻娴面前昂首阔步。

天！她气急败坏在做的事情，居然是她过去最为鄙视的，甚至比龙雪花所作所为更加可笑，至少龙雪花将全部的心力放在了两只潜力股上，而程祥？呵！她怎么会嫁给程祥？她怎么会将希望寄托在他的身上？

三十一：孩子

因为郑晓凯的无限期加班，龙宝贝已经连续两个礼拜独自吃晚餐了，今晚做的又是番茄炒蛋盖饭，没有郑晓凯的陪伴，吃什么都索然无味，龙宝贝一口一口强迫自己吃下去，突然一阵反胃，冲去厕所吐了个精光。

龙宝贝猜测是这鸡蛋不新鲜，下锅之前就发现有些散黄。

龙宝贝终于找到给郑晓凯打电话的理由了，在电话里撒着娇，要郑晓凯下班给她买宵夜，正要挂电话，那头又传来上次听到的女声："晓凯，晚餐我请你吧！"

龙宝贝一愣，听到郑晓凯爽快答应了对方，闷闷地挂了电话，心里说不出的憋屈滋味。这种坏心情纠缠了她四个半小时，就连上厕所都在分析案情：这个女人什么来头？晓凯？叫得这么亲热，一定有鬼！坐立不安地徘徊于房子的各个角落，最后自我安慰起来，即使全世界的男人都是禽兽，郑晓凯也会是个例外，就算那女人真的来者不善，郑晓凯也必定是襄王无梦的。

凌晨一点，郑晓凯蹑手蹑脚地进屋了，她闭着眼睛都能感受到他凑到床边偷看她是否睡着的呼吸，龙宝贝突然想恶作剧一番，猛地翻身而起勾住他的脖子，果真将郑晓凯吓住了。

龙宝贝乐了，哈哈大笑起来，郑晓凯正作势要修理她，龙宝贝一骨碌钻到他怀里，酸里酸气道："电话里说要请你吃饭的女人是谁？"

郑晓凯愣了半响，原本已经疲惫不堪的身体笑得前仰后合，他从没见过龙宝贝这个模样，像盘醋溜黄瓜，当下像抱小婴儿那样抱着她，在她屁股上拍了一把："紧张了？知道哥市场广阔了？"

龙宝贝嘟着嘴白了他一眼，突然发现郑晓凯长得不是一般两般的好看，言行不是一般两般的可爱。

郑晓凯从未在龙宝贝面前提过林玫，也特别交代过程祥不要提，龙宝贝在感情上是个独裁主义者，像林玫这类近乎完美的女人无疑是她致命的打击，与其被疑神疑鬼自找麻烦，还不如一开始不让她知晓对方的存在。

郑晓凯跟龙宝贝和好后，在林玫面前常常提起她，即使是在暖色调的二人包房吃饭，只要一提起龙宝贝，顿时觉得坦荡不少。郑晓凯曾向林玫表述龙宝贝对火锅的狂爱，林玫笑着听他说完，末了问了一句："你不是真的喜欢吃火锅，只是为了陪她对不对？"

郑晓凯突然为这个问题纠结起来，林玫又接着说："其实我并不喜欢吃日式料理，我更喜欢吃火锅。"

郑晓凯不再说话了，闷头吃饭，心中又涌起翻江倒海的罪恶感，想要再提起龙宝贝却又显得无比刻意，再也起不到令他坦荡的效果了。

郑晓凯有时在想，他会不会是坏男人当中的一个？为什么明明知晓一切却对林玫的邀请不予拒绝？对，为了她广阔的人脉帮他带来业务，他所做的一切都是为了龙宝贝，都是为了她……

因为相亲的事情乌龙了，沈春华被陈婆婆念了一通，越想越生气，生龙宝贝的气，更替儿子找了这样一个不懂事的女人不值。

想了又想，憋了一肚子的话要当面跟龙宝贝说清楚，让她趁早死心，离郑晓凯远点，不要耽误郑晓凯娶媳妇儿，更别耽误她抱孙子。可那天龙宝贝站在门外听到她说的话，对她一肚子的意见，她的话是决计不会听了，沈春华只能找郑晓敏来当中间人传个话。

龙宝贝打心底不愿再跟沈春华扯上任何关系，最好一辈子老死不相往来，可又不好驳郑晓敏的面子，想着沈春华固执的个性，即使她不去，她也会找第二个李萌，第三个李萌去跟郑晓凯相亲，指不定哪天还真让郑晓凯走了狗屎运遇到一个合心意的，干脆一咬牙，全副武装地杀上门跟沈春华做个了断也好。

“先说好了，不许跟我妈急听到没？”郑晓凯不放心，一遍又一遍地警告。

“放心，姐是去讲道理的，不是去干架的。”

沈春华家。

龙宝贝看着饭桌上似曾相识的饭菜，一点胃口也没有，暗自庆幸自己有远见，进门前吃了块奶油蛋糕。

沈春华放下碗筷，清了清嗓子，龙宝贝知道她要开始讲话了，低着头拨弄着筷子，只等着她一停口，立马接茬，动之以情晓之以理，将她拍死在沙滩上。

只听沈春华一声冷笑开场：“都说现在的年轻人爱胡闹，我以前还不信，我家凯凯从小老实本分又孝顺，自从跟你凑一块儿，我算是开眼了。你们俩之前瞎胡闹，结婚不到两个月，不打声招呼就离了，好好的一个孩子，说打掉就打掉了，这些我都不想跟你们算了，响鼓不用重锤，你那么聪明的丫头，不需要我多说了。从今往后，我只有一个要求，我们老郑家就凯凯一根独苗，还指着他给我们生个孙子呢，你……”

龙宝贝等不了她说完，扭头冲向了厕所，稀里哗啦把来前吃的蛋糕全吐了出来。郑晓凯帮她拍着后背：“该不是这家蛋糕店也买的是坏鸡蛋吧？”

龙宝贝郁闷地嘟嘴摇了摇头，用自来水漱了漱口，两个人回到桌前坐下，继续聆听教诲，沈春华的脸像是一块苍白的冰被融进了烤炉，化成柔软的水，又被掺入了喜庆的红色颜料。

“又有了？”沈春华小心翼翼地问。

龙宝贝和郑晓凯同时一怔，心里一咯噔，龙宝贝连忙摇头：“没有！我吃坏东西了。”

“凯凯，快去买张试孕纸回来。”沈春华激动得开始语无伦次了，又是让龙宝贝坐在沙发上又是将横冲直撞的熙儿拉到一边，“别撞着舅妈了。”

郑晓凯不干，他不明白，这是他和龙宝贝之间的隐私，为什么要当着全家的面让她用试孕纸？

沈春华又急又气地骂了一通，吩咐他爸下去买，他爸二话不说，立马冲了出去。龙宝贝好不容易淡忘的阴影又重新回到了脑子里：郑晓凯他爸捧着她的胸罩和内裤，郑晓凯他爸帮她买试孕纸……

试孕纸上的两条杠像透了卡通漫画人物头上的两条黑线，龙宝贝苦着脸看着郑晓凯，心里在努力回忆上次弄错的试孕纸是哪个牌子，会不会又弄错了，而郑晓凯，还没有从他爸妈不知避讳的干预中气过头来。

“宝贝啊，你可千万不能再犯傻了，多少女人因为做人流一辈子当不了妈妈了，你心里怨我也好，不想跟我们一起住也好，只求你不要再把这个孩子打掉了，啊？”

“哪有？上次那个不是我打掉的，根本就……”

“行行行，那就当作是那样吧，目前最重要的是这个。”

当作？龙宝贝无语了，看着沈春华乞求的目光，脑子里却在翻转她刚刚训话时刻薄冰冷的脸，百感交集。

龙宝贝坚持要去医院做检查才放心，一家人浩浩荡荡地跟了过去，弄得她好不郁闷，这哪里像是来检查身体的，分明就是一群代人排队的临时工来抢地盘的。

检查结果令沈春华欣喜若狂，恨不能将龙宝贝高高举起，狠狠亲上两口，龙宝贝是没有心情跟她亲的，满肚子在打鼓，尤其是郑晓凯垂头丧气的模样更是令她不安。

晚上，龙宝贝和郑晓凯被迫留了下来，沈春华做了一桌大鱼大肉，龙宝贝开始相信，厨艺与心情息息相关，这顿饭菜跟中午的比起来，色香味均提高一大截，任谁也不信是出自同一个人的手艺。

沈春华将他俩原来睡的新房收拾了一通，连床单被套都换了干净的，龙宝贝过意不去，主动要帮忙套被子，沈春华夸张地大喊一声：“哎哟喂，你快到客厅坐着，这被子抖来抖去的灰尘多大呀，吸到肺里去了对孩子不好。”

龙宝贝哑然，哭笑不得地看着郑晓凯，郑晓凯板着脸不说话，龙宝贝凑到他耳边轻声说：“现在只是个受精卵而已。”

龙宝贝再次欣赏到了沈春华慈祥和气的一面，尽管她这个态度只针对龙宝贝肚子里的孩子。龙宝贝很想知道，孩子出生前的这九个多月，沈春华会不会一直这样低眉顺眼地迁就她，等到孩子一落地，像电视剧里那些恶婆婆一般，眼都不眨一下地将她扫地出门，不让见孩子，帮她老公联系下家，甚至在大雨滂沱的晚上丢下一纸休书，强按着她盖手印。

“宝贝啊，你们年轻，很多事儿吧不懂，你又刚刚做过手术，怀孩子前三个月最危险，你们搬回来住，我好好照顾你，啊？”

龙宝贝不知道该怎么回绝，眼巴巴地看着郑晓凯，郑晓凯抽出支烟点上，沈春华跳起脚来打落到地上：“要死要死啦？怎么能在宝贝面前抽烟？”

那晚，龙宝贝和郑晓凯被沈春华拉着说到转钟，两个人既不和她正面交锋说不，也不敢刚出虎穴再入狼窝地说好，左右为难地熬着时间，只等着第二天回家，天高皇帝远，该怎么折腾，他们俩再决定。

龙宝贝昨夜没睡好，回到出租屋补觉，郑晓凯上班去了，中午又得一个人凑合一顿。龙宝贝仰躺着，肚子里空荡荡的，胃里却在一阵阵翻涌，刚大吐一场，手机响了。

“我妈刚刚送了汤到公司，你来拿吧！”郑晓凯讲得很匆忙，龙宝贝正欲说不想喝汤，电话已经挂断了。龙宝贝只好爬起来，对着镜子洗漱，也不知是没睡好还是心理作用，脸颊有些浮肿。龙宝贝化了个美美的妆，挑了件窄脚牛仔裤，银色高跟鞋，提着包包就出门了。

龙宝贝刚走到郑晓凯公司楼下，就看到沈春华正远远走过来，脸上一阵笑一阵愁，龙宝贝在电话里听郑晓凯的意思是，他妈来送过汤，已经走了，可没想到她会在楼下等着她。

“哎哟喂，你怎么……走走走，带我上你住的地方去。”沈春华的手掌很宽厚，拉着她就要走，嘴里念叨着，“都什么时候了还化妆，你知道那化妆品多害人呐？还有你这鞋子，小祖宗，我看着都替你捏把汗。”

龙宝贝由着她牵着往前冲，许久沈春华才回过脸来："往哪儿走啊？"

龙宝贝想：您终于想起来问了？

"走反了。"

沈春华张了张嘴，啧了啧："你这孩子，怎么早不吭声啊？这不是没事瞎折腾吗？"

龙宝贝看她心急的样子，像是看到被她气坏了的龙雪花，忍不住乐了。

"这孩子，怎么还笑呢！"

龙宝贝听了，笑得更欢了。

回到出租屋，龙宝贝被迫卸了妆，换上拖鞋，刚走出来，沈春华检查了一番："不行，裤子太紧了，换条运动裤。"

龙宝贝想了想，拿出一条橘色的瑜伽裤，沈春华一看，摇了摇头："还是不行，腰还是紧了点儿。"说完，瞅了瞅龙宝贝披肩的卷发，"你这头发太长了，会把营养都吸走的，赶紧剪了，对孩子好。"

龙宝贝哑然。

"还有你这房子，太潮湿了，附近又没个公园什么的，孕妇就得住在环境好的地方，生出来的宝宝才能健康。"

龙宝贝已经记不清沈春华除此之外还提了些别的什么要求，只知道若是按她的要求来，她的生活得发生翻天覆地的变换：从发型到穿着，从住处到生活习惯，好似她过去二十二年就是在瞎胡闹，没有一样事情做得绿色环保又正确。

晚上，龙宝贝和郑晓凯面对面吃饭，吃着吃着，两人同时叹了口气放下碗筷。

"老公，等我生了孩子，胸部下垂了，腰间缠着肥肉，长了一脸黄褐斑，脾气变得暴躁，穿着最大码的家居服，挥着结实的膀子，不是训斥你就是打孩子，你还会爱我吗？"龙宝贝可怜巴巴地瞅着他。

郑晓凯无语地闭上了眼睛，再睁开时，说不清是可气还是可笑："你居然还有心情担心这些破事儿？"

"啊？你不是在想这些吗？难道你是在想怎么投诉那家安全套公司？哈哈哈……"龙宝贝大笑，郑晓凯苦笑着瞪了她一眼。

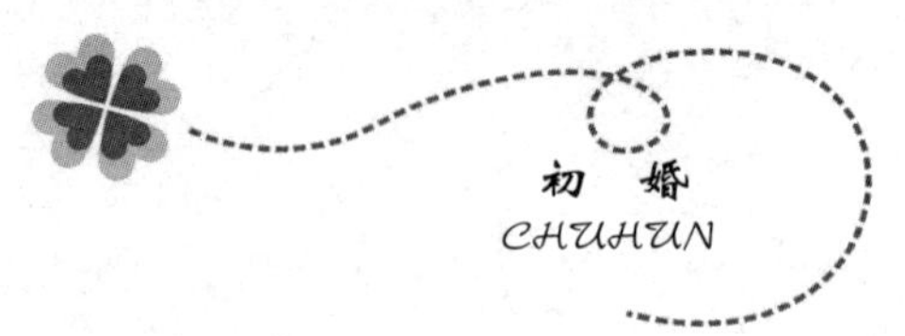

沈春华风雨无阻地往这边送了一个礼拜的汤，担心龙宝贝生活习惯不好影响胎儿发育的同时，更加担心自己稍不留神，那两个冤家做掉了她第二个孙儿，所以每次来都要逗留个半天，动之以情晓之以理，哪怕龙宝贝根本听不下去，将她催眠到睡得一动不动也是好的。

沈春华的担心无疑是多余的，龙宝贝早已为上次莫名其妙失去了一个孩子而耿耿于怀，一会儿担心自己是不是没有生育能力，一会儿担心做了阑尾手术是不是很难怀上孩子，这下好了，所有的担心被终结了，她乐还来不及呢。

尽管如此，龙宝贝在沈春华面前仍是作出一副不情不愿的模样，她还记恨着她先前说她的那些话，嫉恨着她为了拆散他们帮郑晓凯介绍女朋友，给他妈吃定心丸？比在她伤口上洒盐水更可气。

三十二：回到原点

已经是下午三点半，龙宝贝估摸着沈春华不会来了，打扮一番去了郑晓凯他们公司，这段时间吐得厉害，仿佛五脏六腑都给掏空了，吃的食物不是油腻的排骨汤就是简单的蛋炒饭，突然想起了许久没吃的火锅，竟馋得一整天心神不宁，计划去理个发，等郑晓凯下班了，一起吃火锅去。

龙宝贝让理发师将大波浪发尾剪掉，再将刘海剪短，打薄，弄成简单的波波头。龙宝贝想，沈春华看到自己这番改变，定会感动得热泪盈眶。

龙宝贝等在郑晓凯公司楼下，故意背着身子，想要给他个惊喜。许久，郑晓凯出来了，身边还有一个三十岁左右，打扮时尚贵气的女人同行，两人你一句我一句地交谈着什么，龙宝贝听不清，原本设计的猛地蹿到他跟前的桥段只能卡碟般留在脑子里。

“什么时候来的？”郑晓凯在她头上敲了一板栗，龙宝贝这才回过神来，傻笑着冲那女人问好：“你好。”

郑晓凯帮她们俩介绍，她叫林玫，是郑晓凯负责的客户，龙宝贝突然

想起，林玫的声音很熟悉，就是电话里听到过两次的那个。

林玫细细打量着她，嘴角含着礼貌的笑：“你好，晓凯常常提起你，听说你怀孕了，我家里有一些关于孕期知识的书，改天我让小凯带给你看看？”

她的语气让龙宝贝十二分不爽，倒好像她跟郑晓凯是一对的，而自己是觍着脸来讨便宜的外人：“那我先谢谢你了。”

龙宝贝看着她缓步走向一辆黑色宝马，卸下一脸的假笑，冲郑晓凯直哼气：“我怀孕你跟她说做什么？你跟女客户谈合作都以老婆的肚子为话题的？”

“随口提过，瞎想什么呢？”

龙宝贝不依：“你是不是喜欢她？你跟她认识多久了？”

郑晓凯佯装生气地瞪她：“找收拾了？”

龙宝贝白了他一眼，又成了一盘酸溜黄瓜，她见不得别的女人跟郑晓凯亲近，而这个女人，用鸡皮疙瘩想也不止是普通客户那么简单，普通客户会动不动来公司找他？普通客户会称呼他晓凯，还要三天两头请他一起吃饭？

龙宝贝想要生气，却蔫蔫的没有底气，好像她此刻任何气恼的样子都只能徒增笑料，起不到效果不说，反倒让郑晓凯小人得志。比较之下，那个女人只是比她有钱，自己胜在年轻貌美，男人喜欢的不就是年轻貌美么？

龙宝贝要去吃火锅，郑晓凯说火锅里有中药，对孩子不好，不答应。

“我就想吃火锅嘛，专家说了，孕期想吃什么就是孩子缺什么，还有啊，我现在吃下去的东西，隔不了十分钟就得连本带利全吐出来，哪就能影响到孩子了？”

“别废话，都要当妈的人了，你能多为孩子考虑吗？净想着自己。”

两人正相持不下地闹着别扭，郑晓敏一个电话打了过来，郑晓凯接完电话，招了一辆出租车，带着龙宝贝去了医院。

龙宝贝和郑晓凯从郑晓敏口中大致知道了事情的经过：沈春华像往常那样中午煲好汤往出租屋赶，下车的时候太匆忙，脚下没有站稳，扭伤了，又被擦过的电动车撞上了，路人叫了救护车送她来医院，到现在才联系到家人。

他爸着急得嘴唇发抖，当着众人的面眼泪都流下来一大把：“她今天锻炼回来的时候堵车回晚了，怕宝贝没有汤喝，连午饭都没吃就往外赶，个死老太婆！叫她小心

点小心点！”

龙宝贝听了，鼻子一酸，自责地低下头，不敢去看郑晓凯，郑晓凯一手拉着她的手，一手在她背上拍了拍。

一家人守到晚上九点半，沈春华才慢慢醒过来，医生说，她的伤没有大碍，只是受了惊吓才会晕过去，一家人这才安心。

龙宝贝去楼下买了沈春华爱吃的蘑菇青菜馅儿包子，低着头站在一边不敢上前，沈春华的脸色仍是一片惨白，眼前的她没有了蛮横的霸气，完全就是个孤独无助的老人，龙宝贝哽咽道：“妈，我听您的话把头发剪短了……”

沈春华连连点头：“剪短了也好看。”

龙宝贝突然脑子一热，又说：“妈，我们明天就搬回去住。”

郑晓凯：“……”

郑晓凯很火大，一出医院就向龙宝贝爆发了：“你下次要做什么决定能先知会我一声吗？总是这样说风就是雨有意思吗？你说话做事之前能不能先想想后果？”

龙宝贝委屈地瞥着他，半天说不出话来，现在受伤的是沈春华没错吧？是他郑晓凯的亲妈没错吧？她答应搬回去让他亲妈能安心，不但没有得到他的赞许，反倒惹恼了他？

龙宝贝回头瞪着他：“郑晓凯，不是我想一出是一出，我要这个孩子，是因为他是咱们俩的，我愿意搬回去，是因为躺病床上的人是你妈！”

“你别跟我扯别的！我们就说搬回去这件事，是谁说为了咱俩能和和美美地待一块儿，坚决不靠近你妈还有我妈？我们离婚是为了什么？才刚搬出来消停了一个月，现在搬回去，一切不是又回到原点了吗？龙宝贝，你说话做事能不能用点脑子？”

“我怎么没用脑子了？我还不是为了趁机跟你妈搞好关系，不让你在中间为难！你居然这样说我！”

“想要搞好关系自然有别的办法，任何一个都比你这个馊主意强！”郑晓凯是真的恼了，龙宝贝看着他凶巴巴的脸，委屈得泪如雨下，两人僵持着，像是两只精疲力竭又不愿妥协的斗兽。

三十三：最熟悉的陌生人（1）

事已至此，搬回去已经没有转圜余地了。

在郑家逼仄而闷热的二十平小屋里，龙宝贝度过了孕期的前三个月，每天满身大汗地醒来，头昏脑涨地起床，然后开始昏昏沉沉中孕吐的一天。

她的情绪沉到了谷底，信息化时代的产物只会助长她胃部的嚣张气焰，她每天能做的，就是闷闷地斜靠在床上，吹着形同虚设的电风扇，对着一页一页的杂志发呆，数着时间等郑晓凯回来，回来抱抱她，陪她说说话。

而她的郑晓凯，此刻虽是坐在凉爽舒适的空调办公室里，五脏六腑却如同掉进沸水当中一般。

林玫亲自帮他牵线的私单有了变数，对方公司的严总婉转地回复林玫，这个单子，有竞争对手了，对方正是跟郑晓凯在同一间办公室里工作的熊飞，两人在林玫最初内定郑晓凯时就已经结下了梁子。

方总在办公室将这个消息一宣布，四周杂乱的眼神向郑晓凯射来，因为程祥多话，大家都知道了郑晓凯一早就跟对方公司接触的事情，这下横生枝节，不知满足了多少人的八卦感官，郑晓凯站在那里，活生生成了一个笑话。

熊飞是如何联系上严总的已经不再重要了，重要的是，这个单子能决定接下来郑晓凯的去留问题。

用程祥的话说："太残酷了，估计最纠结的是老方，你跟熊飞拼得你死我活，最后只有一个会中标，落败的那个就非走不可了。"

郑晓凯强装出一脸平静："职场斗争，你死我活，不就那点破事儿吗？"

程祥满是忧心，熊飞在这行摸爬滚打了十二年，是老方的心腹，更是左膀右臂，要不是林玫偏袒，不论如何都轮不到郑晓凯上位的，可见他对郑晓凯的敌视不是一天两天了，这次突然跳出来插一脚，摆明了是要给郑晓凯好看："我总感觉，他是故意在挑衅，有你没他，有他没你。"

郑晓凯瞥了他一眼："难为你了，这么快就看出来了。"

郑晓凯心里憋着一股气，拼就拼吧，他也不见得一定会输，于是，两人十分默契地杠上了，恨不得双双搬到办公室住下，衣不解带地跟程序玩儿命。如果说两人一开始血量对等，那么，郑晓凯的耗血量明显高于单身汉熊飞，在公司，他为工作耗尽脑细胞，回到家，他又要为龙宝贝伤透脑筋。

郑晓凯知道，一般女人孕期会变得焦虑、暴躁，可他的龙宝贝本身就非凡类，她应该化暴躁为创新，干出点有新意的事情才对，偏偏，她也没有免俗，郑晓凯每次回到家，看到的都是她穿着睡裙，躺在床上满是万念俱灰的模样，这模样叫他心疼，却也叫他害怕，因为这副表情注定了他今晚的日子不会好过。

"郑晓凯！你不玩游戏会死！？"龙宝贝将一个抱枕砸过来，郑晓凯连忙从游戏里撤离，开始看网站，龙宝贝的怒意更盛，直接将床上的薄被甩到了地上："我受不了了！我要疯了！郑晓凯你这个混蛋！"

这顿骂来得莫名其妙，郑晓凯回过脸瞥着她因抓狂而涨红的脸："我又做错什么了？"

龙宝贝气不打一处来："做错什么？我在家等了你一天，你就是拿屁股对着

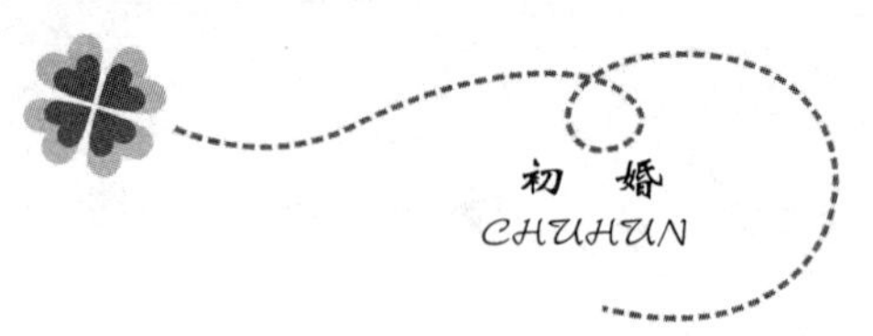

我？”

郑晓凯更郁闷了：“你没事等我一天做什么？我上班你又不是不知道。”

郑晓凯这话说得语气轻缓，最多夹带了稍许不耐烦，可就是这样一句在他看来再简单不过的话，却令龙宝贝猛地痛哭失声了，她只恨自己眼前没有一个可供出气的沙包，只能一遍又一遍地捶床跺脚。

郑晓凯的真诚可感日月：“要不然周末带你去看看心理医生吧，我怎么感觉你像是得了抑郁症？”

正一肚子委屈无处发泄的龙宝贝眼睛一瞪，泪水再次夺眶而出：“你才有病呢！你成天除了上班加班就是打游戏，什么时候关心过我？我就是患了抑郁症，也是被你气的！”

郑晓凯无语了：“你成天不是吐就是哭，对孩子的成长不好。”

龙宝贝扬起哭红的眼睛，找了一圈，床上的东西已经被她丢光了，只能气呼呼地瞪着他：“你还知道担心孩子？郑晓凯，你哪一点像个做爸爸的样子？”

郑晓凯不再说话了，他可以确定了，龙宝贝确实是患了抑郁症，或许还兼带有了狂躁症，她的一系列病症直接导致郑晓凯患上了下班恐惧症，时间一到六点，手机必然响起，那头是龙宝贝变幻莫测的声音：“老公，下班没？”

郑晓凯叹了口气：“得加班。”

“那得到几点啊？”龙宝贝不快地喊了一声。

“说不准，你好好吃饭，早点睡……”郑晓凯话没说完，那头已经悄无声息地挂断了。

七点，郑晓凯的手机再次响起，依旧是龙宝贝质问的声音：“下班没？”

郑晓凯无奈地耐着性子：“还早着呢，手头一堆事儿。”

龙宝贝在电话那头咬牙切齿地咆哮开了：“郑晓凯，你是真加班还是存心不想回家？生孩子是我一个人的事情对吧？你献了颗精子就可以甩手不管，只等着孩子出世喊你爸爸？你也配？”

郑晓凯一个头两个大，压低声音跟她解释：“你能别疑神疑鬼的吗？我没加班难不成我在露营？龙宝贝你是不是脑子里卡了刺儿了？我累死累活地加班为了谁？你当

你一张一张甩出去的钞票是我下班儿的路上捡的？”

龙宝贝气结：“滚！”

再次挂断电话。

程祥看出这头动静不太对，丢下一手的工作凑过来八卦：“龙宝贝打的？”

郑晓凯无奈地深叹一口气：“自打怀了孕，跟加入了监察队似的，成天找碴。”

程祥笑道：“怀孕的女人都格外脆弱，容易胡思乱想，她过去那么不爱着家的一个人，现在成天关在家里，据说吐得连网都没法儿上了吧？你得多理解她，多陪陪她……”

提起这个陪字，郑晓凯就来气：“程祥，龙宝贝没上过班不懂，你也不懂？我工作压得跟阿尔卑斯山似的，哪有时间？”

程祥满是不爽地促狭一笑：“那是，要不从陪林玫的时间里匀点儿给她？好歹她是正房啊。”

郑晓凯翻脸了：“滚滚滚！”

办公室那头，熊飞正向他投来幸灾乐祸的冷笑，郑晓凯懒得回应，继续埋头做他的事儿，心里一阵烦躁。

龙宝贝仍旧一天无数个撒娇电话，他总能找到理由第一时间挂断，他没有时间去听她一天吐了几次，被沈春华灌了多少碗汤，被他爸哪句雷人的话气到不行，他怕他忙得晕头转向之余会一时激动反唇相讥：“要留下这个孩子的是你，要搬回去住的也是你，还说那些抱怨的话做什么？”

他知道，这些话无疑会深深戳伤她的心，那颗毫无成熟趋势，反而越来越稚气的心。

龙宝贝回到那个“家”已经两个月了，龙美丽揶揄她是初生牛犊不怕虎，又说她是见过鬼还不怕黑，龙宝贝大笑：“他爸妈要是鬼，绝对是没有杀伤力的吝啬鬼。”

龙宝贝告诫自己，忘记那些不该听到的话，为了孩子有个健全和谐的家，跟沈春华好好相处，即使她不是真心喜欢自己的，她爱孩子的心也是百分百真诚的，对龙宝贝而言，小孩子每多得到一位长辈的疼爱，便会多一分幸福，不要像自己，从小除了龙雪花明目张胆的爱护，便只剩高明义藏藏掖掖的关心。

龙宝贝就是龙宝贝，她在一个天气凉爽的早晨打开文档，兴致勃勃地花了一个上午的时间总结出自己与公婆不合的十大病因，又从网上搜了详尽的解决方案，洋洋洒洒地写了两张A4纸，看上去有理有据，貌似实施起来会有立竿见影的效果，但改革热情随着沈春华端进来的一碗牛骨头汤给吐了个干净。

算了算了，没精神瞎折腾了，该怎么着怎么着吧，婆媳之间不就那么回事儿么？装个聋，作个哑，玩儿射击似的睁只眼闭只眼，总不至于再掐起来。

龙宝贝准备拿出应付龙雪花的耐心与韧劲儿和沈春华夫妇抗衡，无奈两方敌军走的不是一种套路，龙雪花爱听甜言蜜语，沈春华却不吃那一套，她喜欢一切实际的东西，你说一百句老妈我爱你，抵不上一杯豆浆，一根油条来得实在，所以，龙宝贝放弃了嘴皮子攻略，每次去超市买零食都要捎上沈春华夫妇一份——沈春华的糖尿病人特制饼干糖块儿，郑晓凯他爸热爱的啤酒，一顿收拾之下，成效颇丰。

龙宝贝喜不自胜地打电话向郑晓凯领功，又是良久等待后一阵忙音，郑晓凯半夜下班回家后，龙宝贝拉着他一阵委屈与气恼："你下午怎么不接我电话？"

郑晓凯疲惫地瘫倒在床上，恨不得当场睡去："有事儿明天再说，累……"

龙宝贝嘟着嘴："老公你听我说句话嘛，我今天把爸妈哄得好开心的，他们说……"

回应她的唯有沉闷的呼吸声和燥热的空气。

龙宝贝自嘲自己之所以越来越有怨妇气质，都是被郑晓凯给逼的，过去小房间里甜蜜缠绵的二人表演变成了她欲哭无泪的单人演出。

一开始，她会拉着郑晓凯撒娇。

"老公抱抱，老公你陪我说说话嘛，我每天过得好无聊啊……"

"老公，你上次说带我去旅行的，什么时候去啊？我已经想好地方了，我要去新马泰……"

在第N次得不到回应后，龙宝贝恼了，憋着怒气的撒娇变成了没日没夜歇斯底里的争吵。

"郑晓凯你起来！你陪我说说话会死啊？我每天都快憋屈死了！不能上网，不准看电视，我成天除了吃就是吐，你说要一辈子对我好就是这样对我好的？"

偶尔，郑晓凯被吵烦了，也会清醒过来还击几句："龙宝贝你是不是闲得慌？我每天在外头累死累活，回到家还得因为你一天过得太无聊来安慰你？你有病吧你？"

说完，继续倒头就睡。

龙宝贝憋屈得泪如泉涌，在燥热的天气怂恿下，对着郑晓凯拳打脚踢："你刚刚说什么？你再说一次！郑晓凯！你他妈才有病呢！你全家都有病！"

郑晓凯抬起脸瞪着他，抱起枕头要往外走，龙宝贝随手拿起手边的枕头砸过去："滚了就别进来！"

那一夜，郑晓凯果真没有进来。

事后程祥特地给她打电话，说早上见郑晓凯来上班满脸乌云就知道他俩出事儿了，特地打电话表示慰问。

龙宝贝心里满是委屈都不忘打趣程祥："你俩干的是一样的活儿，怎么一个闲得上班有空打电话安慰小姨子，一个忙得跟狗似的自己老婆都顾不上呢？"

程祥在那头笑："哎哟，还知道损人，那我就放心了。你也别想太多，郑晓凯这段时间跟公司一位前辈竞争一个项目，改程序改得焦头烂额，客户那边就是通不过，还天天被老板请进去训话，现在，全公司除了我，都在等着看他的笑话呢，他亚历（压力）山大呀，白天在公司忙得饭都顾不上吃，就是想把那个项目拿下，那可关系到男人的尊严，所以，他如果回家有什么伺候不周的地方，你龙宝贝仙女儿般的人物，多担待点就是嘛。"

程祥这么一说，龙宝贝心软了，那点小埋怨全化作了对郑晓凯的心疼，又透着说不清道不明的失落，过去郑晓凯身边的一点风吹草动都逃不过她的法眼，可现在，他遇到的人或事，不论好还是不好，都不再与她分享了，同时也不愿分享她所在意的人或事。

这就是婚姻么？慢慢将激情耗尽，只剩同桌而食，同床而眠的默契？

三十四：最熟悉的陌生人（2）

郑晓凯的压力她不是不懂，沈春华无数次向她唠叨："你现在怀着孕不能挣钱，我和老头子每个月的药钱又少不了，靠晓凯一个人挣钱养活一家子，想想都心疼，咱们该省的都省着用，但你放心，哪怕我们都饿着，也会让你吃饱的。"

一番话说得龙宝贝心里久久不是滋味，第一次关心起家里的财政问题，这才发现，她不过两个月没有收入，三张信用卡里的欠费已经水涨船高了，龙宝贝奇了怪了，她有花那么多钱吗？再一打开购物网站，两个月来，大到孕妇装，童床玩具洗澡桶，小到面膜贴虎头鞋小围兜，她的网购记录居然达到了八十多次，再加上隔三差五的火锅和牛扒，她竟没心没肺地让信用卡欠下了三万多块。

她给郑晓凯打电话："你是不是忘了还信用卡了？"

郑晓凯明显不紧不慢："最近太忙，下个月一起还。"

"可是，欠了好多。"

“多少？”

“三万多。”

郑晓凯在那头愣了一下，接着淡淡说了句：“没必要的东西少买些，家里都快放不下了。”

龙宝贝是后知后觉的，整理起这段时间前赴后继的包裹，把自己都吓了一跳，房间的阳台堆得跟仓库似的，光是尿不湿就有十大包。

沈春华进来看见了，连连皱眉：“这些东西你买来做什么？谁家不是做姥姥的买？”

一番话让龙宝贝满心不爽：是啊是啊，谁家结婚男方不给聘礼？这怎么就不说了？果真是老奸巨猾，装蒜界的一朵奇葩。

从那天起，龙宝贝和郑晓凯就不约而同开始了省钱计划，餐厅少去了，实在馋了就上龙雪花那儿打着探母的旗号蹭饭；出门坐公交，坚决不打的；原本难抗酷暑想要购置空调的计划也无限期向后推迟了。

龙美丽笑话她：“怎么结个婚生活质量退步得这样厉害？过去挥霍无度，这会儿减衣缩食；过去出门的士代步，这会儿挺着肚子挤公交？啧啧……”

龙宝贝不理她：“你懂什么？我家郑晓凯更省，早饭都免了。”

“不是吧？我听程祥说你家郑晓凯是全公司最有口福的呢。”

龙宝贝嘻嘻乐了起来：“那是指他娶了我这么位贤妻良母，嘻嘻。”

龙美丽为妹妹的自作自受翻着白眼：“真搞不懂你！郑晓凯都不愿搬回去过，你是献哪门子孝心？听程祥说，郑晓凯摆明就是在生你的气。”

龙宝贝嘴硬：“他太不成熟了，我懒得跟他计较，沈春华是他亲娘没错吧？我本着原谅老爸的心原谅了他们二老，还不是为了他将来不至于为冷落了父母而后悔？太幼稚了！居然还跟我玩儿冷战，看我不冻死他！”

龙美丽不敢置信地看着和自己一起长大的亲妹妹：“龙宝贝你居然有这样的觉悟，我还真看不出来，你是百变星君还是变形金刚啊？你的一言一行变化之快是以秒为计时单位的你知道吗？你是不是已经完全不记得你跟郑晓凯离婚第二天是怎么抱着我痛斥你公婆的了？”

龙宝贝不以为然："我现在承认了，第一次相处失败，我也有责任，他爸妈其实除了吝啬点，啰嗦点，武断点，自以为是点，其他都还行，这年头，挑到情投意合的老公已经实属不易了，公婆能将就就将就点儿吧。"

龙美丽正要说什么，龙宝贝连忙打断："停！你有力气说我，攒着将来向我诉苦吧，程祥是他们家的独子，他爸妈迟早要接过来和你一起生活的，哎，大山里的朴实农民对阵大都市模特儿儿媳，光听标题都格外劲爆，哈哈哈……"

龙宝贝这头挖苦完龙美丽，那头被龙雪花召回了娘家，龙雪花煮好了火锅，看着她消瘦不少的脸颊叹气："你新租的房子住得不好？怎么瘦了？"

龙宝贝嘻嘻笑："怎么，妈？您是内疚当初赶我们走了？"

龙雪花白了她一眼："瞧你臭没良心那样儿，你要不是从我肚皮里爬出来的，我有时候还真懒得管你的破事儿。"接着又幽幽地叹了口气，满是皇太后的架势，"跟小郑说声，你们还是搬过来住吧，他一个月那么一点工资，全交给房东了，什么时候才是个头？"

龙宝贝往热气腾腾的涮羊肉上吹着气："不用，妈，我……忘了跟您说了，我跟郑晓凯早搬他妈那儿去了。"

龙雪花大眼一瞪："搬那儿去干什么呀？"

龙宝贝为难地嘟嘟嘴，终于还是招了："因为我……怀孕了……"

龙雪花的视线瞬间转移到龙宝贝不见起色的小腹上，眉眼间透着万念俱灰的悲凉，等回过神来，捶胸顿足地恨不得一头撞死来个痛快，反应一如龙宝贝最初所预计那样。

"你瞒得我够紧啊！龙宝贝你就是长了颗猪脑子！你俩都离婚了，住在一起本来就荒唐，还不做好避孕措施，你是想成心气死我？你说，你是不是故意怀上的，想讨好他们家那两个老的？"

龙宝贝听了，差点没气晕过去："妈，我至于吗？他爸是李嘉诚还是何鸿燊？怎么说得我拿肚皮搏上位似的！"

"哼！我还会不了解你？平时装得多机灵似的，一遇着那姓郑的小子就晕头转向了，我把话撂这儿了，你这样没名没分大着肚子跟着他，孩子一下地，他们全家嘴脸一变，你保准儿上我这儿哭来了。"

“您当妈的怎么不盼我点儿好啊？”龙宝贝脸色苍白，端着杂志勉强嘻嘻地笑，一个不注意，刚刚吃下去的橙子险些从胃里翻涌出来，“您是不知道，我现在是他们家皇太后，连郑晓凯这个过了气儿的皇帝见了我都得三跪九叩，我一个不乐意，拖出去打板子他爸妈都不带吱声的。他们家两个老的，全天候为我服务，别说洗碗晾衣服了，冰箱门都轮不到我开的——怕冷气伤着我，嘻嘻。”

龙宝贝说起来得意扬扬，心口却酸胀得难受：龙宝贝啊龙宝贝，你就嘴硬吧！有受尽皇帝冷落的皇太后么？她已经记不清，是从什么时候开始，郑晓凯已经忙得不像郑晓凯了，没有时间听她超过半分钟的电话，没有心情听她讲各处听来的奇闻异事，没有力气抱抱她，亲亲她，问她这一天做了什么，吃了什么，过得好不好。

龙宝贝怀上孩子后，好像把她的郑晓凯给弄丢了。

龙雪花冷笑：“这就把你给收买了？人家是心疼你？我的傻闺女！你肚子里要没货他们会拿你当个人看？多吃一粒米都得背地里数落你！”

龙宝贝听了，突然想起沈春华之前说她好吃懒做的话，心里闷闷的不是滋味，但当着龙雪花的面，还是没心没肺地假笑：“那妈您心急火燎地把我召回来是什么意思？给我支招？”

“谁让我生了你，看着你往火坑里跳，能不拉你一把？宝贝啊，这回你不论如何得听妈的，你肚子里的孩子，从一开始就得让他们家搞清楚，我们龙家也有份的，不是他们姓郑的一家独有，所以，不要以为你把孩子生下来他们就可以不拿你当回事了，他们想见孩子，想要把孩子带在身边，还得问我这个姥姥愿不愿意，从今天起，你两家一边住一个月，孩子出生后，在我这里坐月子。”

龙宝贝诧异地看着龙雪花，心里有了不好的预感，从小到大，但凡是龙雪花掺和进来的事情，没有一件不是弄得惨淡收场的，她是无论如何不拿自己和郑晓凯的未来开玩笑的，打心眼里后悔不该将自己搬回去的事情让她老人家知道。

“你不愿意？”龙雪花着急得啧了一声，“你傻？你以为郑晓凯会一辈子对你好？你们现在是新鲜劲儿还没过，等到你生完孩子，没有别的男人稀罕你了，身材像水桶，一脸的黄褐斑，当着他的面宽衣解带蓬头垢面地给孩子喂奶把屎把尿，你以为他还会拿你当圣女似的供着？女人只有一条后路，那就是生个儿子，有了儿子，你地位端正了，收放拿捏好了，全家老少都控制在你手心里，我就是因为没生儿子，那个老不死的才走得那么干脆，你别走我的老路。”

“郑晓凯不是那种人……”

“你以为那个老不死的一开始不宝贝我？”龙雪花眼里含着凄凉，直直地逼问着。

龙宝贝心疼地窝在龙雪花的怀里：“妈，您能不要那样骂爸吗？听得我心里难受……”

龙雪花不说话了，直直地瞥着茶几。

龙宝贝嘻嘻笑着帮她削水果：“妈，我忙着生孩子，美丽忙着奔事业，您是不是也该为自己考虑考虑了？放心吧，我跟美丽都很开通的，只要是您看上的，我俩绝无二话。”

龙雪花冲她哼了一声：“说得多动听，其实是想自己过安生日子，把你妈给打发了吧？当我不知道！哼！对了，美丽跟那男的究竟断了没有？我几次打电话问她，她跟我扯东扯西的。”

龙宝贝连忙点头，这是她回家之前，龙美丽一再交代的，决不能让龙雪花知道她和程祥领证的事儿，不然那血压又得飙升了。

“断了断了，美丽说了，要帮您找个满身镶钻的乘龙快婿，让您老人家扬眉吐气。”

龙宝贝呵呵乐着，龙雪花白了她一眼，在她消瘦的脸颊上抚了抚，满眼心疼：“看你，都瘦了几圈儿了。”

龙宝贝嘟着嘴偎在龙雪花的怀里撒娇，想着这段时间孕吐带来的痛苦，郑晓凯不理不睬的态度，心情憋闷得恨不得大哭一场。

她承认，自打怀孕后，她的脾气变得异常暴躁与敏感了，郑晓凯一个应付的字眼，一个懒散的动作都可以燃起她心中的怒火，上蹿下跳地呵斥个没完，可心里还是固执地认为，不是她变得不温柔了，而是郑晓凯变得没耐心了。

哎，婚姻啊……

三十五：最熟悉的陌生人（3）

当晚，龙宝贝回到家已经九点半了，郑晓凯还没有回来，龙宝贝近来和沈春华关系不错，已经到了不必郑晓凯当传话筒的地步了，所以，龙宝贝接过沈春华递过来的西瓜，将龙雪花的思想政策传达了一下，不出所料的，沈春华从不遮掩的脸色腾地灰暗了。

“那怎么行？怀着孕挪来挪去的，你能适应孩子也不能适应啊，不行不行。”

龙宝贝看着手上的西瓜说不出话来，这是在沈春华眼里无比昂贵的无籽西瓜，每次去菜市场买菜都会给她捎个新鲜的带回来，全家唯她一人有资格享用。

龙宝贝回到房间，打电话照实跟龙雪花说了：“我说吧，我婆婆不可能同意的，您也别折腾了。”

龙雪花老谋深算地轻轻一笑：“早知道她会是这个反应，别担心，看妈的，明天晚上我上你们家亲自跟她说！”

这会儿，龙宝贝不得不担心了，连忙拒绝："哎哟妈呀，求您别闹腾了行不？他们家会怎么看我呀？定以为我仗着肚子恃宠生娇，存心跟他们为难呢。"

"个臭丫头，谁是你亲妈？我还会害了你？"

龙雪花怒了，龙宝贝也就不敢再多说什么了，挂了电话，正巧郑晓凯推门进来，两人打了个照面，龙宝贝嘟着嘴看着他："我妈明天晚上要过来吃饭，你能早点回来吗？"

郑晓凯一脸疲惫，摇了摇头："估计不行。"

龙宝贝帮他拿出洗澡换洗的衣服，撒着娇嘀咕着："你不回来，我妈会多想的，你跟你们老板说一声嘛。"

郑晓凯皱眉："我说过，你没有上过班不懂，老板不是你亲爹，没有情面跟你讲的。"

龙宝贝委屈地拉着他的手："要不然你换个工作吧，我看我的朋友上班都没有像你这样辛苦，钱少一点不要紧，我会很省的，我只要你多一点时间陪陪我。"

郑晓凯叹了口气，有种不知从何说起的话不投机感："哪里都是一样的，你没上过班，说了你也不懂。"

"没吃过猪肉还没见过猪跑？郑晓凯你跟我提起你那份破工作时能别装得跟联合国安理会似的吗？什么叫说了我也不懂？你是被灌了哑药还是封了喉？跟我多说几句话就让你那么不情愿？"龙宝贝挡在郑晓凯的前面，闷热的房间令她满头大汗，脸色泛白。

"你要是继续这个态度，我们还是不要说话的好。"郑晓凯拿过换洗的衣服扎进了厕所，剩下龙宝贝一个人站在房间里剧烈呼吸着，委屈着，咆哮着："郑晓凯，你有种再找我说话就是孙子！"

龙宝贝不知道，就在郑晓凯回来之前，他和林玫还在日式料理店里谈天说地，林玫说起了她在北京已经挂牌开业的游戏公司，当说到公司未来的发展路线，游戏的特色定制以及未来的事业规划，两人的想法竟惊人的一致，这样的默契，过去只发生在郑晓凯和龙宝贝的身上，他们对爱情和婚姻的理解，对生活质量的追求，不也是一拍即合么？

可现在……

她将自己关在童话的城堡里，看不懂他在现实世界里遍体鳞伤冲锋陷阵的辛苦。

他的龙宝贝究竟哪天才能长大？这是他近来十分头疼的问题。

第二天的晚饭时间，龙雪花提着一箱牛奶如约而至，热情得像只花蝴蝶，从房里飞到客厅，又从客厅飞到厨房。

在龙雪花的一再电话轰击下，郑晓凯终于还是赶了回来，一进门，龙宝贝便感觉到他的脸色不对，见了龙雪花，闷闷地喊了一声妈便钻到房里换衣服。

这是两边家长第二次坐在一起吃饭，第一次是婚前，龙宝贝要郑晓凯带着他爸妈郑重其事地请龙雪花吃顿饭，让龙雪花脸上有光了，对他改观也就指日可待了。郑晓凯找了家有名的川菜饭店，被他爸妈一口驳回，急得直跺脚："不就吃顿饭吗？有必要这么糟蹋钱？回家回家！我上菜市场买菜，保证菜式不给你丢人。"

郑晓凯拗不过他妈，心中甚至尚存一丝侥幸，当看到端上饭桌的那五道菜，他不用看都知道龙雪花的脸必定跟青铜器变成了一个色儿：两盘青菜，一盘卤藕，一个番茄鸡蛋，唯一上得了台面的一盘青椒炒牛肉，可却是青椒独霸江湖的时代，基本上看不到牛肉的影子。

龙雪花全程似笑非笑的模样，饭吃了一半，接了个电话。

"三缺一？好好好，我马上来……什么？没事儿，我能有什么事儿啊？好好好，等我半个钟头！"

龙雪花放下碗筷，急匆匆说了句"麻烦招呼了"就以闪电貂的速度关门，下楼，上车。

沈春华当时露着一脸不悦，故意往他爸碗里夹菜："光嚼白饭干什么？又没别人！都吃了都吃了。"

他爸听不出她的意思，一边用手挡着碗一边大声嚷嚷："哪吃得了那么多，不要啦……不要啦！"

龙宝贝努着嘴瞥了郑晓凯一眼，两个人回到房间，龙宝贝将房门反锁，步步紧逼地将郑晓凯逼到了角落："我让你找个馆子，你说你妈买好菜回来招呼，那叫好菜？你是跟观音土、烂树皮相比的是不是？你们家也太不拿我娘家人当回事了吧？"

“说话客观点行不？我妈是有不对，可她这辈子节省惯了，一时哪改得过来？倒是你妈，怎么说话的呢？什么叫她能有什么事儿？来我们家吃饭不是事儿？”

“你们都不正经当件事儿来办，凭什么我妈还得郑重其事锣鼓喧天地配合你们啊？”

“行了行了，两边都有不对，让他们私下单挑去，咱俩是和谐的，咱俩吵什么呀？”

郑晓凯一番哄，龙宝贝只能偃旗息鼓，可下次回家，龙雪花见了她，那深埋了一个礼拜的愤慨像透了沉寂数千年的活火山：“你找的是什么婆家？我还没见过拿那些猪食招待人的，怎么？他们是觉得郑晓凯吃定你了，拿我们全家都不当回事儿了吧？那老太太，长我十岁呢，年纪活到狗身上去了？我跟你说龙宝贝，我就是生了你这么个没办法的畜生，换了个稍微听话一点点的，我跳楼要挟也不许她嫁！”

龙雪花这趟来是早有准备的，除了一箱牛奶，还买了两条弹性好，款式时尚的运动裤来，见了面就让龙宝贝换上。

龙宝贝知道她的意思，气得直翻白眼儿，只因为她上次回去提起过沈春华给她买的运动裤，地摊货，土到不行，龙雪花这样做，摆明就是来踢馆的，果然，沈春华的脸色刷地阴了下来。

“这个款式时髦，妈妈今天去商场给你买的，一百四十九一件呢！回来在车站看到那种十几块钱的运动裤摆在街边卖，土得掉渣啦，你从小眼光高，妈妈知道你决计看不上的，别说你了，我都想劝那个小贩不要再摆了，这年头，谁还会买这种裤子？要摆上乡下摆去，卖给那些艰苦过日子的老太太，哎哟，哈哈哈，笑死我了。”

郑晓凯沉着脸摆弄遥控器，龙宝贝翻了个白眼儿，将裤子塞进衣柜里，招呼她妈吃水果，想转移话题。龙雪花拿起一个果皮发皱的苹果看了看，又放下了，在龙宝贝的背上拍了拍：“宝贝啊，以后这种便宜的苹果不要再买了，要吃水果上超市买去。”

沈春华在一旁听了，心里就像是充满热气的蒸笼，散也散不出来，憋得她呼吸难受，脑袋生疼。

郑晓凯他爸在一旁端着水杯眯着小眼睛作出一副认真谨慎的神情：“那超市里的

水果买不得的，那多贵啊，糟蹋钱！”

龙宝贝看了看脸色更加难看的郑晓凯，突然对郑晓凯他爸有种说不出的鄙视：难道他听不出来龙雪花是在讽刺他们家既土气又寒酸吗？他丢了面子还非得上赶着把里子也丢了？

沈春华终于有机会将蒸笼里的气释放出来了，转身进了厨房，又把他爸喊了进去，一会儿说他菜没洗干净，一会儿说他盘子没有理顺，他爸一点听不出弦外之音来，嚷嚷着为自己辩解：“我洗了，我理了！”

饭桌上，龙雪花的嘴巴不去吃饭，仍旧停留在龙宝贝的肚子上：“孩子的小名儿我都起好了，不管男孩儿女孩儿，都叫小龙。”

沈春华在厨房发泄良久，好不容易刻意堆起的笑容散沙般垮了下来，他爸边嚼着饭菜边回应：“当然要生男孩儿，女孩儿算什么后人？要是生的女孩儿，那就再生！”

龙宝贝厌恶地瞅了他一眼，这次不是因为他嘴角喷出的菜汁，而是他愚蠢无知的话语，怎么？若是生了女儿，他们还要将她赶出去？他们家还真当她是传宗接代的神器了？

龙宝贝对这个公公早已没有了一开始的尊敬，这个家里，是个人都可以肆意反驳他说的话，批评他做的事，他与她想象中沉着冷静，睿智成熟的父亲形象一点都沾不上边。

有时她甚至会感到奇怪，郑晓凯哪一点像是他的儿子？郑晓凯长得帅气挺拔，他却五官拥堵，皮肤黝黑，耷拉着眉毛，两只细细的眼睛挤到了一块儿，郑晓凯说，人老了都这样儿，龙宝贝呸的一声反驳，她见过他年轻时候的照片，他才三十出头时就显得很不聪明，呆呆闷闷的，皮肤仍是一样的黑，眼睛仍是一样的细小，两条眉毛仍是耷拉着。

经龙宝贝总结，他爸有两个无比强悍的特点：一，不懂装懂；二，死不承认。

龙宝贝曾对郑晓凯说：“你爸要生在战争年代当地下党，就算被抓了也是杠杠的！他死不承认的功夫能气死国民党几个师！人家在旁边看得清清楚楚的事情，他硬是不承认，他做过的，不认账，他说过的，不认账，永远一副稀里糊涂可怜兮兮的模样，看你奈我何？”

“男孩儿女孩儿我都喜欢，这是我们的孩子，我们喜欢就行了。”郑晓凯语气很平淡，意思很明确，拔刀相助般的一番话令龙宝贝心里一暖，适才的委屈与气恼暂且抛去了一边。

“你懂什么？我退休前有个同事，他儿子发了大财把他老两口都接去享福了。”他爸依旧说着，看不到龙宝贝的脸色，听不懂郑晓凯的意思。

郑晓凯又气又躁，甚至有些不愿理睬他爸：“这跟生儿子有什么关系？难道生了儿子的人家就一定能发财？每次说的话前言不搭后语！”

龙雪花讪笑了一声，往龙宝贝的碗里夹菜：“宝贝啊，你都跟你婆婆说了吧？下个月一号就回来住，一边一个月，我就是想偷懒，自己家的孩子还是躲不过的。”

沈春华愣了一下，干笑着：“那怎么行？亲家这不是要街坊邻居看我们老郑家的笑话吗？倒好像我跟老头子不愿带那孩子似的。”

龙雪花满脸带笑地摆摆手：“那哪儿能啊？不说了吗，两边儿都有责任，所以啊，一边照顾一个月最公平了，再说了，现在养个孩子多贵啊，就晓凯每个月那点工资，之前宝贝有收入，生活是不用愁，可现在你看她那样儿，才两个月没挣钱两人就欠了三万的债了，这日子啊，过得悬！亲家您就不要跟我客气了。”

一听到“三万块的债”几个字，一桌人都不冷静了，沈春华夫妇是痛心，郑晓凯是恼怒，龙宝贝是郁闷，她不过随口提了一句，龙雪花怎么就上这儿提起来了？

沈春华败下阵来，又不好发作，只能一口一口往嘴里扒着饭，等郑晓凯和龙宝贝送龙雪花出了门，立马拉着他爸钻去了厨房，哗啦啦的水声拼了命要遮住他们的声音，无奈成了激烈的交响曲：“她什么意思？啊？小龙？我们老郑家的孩子凭什么叫她们家的姓？还不要脸地说什么自己家的孩子躲不过？谁家的孩子？是谁家的孩子？那是咱们郑家的孩子！跟她们姓龙的有半毛钱关系？”

“就是，她自己生不出儿子来，还想把姑娘的儿子当后人。”

“还有你，你他妈就是个二货！她说的那些话你听不出来是嘲讽我老了，眼光差，还寒酸，你跟着哭个什么穷？超市里的水果怎么了，怎么吃不起了？你一辈子就是个窝囊废，老子被人这样欺负都没本事说句话。”

他爸唯唯诺诺地点着头，脸上的表情说不出是麻木还是懵懂。

沈春华又接着骂了一番龙宝贝："我就说呢，天天跑下楼拿包裹，哪来的东西啊？原来净是花钱买的，你说谁家摊上这么个媳妇儿不得气死？没有嫁妆来咱们家也就算了，还大手大脚地糟蹋钱，晓凯找了她，以后的日子可怎么过得好？"

叨叨累了，回到客厅拿着遥控器摁个不停，好半天不见龙宝贝和郑晓凯回来，不禁忘记了生气，又开始担心起来。

三十六：你究竟什么时候才能长大？（1）

龙宝贝和郑晓凯送龙雪花上了车，一转身便恼恼地嘟起嘴来：“你爸是从远古穿越来的吧？当着我妈的面胡说八道什么呢？真拿我当传宗接代的机器啊？”

“你不理他们就行了，老人都有这种思想。”郑晓凯企图轻描淡写地绕过去，他心里装着事儿，临离开公司时，他亲眼看见严总的助理来找熊飞，两人假装若无其事地钻进了会议室。

“那也要看是什么人啊，他如果很有本事，有几千万几亿的身家等着我生个儿子来继承，OK，我吃药都要把孩子弄成男孩儿，他有吗？一辈子都在借债还债中度过，他到底尝到做男人的什么好来了？还可笑地学人家重男轻女？”龙宝贝嘟着嘴叨叨，嘴上一快说话就没了轻重，她习惯性的“刻薄”此刻被郑晓凯听在耳朵里，格外刺耳，他爸令人厌烦的地方他心知肚明，但从别人嘴里说出来就不行，即使这个人是龙宝贝：“怎么说话？那是我爸，你用词注意点！”

“你凶什么？我说的是事实！”龙宝贝皱起眉头，心里却在嘀咕：像你爸那样的奇葩，我没办法尊敬，你让我尊敬他什么？尊敬他帮我送内衣裤到房里？尊敬他屁颠儿屁颠儿地帮我买试孕纸？尊敬他鞭策我一定要生儿子？太可笑了。

“什么事实？你妈上我们家对着我们一家子指手画脚往死里挖苦，你怎么不站出来伸张正义了？龙宝贝我本来懒得说你的，你妈什么人你不知道啊？你至于什么都跟她说吗？没错我现在是挣得不多，可我也没饿着你吧？你自己脑子一热见东西就买欠了三万块，怎么听你妈那意思是因为我没本事挣钱让你替我背债了？”

“你胡说八道什么？我妈只是随口说说，哪里就是这个意思了？”龙宝贝硬着头皮替龙雪花辩解，满心里懊恼就不该让龙雪花过来。

“行了，你说这些自己都不相信的话有意思吗？龙宝贝我告诉你，我今天很生气！特别生气！我今天手上一堆事儿要处理，明天一早方总还等着问结果呢，你妈一个电话一个电话地给我打过来，跟女皇似的对着我大呼小叫，说我要是今天不回去，她就把你带回去，我们家再也别想见你肚子里的孩子，龙宝贝你觉得有意思吗？我是在上班！不是在郊游！你们母女俩演的这一出一出的不嫌累？”

龙宝贝气恼得脸颊通红：“你要是一开始就爽快答应了，我妈至于说那些话吗？什么工作就那样非你不可了？你现在站在这里，你们公司也没有倒闭啊！”

郑晓凯气结地冷笑一声：“果然是没有办法沟通了，我说不过你，你就跟着你妈一唱一和吧，等着我们全家都跪倒在地求你们，满意了吧？”

“你凭什么这样说我妈？你们家才一唱一和呢！”龙宝贝气得眼泪翻涌，心口的呼吸就快要爆炸。

“那你又凭什么说我爸妈？你扪心自问我爸妈对你不好吗？龙宝贝你搞清楚一件事情，我娶你回来，不是为了交给我爸妈一个公主用来伺候的，你做过一顿饭还是洗过一只碗？没有吧？我爸帮你把衣服洗好叠好，你嫌他烦，我妈那么热的天每天生炉子帮你熬汤，你怨她逼你喝汤，龙宝贝你到底要我们家为你做到哪步田地才能换你一个好评？要搬回来和他们一起住的是你，你就该承担所有的后果，你现在这样算什么？你能不能懂点儿事儿？你究竟什么时候才能长大？”

龙宝贝彻底怒了，眼泪滚滚落下，咬牙切齿回击：“原来你心里对我那么多不满啊？可委屈你了憋到今天才说出来，你当我对你多满意是吧？郑晓凯我们在一起四年，你自己看看自己变成什么样子了！以前是你每天雷打不动地给我打电话，我接慢了你还不乐意，现在是我每天觍着脸给你打电话，打多了你还烦；以前是只要我说什么，你都跟圣旨似的听着照办，现在是我说什么做什么，你眉头皱得跟倒立似的，好像我多让你心烦，多给你丢人似的，郑晓凯，你总说我长不大，你自己才幼稚呢！看我不顺眼分开好了，离婚都不嫌麻烦，分手算个屁！”

龙宝贝越说越激动，三步并作两步地奔向靠站停下的公交车，她身上穿着宽松睡裙，脚上踩着拖鞋，彻彻底底演了回离家出走的小妇人。

郑晓凯冲上去将她逮了下来，正赶上车门即将关闭，险些将郑晓凯的手夹住，司机在前头喊了一嗓子：“要闹回家闹去！找死呢！”

经人一喝，两人顿时冷静了下来，龙宝贝的泪水狂涌，右手还被郑晓凯拽在手心里，她突然想起两人认识的第一天，郑晓凯将她从喷泉的水柱里拉出来，也是像现在这样握着她的手，时间过得多快啊，转眼四年过去了，十八岁的小姑娘长成了二十二岁的准妈妈，过去被当作心肝似的疼爱着的人儿在情人眼里变得劣迹斑斑，一无是处。

也就是那天龙宝贝才知道一个事实，原来婚姻里争吵的主题与恋爱时那样千差万别，它无关爱或不爱，只论烦或不烦，争吵过后，无法像恋爱时那样负气跑开，等着对方一个甜蜜的拥吻，一句“对不起，我爱你”，再来继续往日的温存，而是一言不发地回到那个不再温暖的窝，继续过着零交流与争闹不休间游走的生活。

三十七：你究竟什么时候才能长大？（2）

十月底的天突然气温骤升，龙宝贝又到了做产检的日子，四个半月的身孕，小腹已经微微有些隆起了，她不愿打扰郑晓凯上班，也没有告诉他这件事情，只因为不想弄得跟博取同情似的，毕竟，在这之前他们已经半冷战近一个月了。

龙宝贝不可思议，原来她和郑晓凯也有影视剧里七年之痒夫妇间的烂俗剧情：没有急事，电话是不必再打了，一来无话可寒暄，二来倒显得浪费了电话费，晚上回到家时，龙宝贝已经睡下了，不论是真睡还是假寐，她是执意不起来打声招呼了，否则倒像她为了等他回来成宿难眠似的。

龙宝贝开始怀念过去毫不遮掩表达情绪的自己，她会用一个大大的拥抱迎接郑晓凯回家，然后嘟着嘴对他说“老公，想你了”；她会在郑晓凯上班时，将自己遇着的趣事或突然的心情打电话与他分享；她会在深夜里猛地蹿起来，女皇般对游戏中的郑晓凯指手画脚：“不许玩了，快来陪我睡觉！”

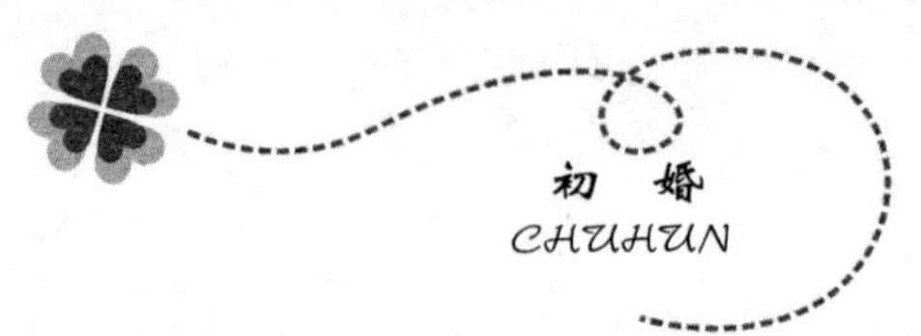

可如今，不过短短四年，怎么跟历经沧海桑田似的？那些话，别说她早已没有心情去说了，只怕郑晓凯听在耳里也只会烦闷。

医院的妇产科，在丈夫陪同下的孕妇们满面红光，唯有龙宝贝是一个人来的，还是相对应的灰头土脸，这个孩子，她怀了四个半月，却整整吐了四个月。

做完B超，龙宝贝拿着病历找医生咨询，已经四个半月了，她的孕吐不但没有停止，反而愈演愈烈，再这样发展下去，她担心哪天会一不小心把孩子给吐出来。

揣着医生开的药，龙宝贝顶着烈日骄阳往车站走，空气里，一阵阵热浪将在医院里积攒的那点凉爽侵蚀个干净，龙宝贝全身冒出一层冷汗，无以名状的晕眩感将她包裹得喘不过气来。

十分奏效的，忽冷忽热之下龙宝贝发烧了，坐在出租车里就已经开始晕晕乎乎，回到家便迫不及待往床上爬。

沈春华敲了敲门，探出一个脑袋，笑容从生地端来一碗汤："把汤喝了再睡，香菇炖鸡，可营养了。"

龙宝贝瞥了一眼，厚重的黄油漂浮在汤面上，浓郁的鸡汤味儿扑鼻而来，一个没忍住，冲进厕所又是一阵翻天覆地。

沈春华连忙追了过去帮她拍打后背："没事儿没事儿，满了五个月就好了，越是吐得厉害，孩子越是好养。"

这叫什么破理论？龙宝贝无语了，刚怀上时，这位经验颇丰的老太太不是告诉自己只用吐三个月来着？

龙宝贝头昏脑涨地转身回房："妈，别再弄这些汤了，太油腻了，我受不了。"

这话龙宝贝已经说过很多次了，之前是拜托的语气，这次却透着满心的不耐烦：这哪里是喝汤？分明就是喝油嘛！孕吐的人连喝白开水都犯恶心，喝汤算哪门子道理？

龙宝贝的烦躁由来已久，过去住在出租屋里，沈春华尽管天天往那儿送汤，她也总是应付地抿上几口，沈春华一走，将汤倾数交给郑晓凯搞定，可现在住在她的眼皮子底下，过去能抿上几口的本事也已经退化成闻不得看不得，却还是被他妈生生灌下去整碗的排骨汤、鲫鱼汤、蘑菇炖鸡汤，龙宝贝见到沈春华都有种见到容嬷嬷的惊悚

感，相比之下，她宁可被扎针也不愿再被灌汤了。

一开始，龙宝贝曾在电话里，短信里，或当面跟郑晓凯抱怨过无数次："你跟你妈说说，别为我糟践人民币了，我不想喝，也喝不下去，我看见那些汤都快恶心死了，你妈能理理我的感受吗？她觉得是在喂我喝汤，我觉得那是变相的用刑！"

郑晓凯不以为然，电话里一句话先应付着，短信是不回复的，当面也是中庸地来一句："别夸大其词，妈是为你好。"

时至今日，她再也没有向他抱怨过什么，好像如今他俩的关系已经陌生到了极点，任何的寒暄或倾诉都显得格格不入，更透着刻意亲近的小矫情。

沈春华急急地跟上来："那怎么行？你天天这样吐，不多吃点靠什么吐啊？"

龙宝贝一阵心烦："不想喝，我不饿，妈，我想睡觉，您快把汤拿出去，我看着就难受。"

沈春华嘴上叨叨着："这孩子，你是怕发胖吧？怀孩子得顾着孩子长，哪能尽想着自己。"

看着沈春华离开的背影，龙宝贝窝在床上再次落下泪来，这就是她和郑晓凯的幸福生活吗？她的郑晓凯对她所受的痛苦不闻不问，而她瞬间化作生子机器没有自我地被他的家人百般供奉？呵！

龙宝贝一觉睡到了晚上八点，身体的热度不消反涨，嘴唇干燥得恨不得脱下几层皮来，吞了口口水，喉咙传来一阵辛辣的刺痛感，难受之下，怀孕后格外富足的眼泪又夺眶而出。

郑晓凯一如既往地在加班，龙宝贝拿出许久没用的手机给他打电话，第一通，挂断，第二通，郑晓凯急匆匆说了句："回头打给你。"再次挂断。

龙宝贝懊恼地坐起身子，全身骨头酸痛得像是要散了架：至于这么忙吗？连听她说一句她发烧了的时间都没有？那么，她辛辛苦苦怀这个孩子的意义又在哪里？

龙宝贝越想越绝望，执拗地再给他拨过去，郑晓凯急急地摁了挂断，架不住龙宝贝锲而不舍的坚持，此刻，她满腔的愤怒化作无数恶毒的言语迫不及待要在电话接通的那一秒倾数奉送给他。

终于，郑晓凯那头提示关机了，龙宝贝将手机一把砸到了地上，难以自制地号啕

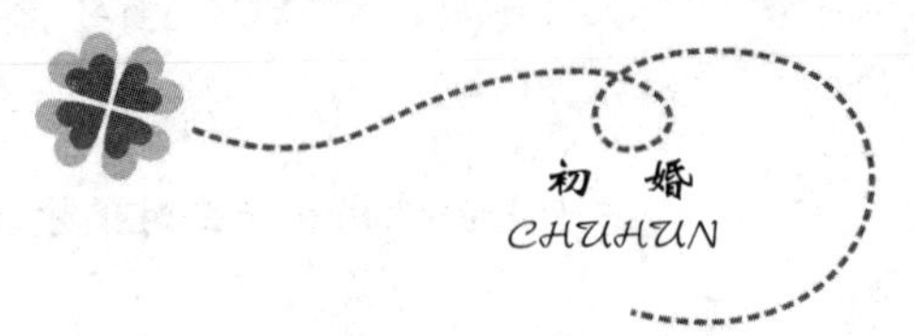

大哭起来，也不知哭了多久，沈春华焦急地奔了进来：“怎么啦？啊？怎么哭了？”

龙宝贝不回答，继续捂着脸大哭特哭，她有太多的委屈和憋屈需要倾吐了，她想不通，自己究竟是做错了什么，会让郑晓凯对她冷淡到这个地步。

凌晨两点，迷迷糊糊中的龙宝贝听到了开门声，郑晓凯进来拿了换洗的衣服和枕头，转身准备出去。

龙宝贝眼圈红红，直直地瞪视着他，心里的怒气腾地再次升到顶点：“你还回来干什么？给老子滚！”

龙宝贝的声音近乎尖利，在空气里反射过来，让郑晓凯愣了好一会儿，连她自己都吓了一跳。

郑晓凯不可理喻地白了她一眼，提脚准备出去，他的不理不睬不解释令龙宝贝那一点惊恐随风而散，委屈，不安，愤怒包裹着她，令她活像一只喝醉酒的刺猬，走哪儿扎哪儿，她从床上蹿了起来，一把抓住他的衣服：“你站住！你给我说清楚，你上哪儿去了？为什么不接我电话？！你是不是在外面有女人了？”

郑晓凯回头瞪了她一眼，闷闷地骂了声“神经病”。

龙宝贝紧紧拽着他，声嘶力竭：“郑晓凯，你混蛋！你给我说清楚！”

龙宝贝在他胳膊上掐着，打着，明明气到不行，偏偏舍不得用力，这样轻飘飘的报复令她毫不解恨，反而气得更盛了。

郑晓凯疲惫地歪着身子，努力使语气平静：“龙宝贝你变得蛮不讲理了你知不知道？”

龙宝贝呆若木鸡：“我蛮不讲理？”

“是，我们不是二十出头甜言蜜语的年纪了，我们结了婚，有了孩子，我们是大人了，你不要总要求我跟你写的小说当中的男主角一样，什么都不做，成天让你活在童话里行不行？我要上班，我要跟同行竞争，我要赚钱养家，我不是富二代，没有哪个国王要将现成的王位传授给我你明不明白？！”

龙宝贝的眼泪淌了下来，拳头歇斯底里地击打在他的肩上：“你以前不是这样说的！”

郑晓凯紧紧咬着下唇，这样憋屈的情绪已经纠缠了他一个晚上了，因为龙宝贝的

十几通电话，他跟着林玫串了多少酒桌苦苦争取的单子，苦苦熬了两个多月后轻飘飘落入了别人的囊中，这是他努力了两年多的工作，随着他临下班递交的辞呈灰头土脸地结束了，他心中的挫败感无法言喻，他不是怪龙宝贝，却没有办法不气恼："本来我不想说的，我上班的地方管理很严格，到处都是摄像头，我跟你说过很多次，不要因为一点小事就给我打电话，领导见多了，影响不好，你今天晚上是闹什么脾气？我会挂你电话，自然是因为我当时不方便接你电话！老板在我旁边站着，客户在旁边候着，你使什么小性子？"

龙宝贝怔怔地流着眼泪听着，虽然懊恼，可自尊心却不允许她就范："我怎么会知道他们在旁边？你有跟我说过今天会是你能不能接下单子的关键日子吗？你什么都不跟我说，我怎么会知道？"

就在这个当口，房门被推开了，日理万机的沈春华在郑晓凯他爸的簇拥下出现了："晓凯啊？你们公司不会因为这个原因开除你吧？宝贝啊你也是的，平时什么事情都有我跟老头子为你忙前忙后的，你总找晓凯做什么？这不是耽误他前途吗？这孩子……"

龙宝贝的眼泪二度爆发，郑晓凯一阵心烦："妈您别管了，还有，您怎么能偷听我俩说话呢？"

沈春华一脸不以为然："怎么是我偷听呢？就你们这声音，隔壁都能听到！宝贝啊你也是的，晓凯每天那么忙，你帮不上忙就算了，还净惹事，你……"

"是是是！我不懂事，我没给嫁妆我还乱花钱，在你们心目中，我除了能帮你们家生孩子就一无是处了是吧？你们一个个看我不顺眼，当我多喜欢待在这里？"龙宝贝气不打一处来，凭什么都来指责她？又有谁为她考虑过？

"龙宝贝你怎么跟我妈说话的？"郑晓凯一句话没有说完，龙宝贝已经利索地收拾好了东西，头也不回地蹿出了家门。

沈春华又气又急："三更半夜的又瞎胡闹！都要当妈的人了怎么还这样不懂事！"

郑晓凯低喊一声："您去睡吧，别管了。"

沈春华气不打一处来："我不管？她三更半夜跑出去，磕着碰着还不得影响孩子

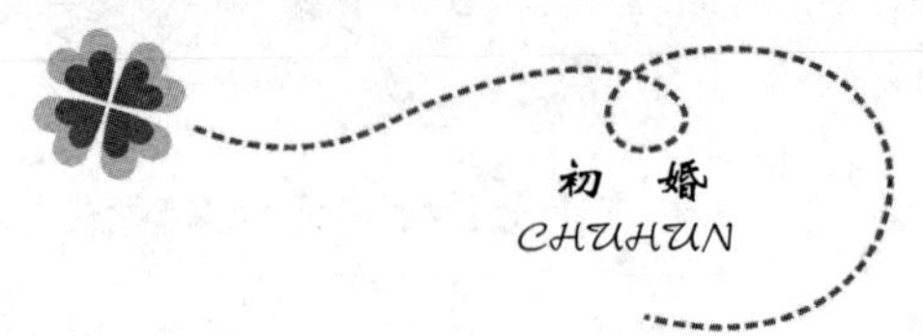

成长？干的都是些什么事儿啊！”

“行了行了，您眼里就剩您孙子了！”郑晓凯不耐烦地将他爸妈送了出去，将房门反锁，再倒在床上用被子闷住头，烦躁一阵汹涌过一阵向他袭来。

三十八：你究竟什么时候才能长大？（3）

几个小时前，他按林玫说的地址找去了那家酒吧，林玫坐在车里，见郑晓凯远远走来，按了按喇叭。

林玫把驾驶座让给了郑晓凯，自己坐到了副驾驶座上，郑晓凯闻到她身上酒气很重，又下车帮她买了瓶绿茶："喝点水好受点。"

林玫抬起脸，怔怔地看着他，她的脸色潮红，眼睛开始迷离了，见郑晓凯刻意撇过脸去，她轻轻一笑："麻烦你了，我在这个城市没有什么朋友。"

郑晓凯听说她是被几个客户灌醉的，心里涌起莫名的愤慨，开车送她回家，扶她上楼，这么大的房子，她一个人住显得空荡荡的，郑晓凯不经意间看到林玫床单上开得肆虐的牡丹，心里涌起莫名的慌张："你睡吧，我得走了。"

郑晓凯话没说完，林玫突然站了起来，毫不犹豫地扑进他的怀里，郑晓凯耳朵里钻进林玫努力压制着的抽泣声："陪陪我，就十分钟。"

郑晓凯不再说要走的话了，站在那里一动不动，任由林玫将身体的重量一并压在他的肩上，这是他第二次抱林玫，居然已经没有了最初的慌乱。

“其实我刚刚骗你了，不是客户灌我酒，是我自己灌的。我今天离婚了，他要带那个女人去法国，以后再也不回来，你知道吗？法国那套房子，是我们一起选的，里面每一寸地方的装修，都是我们一起设计的，可是，他现在要和别的女人住在那里……”林玫苦笑了几声，肩膀微微颤抖，“我知道我留不住他了，女人说要分开是等着男人哄，男人说要分开，就是真的要分开了。知道几年前我为什么突然辞职出国吗？我是去求他回心转意的，但他没有，他眼睁睁看着我吞下一瓶安眠药也无动于衷……”林玫说着，剧烈地抽泣着，浑然不是平时的商人形象，而是脆弱不堪的小女人。

“这样的男人，不值得你难过。”

林玫摇了摇头：“你不懂。”良久，林玫终于抬起头来冲他轻笑：“麻烦你了，路上小心。”

回来的路上，林玫突然给他打来电话：“老严的单子怎么飞了？”

郑晓凯叹气：“是我的错……”

“不要紧，这样的单子，不接也没什么影响，你现在待的公司，即使现在就离开也没什么要紧，我北京的公司随时欢迎你。”

郑晓凯沉默了：“你给我点时间，我现在还不能答复你……”

林玫停顿了一秒：“没事，那老严那边我来解决。”

轻描淡写的一句话令郑晓凯难以平静，久久憋出一句不用了。

林玫在那头淡然一笑：“你怕欠我人情，就不怕少了奶粉钱？呵呵……”

郑晓凯在电话这头舒心一笑，跟林玫在一起，让他有种难言的放松感，她赏识他，不着痕迹地为他搭桥铺路，她的成熟与细腻令他依赖与眷恋，也正是有了她作为对比，龙宝贝的孩子气才显得更加的幼稚与无趣吧。

龙宝贝……哎，多么烦躁的一夜。

龙宝贝打了辆车往龙雪花那儿奔，她有一肚子的委屈，一肚子的怨念要倾吐，可

在小区外下了车，望了一眼灯光早已熄灭的房子，突然心口一阵拥堵：她不能这个时候回家。

龙宝贝绝望地发现，原来结了婚不是有了两个家，而是稍不留心会变得无家可归。

她擦干眼泪，给舒默打电话要地址，打了辆车来到他家楼下，舒默见她手上提着东西，脸上泪迹斑斑，故作轻松地笑了起来："被婆婆赶出来了？"

龙宝贝瞪他，进了家门仍旧不理睬他。

舒默租的公寓是一室一厅，除了大门有些残破，其他装修很精致，一看就不便宜。

龙宝贝看见餐桌上放了两只碗："高琳在？"

"不是，我姐姐刚刚走。"

龙宝贝哦了一声："高琳呢？"

舒默递给她一杯水："回去了。"

听完舒默绘声绘色的讲演，龙宝贝感叹，她今晚的遭遇跟舒默的比起来是小巫见大巫了。

高琳自"受伤"那天起一直赖在舒默这里，两个人甜甜蜜蜜地过起了小日子。一天，两人牵手去菜市场买菜，被秦虹一个卖菜的朋友认了出来，古道热肠地通风报信了，秦虹大清早冲了过来，又是叫骂又是砸门，高琳不让舒默开门，说她妈不是个可以沟通的主儿，除了骂人干架就没别的特长了，出去了，大家都难堪。

秦虹大呼小叫一个多钟头没有成效，走了，不料晚上十点多又来了，还召唤了娘家的哥哥妹妹一起来，要打要杀地砸门，声势浩大得连房东都惊动了，高琳恼了，要打电话报警，被舒默阻止了，舒默打电话叫来他姐，他姐找道上的朋友出面威逼利诱摆平了，但最后，高琳还是被逮了回去。

龙宝贝见识过秦虹骂人的功夫，不比龙雪花逊色，甚至在心态底气上更胜一筹，会骂出多难听的话来，用盲肠都想得到，心里暗暗为这对苦命鸳鸯叹气。

龙宝贝坐在沙发上径自打开电视："你忙你的吧，给我床被子就行。"

舒默叹了口气，把房间收拾出来，换上干净的床单和床套："别假客气了，进来睡吧！”

龙宝贝正好又困又累，毫不客气地蹿到床上：“你们家有退烧药吗？”

舒默这才仔细打量起她，脸色惨白，两眼空洞，伸出手一摸额头，天！

“你烧成这样郑晓凯都不管你？”舒默满屋找药，终于找到了一颗感冒药，再一看龙宝贝的肚子，“走，我带你去医院。”

龙宝贝躺在那里不愿动弹：“不用，我睡一觉就好。”

“快起来，我怕你会把我的床垫给烧穿了。”舒默掀开被子去抱她，龙宝贝再次懒洋洋地栽下去：“求你了，真的好困，你要实在有体力，就上二十四小时药店买点儿孕妇能吃的退烧药回来。”

舒默郁闷得直翻白眼：“你要是我老婆，非抽死你不可，也不知道郑晓凯怎么受得了你。”

一听这话，龙宝贝好不容易收起的眼泪重新滚滚而下，是啊，她这么多不好，所以郑晓凯也受不了她了。

龙宝贝一觉醒来已经是第二天中午了，额头上贴着舒默半夜买来的退热贴。舒默做好了午饭，还在饭桌旁摆好了垃圾桶：“我知道你现在孕吐厉害，想吐就吐。”

龙宝贝嘻嘻一笑：“这样你都吃得下？”

“对着你都吃得下，这算得了什么？”

龙宝贝只能翻白眼儿，她和舒默见面就掐，哪天要客客气气地说话反倒不自在了。

“刚刚帮你量过了，已经退了一些，多喝水多出汗就没事了。”舒默往她的碗里夹菜，“昨天是什么日子？我姐姐要离婚跑来找我喝酒，你跟你老公吵架，跑来抢我的床睡觉。”

舒默又帮她舀汤，把她不爱吃的番茄皮挑出来放进自己的碗里。

“你姐要离婚？你姐夫有外遇？”龙宝贝八卦地瞪大眼睛，殊不知她的眼睛此刻红肿得厉害，经她刻意一瞪大，活脱脱像只兔子，还是一只额头贴着退热贴的兔子。

“两个人都有。”

龙宝贝诧异地张大了嘴巴，又慢慢闭拢，她常常听舒默提起他才华横溢的姐姐，

长他七岁，两岁送给别家养育，但跟他家一直有联系。从小成绩拔尖，是他们那年的全国文科状元，出版过小说，倒腾过音乐，现在自己办公司，是个富有传奇色彩的人物。他姐夫自然也不俗，证券行业的佼佼者，多少女子梦寐以求的归宿，两人可谓是天造地设，可如今……

龙宝贝不禁为自己的自作多情的感叹感到可笑，省省吧龙宝贝，你跟人家比起来好得到哪儿去？你最最信任的郑晓凯如今又是怎样对你的？看着你身怀六甲离家出走，可有打过一个电话问候？

龙宝贝用舒默的电脑上网，QQ上，郑晓凯在线，龙宝贝虽然隐身上线，但对他一直设置了隐身对其可见，良久，郑晓凯没有理会她的意思，龙宝贝干脆下线，关掉电脑，和舒默切磋厨艺，忙活三个多小时，做了一桌美食：牛扒、西式糕点、川菜、上海菜，最后，龙宝贝将芒果、橙子、水蜜桃榨成汁和在一起，看起来很娇艳，喝起来五味杂陈，十分文艺范儿地给那杯饮品取名龙宝贝与郑晓凯的悲催爱情。

吃完这一桌子东西，两个人纷纷将双脚搁在茶几上看电视，龙宝贝突然感到一阵哀伤，因为眼下太过快乐惬意而哀伤，因为这种快乐惬意不是郑晓凯给她的而哀伤，因为她在郑晓凯的心目中劣迹斑斑而哀伤。

“你相信吗？婚姻很可怕，原来甜蜜的默契突然像流沙，拼尽力气就是抓不住，原来爱慕的眼神突然变得怨毒，原来温柔的声线突然变得歇斯底里……”龙宝贝呢喃着，用力想要想起过去郑晓凯对她的好，可不论是回忆还是视线都一片模糊。

三十九：我们已经过了那样的年纪

龙宝贝的哀伤来得猛烈，体温上升起来也毫不逊色，当舒默看到体温计里的刻度显示是39.5℃，连忙打了车将她送去了医院。

他用龙宝贝的手机给郑晓凯打电话，一遍、两遍无人接听，又翻出龙美丽的电话，偏巧龙美丽人在外地，让他先不要告诉龙雪花，省得她干着急，自己又给程祥打电话。

程祥跟着着急："郑晓凯昨晚辞职了，今天来公司交接的，这会儿像是走了……你等着，我知道他在哪里！"

果然，程祥在公司附近的日式料理店里找到了郑晓凯，他正品着功夫茶，听林玫说北京公司的近况，他已经答应了，跟林玫去北京发展，此刻的他，迫切需要事业带给他安全感，更需要空间和距离让他和龙宝贝平复心情。

程祥气不打一处来："郑晓凯，你是准备抛弃妻子跑北京去了是吧？你他妈还是男人吗？龙宝贝昨晚发着高烧你就把她给轰出来，她要出了什

么事你是不是就一了百了了？”

当郑晓凯匆匆忙忙赶到医院时，龙宝贝正在病床上输液，披头散发眼睛红肿的她嘴角烧起了水泡，舒默倒了热水过来，和郑晓凯四目相对：“你怎么就能让她怀着孕发着烧一个人跑出来？你怎么对得起她在你一无所有的时候嫁给你？怎么对得起她二十二岁的年纪为你怀孕生子？”

郑晓凯早已懊恼得说不出话来，唯有注视着龙宝贝沉睡的脸，从认识她的那天起，她的一点伤痛，一滴委屈都会有他的陪伴，她的一丝欢愉，一缕成就都会有他的分享，可如今，他吝啬得不愿抽出一点时间来哄哄她，抱抱她，就连她生病了，他也只顾着去指责她的孩子气，他是该问问自己：郑晓凯，你是怎么了？你真的准备抛下龙宝贝，开始没有她的人生吗？

舒默走了，晚上八点，龙宝贝迷迷糊糊地醒了过来，看到眼前郑晓凯的脸，心口猛地抽痛了。

郑晓凯无声亲吻着她的手背，无名指上，那枚寒酸而简洁的银戒仍旧鲜活。

这只手，他一握就是四年，她是那样的活泼明媚惹人驻足，曾经，他惶恐一无所有的自己会被这只手撇下，而如今，它不弃不离地追随在他左右，他却对它视而不见。

龙宝贝反倒冷静了下来：“我们这样，算不算是小说里缘分已尽的桥段？最近我老做梦，梦见咱俩当初在一起的日子，突然醒了，再看看现在的我们，觉得好可悲，好心寒。”

“我也想像当初那样，可我们不知不觉就走到了今天，每一步都是我们自己选的，不是吗？宝贝我知道你在怪我，这段时间，是我们在一起以来最糟糕的日子，我们试着不要浮躁，多给对方一些理解好不好？”

龙宝贝沉默了，呆呆地看着天花板，数着上头变幻莫测而又规律丛生的图形，像是纠缠不清的曲线，在几经辗转之后，终究化为割舍不开的整体。

“宝贝，我要去北京出差一段时间，可能是两个月，也可能是半年……”郑晓凯的声音带着些微的犹豫，龙宝贝看着他的脸，一声委屈的轻笑：“这就是你说的多给对方一些理解？”

郑晓凯连忙解释："来这里之前才决定的。"

是的，他决定了，他看清了给私企老板打工的下场，即使肝脑涂地，他所得到的也只是可怜兮兮的一点分红，若干年后，他仍是某某公司的职员郑晓凯，而不是某某企业的所有人郑晓凯。现在，林玫给了他这样的机会，北京的公司正按着他心中的蓝图发展着，只要他过去，就可以得到百分之十的股份，他接下来所做的一切努力都会产生对等的价值，这样的诱惑，他没有办法抗拒。

龙宝贝再次仰头看天花板，这次看到的图形好像和之前看到的不一样了："郑晓凯，工作真的有那么重要吗？"

郑晓凯斩钉截铁："重要的不是工作，是我作为男人的尊严，你还记得我第一次见你妈她对我说的话吗？"

"我说了很多次，我妈说话不好听，你可以当作没有听见……"

"她说的是事实，我确实一无所有，我怕自己再不努力，会什么都给不了你，看看我们结婚到现在，住过我家，住过你家，住过出租房，你知道我有多渴望买套属于咱们俩的房子吗？"

"我说过我不稀罕房子！"龙宝贝不自觉提高了声音：房子房子，他们为什么一定要有套房子？温暖都已经不在了，要四面墙来遮风挡雨有意义吗？

"我稀罕，宝贝。我快二十六岁了，我不想在转眼到了三十岁的时候，除了老婆孩子，我仍旧一无所有，我知道你不在乎那些，可你现在不在乎，不代表以后，我们已经过了骑着单车就是浪漫的年纪了，你知道吗？我只要一想到我们的孩子今后上了幼儿园，跟其他的小朋友提起我时，没有任何的头衔和荣耀，我就没有办法不拼命工作，过去我们两个住在一起，你一个月挣一万，我挣四千，你说我不必太辛苦工作，你可以养活我，结婚时，我买不起钻戒，办不起像样的婚礼，现在你怀孕了，我们还要为了三万块的信用卡账单省吃俭用，宝贝，我不喜欢这样的自己。"

龙宝贝沉默地看着他，这样的他，她又何曾喜欢？

我们已经过了那样的年纪……

这句话，好残忍。

龙宝贝和郑晓凯的两地分居来得太过突然，送郑晓凯离开后，龙宝贝简单收拾了行装，再次回到了龙雪花的地头——那个被称为娘家的地方。

回去之前，郑晓敏在郑晓凯的拜托之下回娘家安慰她，她看起来精神不错，满脸泛着希望的喜悦。

在林玫的安排下，崔健和一个做了几十年调味品生意的投资商见面了，很顺利地谈成了合作，投资商负责资金和渠道，崔健负责管理和运营。

龙宝贝认真听着，发自内心地恭喜她："姐夫遇到了合适的项目，你们今后一定会好起来的。"

郑晓敏笑着说："果然是家有喜事精神爽，我跟他，现在连架都不吵了，呵呵……"

郑晓敏一时嘴快，见龙宝贝闷闷地不说话，马上转了话题："哦，对了，我和崔健准备请林总吃顿饭谢谢她，你反正在家闷着，到时候一起去吧。"

龙宝贝一时没有回过神来："哪个林总？"

"晓凯的客户林小姐啊，林玫！听蓉蓉说，她那药厂的工作也是她介绍的。"

龙宝贝哦了一声，原来如此，郑晓凯竟交上了这样一位神通广大的朋友，她竟浑然不觉，呵！

四十：复婚

龙宝贝回娘家后，买了成堆的毛线，一件一件织毛衣、织鞋子、织帽子，为未出世的孩子准备了一大箱衣物。

郑晓凯刚离开的两个礼拜，几乎每天晚上九点都会打来电话，报告他一天琐碎而忙碌的生活，接着系统化地问一句："今天过得好吗？"

龙宝贝懒懒地哦上一声，在郑晓凯不在身边的日子里，她过得很快乐，很充实，这是一种幸福还是一种讽刺？

后来，郑晓凯的电话慢慢少了起来，每次接通电话都是一连串对不起，前几天太忙了，下班时太晚了，怕影响她休息等等，龙宝贝淡淡地说了句："没事，我也没有什么要跟你说的……"

两人在两头沉默起来，许久，郑晓凯一声叹息，语气里夹杂着苦恼与压抑："我希望你能理解我。"

龙宝贝在高高隆起的领域上轻抚着，夜那么黑，那么凉，她是那么孤独而不安，她多想问他一句：我们这样算什么？分居？还是分手？

“我理解不了，就像你理解不了我要你陪在我身边一样，我们都没错，只是想法变了而已，你说得很对，我们已经不是在学校那会儿了，我们得长大，得懂事，得承担……”龙宝贝想把话说得大义凛然，无奈还是哭了。她想起了太多不适宜再提起的过去，当她还是大学学生，当他还是初入社会的小职员，他们约好谈一辈子恋爱，不结婚，不存钱，不分别，洒脱恩爱地生活；大二那年，他被公司派去外地出差，十月天，她让他带上外套，随时要变天的，他偏不带，在温度骤降的日子，在电话里扮可怜，龙宝贝二话不说，买了当晚的火车票奔去支援，那一刻，他得意地抱着她说：“故意不带的，就为了给你表决心的机会。”

原来她的郑晓凯也曾幼稚过，矫情过，只是她太过后知后觉，竟没发现从哪天开始，她的郑晓凯长大了，再回头去看她的稚气，浑然是不可理喻的缺陷。

龙宝贝的预产期在春节，在预产期的前一个月，孩子的准生证不得不办了，龙宝贝给郑晓凯打电话：“孩子的准生证得办了。”

郑晓凯没有回过神来：“哦，你去办吧。”

龙宝贝闷闷地说了句：“父母双方得有结婚证才能领准生证。”

郑晓凯在电话那头为难地犹疑许久：“可我一时走不开，这样吧，孩子出生前几天我已经请好假了，到时一起去办。”

龙宝贝突然心中一阵厌烦，挂了电话，啪地扔去了一边。

龙美丽每次回来都看着她直叹气：“瞧，这就是你说的真爱，你看你天天愁眉紧锁得跟抑郁症似的，他也狠得下心不回来。”

龙宝贝习惯性在肚皮上抚了抚，里面的小东西正在蹬腿，刚好触到了她的手心，令她的眼泪不可自制地夺眶而出。

不只是郑晓凯和龙美丽，龙宝贝身边所有的人都怀疑她患了抑郁症，她可以在阳台一坐就是一天，手指不停歇地织着毛线，外人看来一片祥和的景致，下一秒却能上演狂风暴雨，龙雪花急得食不下咽，坚持要领她去看医生，龙宝贝不答应，她讨厌医院的药水味儿，更何况，她现在要省下每一分钱，在孩子出生后，一旦她奶水不够，孩子可以吃到进口奶粉。

晚上，郑晓凯突然打来电话，说他马上要登机了，第二天上午到，让龙宝贝带上户口本、身份证和登记照去民政局门口等他。

龙宝贝素面朝天，随意挽起头发，穿了条素色棉长裙，裹了件黑色长款羽绒服，怀孕以来，她从九十多斤的苗条身段堕落成一百三十五斤的健壮妇女，虽然皮肤是越来越好了，可仍旧弥补不了她爆肥后的形象损失。

站在门口，进进出出的男女对她的大肚子颇感兴趣，龙宝贝不去理会，他们的态度已经算克制了，若是她在民政局门口看见一妇女挺着八个月的大肚子，手拿户口本身份证，一定浮想联翩地打量个没完：老公趁其身怀六甲，偷腥不说还试图让小三转正，强迫准妈妈离婚？或者是强悍恨嫁女以腹中孩子作逼婚工具，长站民政局门口，只等薄情郎回头是岸？

原来女人在婚姻面前，竟是如此卑微不堪。

龙宝贝想到了郑晓凯，三个多月不见，她似乎也没有想象中那样想念他，对于他，她那满腹柔情只化作了纠结不堪的心灰意冷，那两只曾经紧握道尽山盟海誓的手，刻意分开，会透着若有所失的黯然，勉强紧握，却不论如何也握不出最初的温暖和爱意了。

尽管这样灰心丧气地想象着，可当郑晓凯跳下出租车，顶着满脸的疲惫笑意向她走来，她仍旧不可自制地颤抖了，眼眶一阵炽热与酸痛，郑晓凯拉过她的手，匆匆奔进里间的队伍里，没有任何节日的噱头，因此格外顺利，尽管前后只花了半小时，郑晓凯仍难掩焦急地催促：“麻烦快点。”

出了民政局大门，郑晓凯将所有的证件都交给了她，最后从包里掏出一沓钞票：“这里有两万块，你需要什么就买，我现在得赶回去了，我帮你拦辆车，你路上小心点。”

龙宝贝盯着他的脸看了好一会儿，她幻想过他此番回来的种种结果，却没想到是这样滑稽，这是她深爱多年的男友，发誓要照顾她一辈子的丈夫，她肚子里小生命的父亲，却拿和她领结婚证当作领取准生证的一项步骤。

“宝贝你别生气，我早点把事情办完，赶在孩子出生前回来，陪你们一起过年，好不好？”郑晓凯的黑眼圈浓重地堆积着眼中的疲惫与焦灼，在北京的这三个多月，他一天只睡三个小时，恨不得将自己淹没在无穷无尽的工作里，有时恍过神来，才发现已经凌晨了，拿着手机想要打给龙宝贝，无奈还是不忍心，他想到她熟睡时孩子气的脸，以及每次在电话里不冷不热的回应，心里的疲惫更甚，那种无人体谅的辛苦，滋味苦涩透了。

“我不生气，为你不值得，郑晓凯，如果我肚子里的孩子不是你的，我猜我都不愿再站在你面前。”龙宝贝气得双肩颤抖，背过身去不再看他，有出租车正合时宜地停在了那里，龙宝贝艰难地爬上车，在车子开动前，郑晓凯在身后喊了一声：“你能为我想想吗？你就净想着自己！”

龙宝贝眼里噙着泪，这数句争吵，仿似打破了僵局，却又在心口划下了一刀，早知如此，这一面，还不如不见。

四十一：烂泥扶不上墙

龙宝贝去了龙美丽那里，没来得及宣布她荒唐的二次领证，就被里头火药味十足的争吵声吓得节节败退。

龙美丽的眼里盛满怒火，恨不得把程祥削皮炖了吃掉才好。

龙宝贝满是同情地看着程祥，在郑晓凯去出差的前一天，程祥从游戏公司辞职了，经龙美丽铺桥牵线，代理了一家知名卫浴品牌，在建材城租下了一间商铺，这里原本是被一位姓屈的老板租来卖地板的，后来经营不善，只好歇业，龙美丽跟商铺老板谈妥后，接了过来，改做卫浴五金，签约那天，龙美丽临时接到任务要去泰国拍片，只好让程祥一个人去，虽然满心里对程祥不放心，但事后程祥给她打来电话，说一切妥当，让她安心拍片。

龙美丽死都不敢相信，就在她穿着泰国服饰拍摄度假村宣传片时，程祥已经瞬间从卖卫浴五金改行卖地板了。

程祥将自己深深窝在沙发里，任由龙美丽叫嚣，只是埋着头一言不

发。

“算了，不就没跟你商量吗？你那么忙，他只是不想影响你工作嘛……”龙宝贝觉得龙美丽有些小题大做了，满心里同情善良温顺的程祥。

“算了？两百万啊！你当我的钱是从沟里捡的啊？”龙美丽气得上蹿下跳，恨不得大哭一场来发泄怒气，这笔钱是她请公司做担保向银行借的，瞬间化为乌有，之后，她唯一能看到的就是银行送来的催款单和程祥那张窝囊晦气的脸。

龙宝贝目瞪口呆地听完龙美丽的控诉，对程祥的那点同情也瞬间化成了无语。

程祥去签约那天，商铺老板的车堵在了半路，让他先等等，就是等着等着的那一个小时，程祥被店里的屈老板洗脑了，用他“专业”的建材知识和市场分析让他明白了一个道理——他们要代理的产品，不靠谱！

“卫浴五金的市场已经饱和了，想想看，一个家庭最多也就两间浴室，一套卫浴最多对半赚，而地板就不同了，除了厨房和浴室，哪儿哪儿都得贴地板，一旦购买，量是可观的，而且地板的利润本身比卫浴高啊！上次跟你一起来那个是你老婆吧？长得倒别致，可我老江湖了，一眼看得出，你在她跟前，憋屈得很，啥事儿都得听她安排，这次老哥就给你提个醒了，千万不能听她的，首先，她压根儿不懂建材呀，另外，老哥跟你投缘，喜欢你这孩子善良本分，这样吧，你们准备花多少钱代理？”

程祥一股脑说了出来：“预存款得两百五十万，说实话，我也觉着太贵了，万一卖不出去，不得亏死？还有啊，他们那儿的卫浴动不动上万一套，谁要真买不有病吗？”

屈老板连连点头：“可不是吗？这样吧，你跟着老哥做地板吧，老哥实话跟你说，这家店不是做不下去，生意好着呢，这一上午就成了两单，净利润三五万啊，只是这里的房东要价太狠，要让他知道我生意好，租钱还得涨，不过我也真是不准备在这里做了，我是提前在北京铺好了后路，去北京的建材市场淘金去。”

说着，屈老板将店里精美绝伦的地板一一向他介绍，从材质到工艺到销路到性价比，程祥一阵阵心动，最后，屈老板成功游说他花两百万接替他代理这个品牌的地板，成为本地独家的代理商，他和厂家还有两年的合同，在厂家那里还有一百多万的预存款，有了这笔钱，拿货价可以比原本的再低一成，另外，店里所有的地板都属于友情赠送。

程祥算了又算，这笔买卖无疑是再划算不过了，既成功代理了品牌，又省去了装修和铺货，最重要的是，足足省去了五十万的开销，这回，看龙美丽还敢说他做事没正行。

钱货两清后，程祥满心欢喜地当起了掌柜，无人问津的状况维持了三天，终于迎来了门庭若市的热火场面，热情洋溢接待之下，却尽是来投诉，要求退货的。

程祥给屈老板打电话，关机，给屈老板留下的厂家号码打过去，空号，当听到电话那头的中英文交换提醒声第二次传入耳际，程祥的后背一阵发凉，脑子里万念交织，那时他才知道，那家地板厂家已经倒闭了，给屈老板的两百万无疑是打了水漂。

程祥一开始还不死心，成天成天地坐在警局里等消息，龙美丽打电话来询问，他也是有一搭没一搭地搪塞，几次惹得龙美丽火冒三丈："我昨天问你那笔代理费打过去没有，你说快了，人家今天给我打电话，说还没收到，你成天在干什么？"

程祥瞒不下去了，只能硬着头皮将这场可笑的诈骗说了出来，气得龙美丽在那头差点没跌进海里，两百万，她跟银行贷了两百万，被一个做生意亏到爆的庸才不费吹灰之力从她丈夫的手上骗走了，她的丈夫……靠！去他妈的狗屁丈夫！

"那笔钱我会想办法还的，别生气了……"程祥闷闷地说了一句，伸手去拉龙美丽的手，龙美丽一把将他甩开，咬牙切齿："程祥，你简直就是烂泥扶不上墙，我嫁给你，算我瞎了眼！"

程祥的嘴角一阵抽动："龙美丽，这次是我欠你的，可我跟你说过很多次了，我不适合做生意，你什么时候听过我的意见？"

"不适合不适合，你除了装傻充愣上当受骗什么都不适合！"龙美丽一声咆哮，转身去房里收拾行李，拖出简单的行李箱，冲龙宝贝喊了一声，"走啊！"

"你去哪儿？"龙宝贝扭过身。

"有工作，要去北京！"

"你现在在气头上，工作就先放一放吧？"龙宝贝一时不知道该说什么好，她能体谅龙美丽的心情，可看着程祥的脸又觉得不忍心。

"呵！我现在欠了两百万的贷款，不工作谁来还？"龙美丽瞪了程祥一眼，又冲龙宝贝嚷道，“你到底走不走？”

龙宝贝看了看程祥，郁闷地跟着女王退了出去，浑然忘了这趟过来的目的是找龙美丽倾诉的。

龙宝贝回到家，程祥正好打来电话，问龙美丽是不是登机了。

龙宝贝说嗯，接着不知该说什么好了。

程祥在电话那头郁闷地沉默了半晌：“这次是我连累了她，她不肯接我电话了，我真恨我自己，我他妈怎么就那么蠢？我知道她是为了我好，可我真的不适合做生意，好多次我都想跟她说，我真的不喜欢做生意，可是我的目标她又不认可，我想不通，我为什么一定要成为多牛掰的企业家不可呢？我觉得过普通的生活挺好啊……”

龙宝贝低低地嗯了一声，突然一阵鼻酸，和她有着相同人生观的人，竟是程祥。

突然，厨房里传来碗筷落地的杂乱声，龙宝贝喊了一声：“妈？”

半天没人答应，龙宝贝连忙跑去厨房，龙雪花正横躺在地上，脸色苍白，双眼紧闭，龙宝贝吓得大哭起来，良久才听到电话那头程祥的声音：“怎么了？出什么事了？”

当程祥急匆匆赶到，背着体重六十五公斤的龙雪花一路下到一楼，再冲到路中间拦下一辆出租车，老天突然下起了瓢泼大雨，跟盛夏的暴雨似的铺天盖地。

龙宝贝捧着龙雪花的脸大哭：“妈，您说话呀，妈！”

“你大着肚子，妈又这个情况，得找个人来帮忙……”程祥拿出手机，给龙美丽打过去，关机，给郑晓凯打，同样提示关机，没办法了，他的手机里，能临时喊过来帮忙的朋友实在挑不出来。

龙宝贝这才回过神来，连忙给舒默打电话，舒默联系了相熟的医生，直接打车去医院挂急救。

当龙雪花被程祥和舒默搀下车时，龙宝贝砸着雨点寸步难行了，小腹一阵阵下坠感袭来，下体有大片大片的黏液往下滑动，她吓得心里一咯噔，眼泪不自觉掉了下来，站在原地夹紧两腿冲舒默大喊：“舒默！我好像要生了！”

四十二：新生命（1）

那个慌乱的晚上，龙宝贝永生难忘，龙雪花和她分躺在移动病床上，一个被推进急救室，一个被推进产房，这样孤独无依的时候，郑晓凯正在飞机上看杂志，还是回到住所冲澡？总之，不在她身边就是了。

医生告诉她，她的羊水就快流光了，建议剖腹产，龙宝贝拼命做着深呼吸，恐惧与疲惫包裹着她的身体，医生指示她侧过身勾着背，接着，锋利冰冷的针头扎向了她的背脊，龙宝贝条件反射下身体挺得笔直，被医生狠狠训斥了一番："不要动！会残废的！"

龙宝贝咬着下唇，重新勾着背，这样的姿势令她满心里的委屈化作了无穷无尽的泪水，她就快忘记自己是在生孩子了，满脑子尽是白天郑晓凯匆忙要离开的样子，她似乎已经与他的生活毫无干系了，昏昏沉沉中，她沉睡了过去，做了一个冗长的梦，长得好像过了一个世纪，又好像只是转眼之间。

龙宝贝再醒来已经是当天晚上八点了，移动病床经过长廊时发出特有

的哐当声吵醒了她。

躺在病床上，麻药渐渐散去，睁开眼睛的那一秒开始她就后悔了，疼，全身骨骼肌肉阵阵酸疼，小腹切口撕心裂肺的疼，耳边传来婴儿的啼哭和沈春华的叨叨声。

龙宝贝艰难地瞥了一眼，沈春华和郑晓凯他爸就在旁边，手里抱着孩子看个没完，半天没反应过来，孩子的母亲经历了手术已经醒来。

“宝贝醒了，快看看孩子。”眼尖的郑晓敏乐滋滋地把孩子抱了过来，“是个男孩儿，看看，多可爱，跟凯凯小时候一个样儿。”

龙宝贝艰难偏过头，孩子的眼睛微微睁着，没有表情，漆黑的发黏黏地粘在头皮上，像个小老头儿。

“我给凯凯打电话了，估计还在飞机上，所以没打通，我明天一早再打给他。”郑晓敏看着龙宝贝的脸色，小心安慰着。

龙宝贝看着孩子的脸，心中一阵阵悸动，在她的身体里生活了八个月的孩子，终于来到了这个世界，自此，她和郑晓凯会有所转圜吗？龙宝贝突然很鄙视自己，怎么她也成企图用孩子套住老公的深闺怨妇？

那晚，沈春华和郑晓凯他爸坚持要留下来守夜，说是近期总有医院里丢孩子的新闻，怪吓人的，他们要亲自把关才放心，龙宝贝偏过头去，既不说好，也不说不好。

晚饭时候，舒默送了白粥和饭菜过来，饭菜是给沈春华和郑晓凯他爸的，沈春华既别扭又无从埋怨，只能一边吞着米饭，假意哄着孙子，一边悄悄瞥着舒默和龙宝贝这边的动静。

“我妈怎么样了？”龙宝贝心里有不好的预感，如果龙雪花没什么大碍，一定会来陪着她的。

“没事儿，程祥在陪着她，明天就能出院，她要来看你，医生不让，叫她好好休息。”舒默将白粥舀到碗里，想着龙宝贝她公公婆婆就在旁边，不方便喂她，只好帮她把床摇起来，让她靠在床头自己吃。

“医生怎么说？怎么会突然晕倒？”龙宝贝还是不相信，以龙雪花的个性，哪个医生挡得住她？

“只是血压突然升高，放心吧。”

龙宝贝叹了口气不再说话，喝了粥，舒默就离开了，龙宝贝无论如何都睡不着，小腹上的伤口更像是切在了后腰，疼得她甚至无法移动身体，身上流出燥热的汗，胸前一阵阵胀痛，心跳也跟着捣乱，快得她心烦意乱，一阵阵烦躁。

那一夜，龙宝贝醒了无数次，整间病房里都是婴儿此起彼伏的啼哭声，沈春华彻夜没睡，耐心十足地抱着孩子走了无数个来回，嘴里念念有词：“乖乖孙儿，哟，乖乖孙儿怎么哭了？哟哟哟，哭声大做官大，呵呵呵……”

到了第二天早上，沈春华的脸上已经没了血色，郑晓敏来的时候，被她的样子吓了一跳：“妈，我早说您不能熬夜吧，赶紧回去休息吧，这里我来。”

沈春华执着地抖着怀里的孩子：“不行，今天宝贝第一天喂奶，我得在旁边教着，别回头把我乖乖孙儿给呛着了。”

龙宝贝这才意识到昨晚胸口的胀痛是怎么回事，再伸手一摸，浑然是两块坚石，疼得她胸口一阵阵坠痛。

到了中午，龙雪花终于出现了，身后跟着舒默和程祥，龙宝贝一把拉住龙雪花的手，她的脸明显是特地回家打扮过的，可明艳的妆容仍旧掩饰不了她眼中的疲惫，她心疼地抚着龙宝贝的脸：“宝贝吃苦了，疼吗？”

龙宝贝撒娇地努努嘴，正要说什么，一旁抱着孩子的沈春华朗声笑了笑：“哎呀亲家您别担心了，过去咱们生孩子那才叫死去活来呢，她这是剖的，不碍事儿。”

龙宝贝的脸阴了下来，不愿去搭理她，龙雪花不快地轻笑了一声：“敢情那刀口不是划在你姑娘身上，怎么说都轻巧。”

沈春华脸上挂不住了，一副斗争到底的模样，郑晓敏连忙夺过孩子蹿到了两人中间，一个劲向龙雪花示好：“阿姨来半天了还没看看孩子呢，瞧瞧，多可爱呀……”

龙雪花果然受用，她心爱的闺女生下的孩子，比她心头落下的肉都要宝贝，她抱过孩子，护在怀里抖了抖：“哦，哦，小龙乖，妈妈为了你受了这么大罪，你今后可得对妈妈好知道吗？”

沈春华的脸立马冷了下来，借口孩子饿了，麻利地夺了过去，郑晓敏连忙跟去泡牛奶，边倒水边冲沈春华使眼色：“妈，大度点，有什么可生气的？”

“能不生气？生怕别人不知道她是孩子的姥姥，小龙小龙地叫个没完。”

郑晓敏笑了起来：“这也值得您生气，呵呵……”

沈春华只恨自己抽不出手来在她额上戳上一指：“怎么不值得？这是我的乖乖孙儿！”

“是是是，是您的，从指甲盖儿到头发丝儿，全是您的。”郑晓敏故意打趣。

这天是郑晓敏守夜，沈春华临走前，一万个不放心，一再嘱咐：“看好，一秒都别眨眼，小心人家调包。”

龙宝贝这才知道，自己是这间八人病房里唯一一个生男孩儿的，沈春华一惊一乍地抱着孩子不肯松手，又一再嘱咐郑晓敏：“你晚上守夜提防点儿，现在偷孩子的可猖狂了。”

郑晓敏不满地撇过脸：“妈您小点声，别人不知道的还以为咱们家干吗呢，没发现就您一个人说得热闹，别人都挺安静吗？”

沈春华不怒反笑地一仰脸：“他们生的是姑娘，不安静还想怎么样？”

龙宝贝用被子蒙住头，不想再听到他妈说的话，更害怕看到他人鄙视的眼神。

当晚，沈春华坚持要帮着龙宝贝喂了头次奶再走，那漫长的半个小时里，龙宝贝有种生不如死的悲壮感，沈春华把孩子放在她怀里让她喂，龙宝贝怕羞，偏偏这个床位的帘子少了一截，总有一个大缝隙露在外面，龙宝贝别别扭扭地喂着，孩子不吃，奶头被吸吮开，奶水流了一身，身上也莫名其妙冒汗，汗水浸在小腹的伤口上，疼得她一边吸冷气一边把孩子往外推：“伤口痛……”

沈春华不管不顾地把孩子塞回她怀里：“那也不能把孩子饿着。”

郑晓敏在一旁连忙把孩子抱了起来：“这么点小东西能吃得了多少，来，姑妈抱抱……”

沈春华忧心忡忡地啧嘴：“这样不行，那么好的奶水不能糟蹋了，你不懂，初乳是最有营养的，这样，我把奶瓶拿来，咱们挤在奶瓶里放着，孩子饿了就喝。”

龙宝贝见她要亲自帮自己挤奶，尴尬地连连向后躲：“不了，我自己来。”

“你现在月子里，手上不能用力，我来。”沈春华坚持。

龙宝贝继续缩着身子：“不然让姐姐帮我吧。”

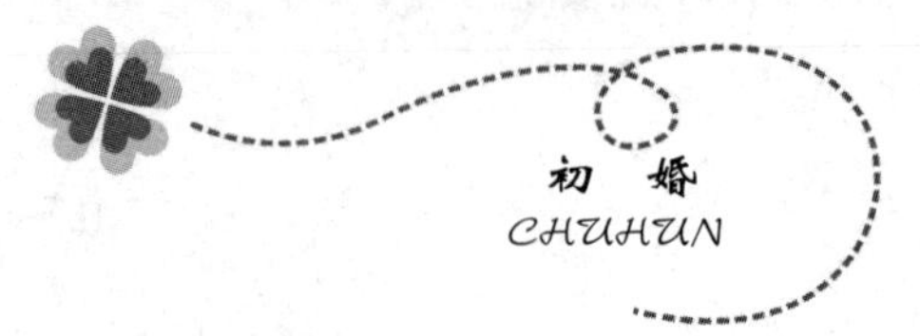

沈春华一瞪眼：“你这孩子！都当妈的人了，害什么臊啊？”

龙宝贝不好再说什么了，只好乖乖坐在那里不动。

为了不让龙宝贝尴尬，沈春华让郑晓凯他爸把孩子抱到走廊溜达溜达，没喊他就别过来，他爸抱着孩子欢天喜地地走了。

龙宝贝的奶水已经涨得厉害了，稍微碰一碰都疼得直吸冷气，更别提用力挤压了，龙宝贝不自觉疼得眼泪流了一脸，冷不防抬起脸来，赫然撞上了郑晓凯他爸细小的眼睛。

“我让你抱孩子出去转转，你站那儿干什么？”沈春华也发现了，冲他喊了一声，他爸哦了一声，抱着孩子又晃了出去。

龙宝贝的双手死命扯着被子，因为太过用力，肚子上的伤口疼得她浑身颤抖，那一刻，她恨不得不顾一切地冲过去把孩子抢过来，然后叫他爸滚，滚得越远越好，她再也不想看到这个不懂避讳的白痴。

四十三：新生命（2）

如果早知生子要付出这样大的代价，龙宝贝一开始或许会选择丁克，甚至是单身，那个令她成为母亲的人，每天会打来电话问候，然后信誓旦旦：再给我一周时间，我保证可以把工作处理好。

结果，两周过去了，他仍旧没有回来。

龙宝贝从一开始的冷淡处之到后来的咆哮怒骂，无一不是透着伤心与失望，她龙宝贝的人生为什么会变成这样？

龙宝贝成了郑家的活火山，孩子的哭闹，沈春华的唠叨，都会成为她咆哮大哭的理由，她穿着宽松居家服，胸前挂着奶源充沛的双乳，肚子上厚厚两圈泡泡肉，长夜被孩子惊扰而生成的眼袋，还有那因坐月子无法清洗的头发，龙宝贝不小心看到镜子里的自己，沉默了半晌，接着歇斯底里地大哭。

床上，孩子操着嘹亮的嗓音从早哭到晚，又从天黑哭到天明，饿了？

尿了？拉了？冷了？龙宝贝一样一样去验证，终于恼了："别哭了！你到底要怎么样？你到底要我怎么样？啊啊！！！"

见孩子因为惊吓而哭得颤颤巍巍，龙宝贝又心疼地将他紧紧抱在怀里，混着孩子的哭声抽泣个没完。

这半个月来，龙雪花的身体每况愈下，想要帮龙宝贝带带孩子总是力不从心，几乎每隔一天就要去医院做一次检查，程祥一大早就等在楼下，陪着龙雪花来来回回。

龙雪花一开始还铁着脸拒绝，这种糖衣炮弹她怎么会看不懂？这么容易就想娶她培养了二十多年的姑娘做老婆，做梦！

对于龙雪花的冷眼相向，程祥始终维持那一脸单纯笑容，鞍前马后地忙碌着，跟全职保姆唯一的区别是，人家是有偿的，他是义务的。

"你来照顾我可是自愿的，别以为这样我就会答应你跟美丽结婚。"龙雪花边上楼边叨叨。

程祥娃娃脸一扬："妈，我们结婚都快半年了。"

龙雪花一怔，差点没从楼梯口一个跟头栽下去。

"妈，您别生气……"

"不许叫我妈！"龙雪花发出凄厉一嗓子。

"这……我喊您别的……不太合适吧……"

这个时候，龙雪花已经气得泪花飞溅了，作孽啊，她到底是上辈子做错了什么，老天要这样糟践她！龙雪花闷头冲进房里开始打龙美丽的电话，无人接听，顿时，一股子怒火烧到了嗓子眼。

程祥跟着龙雪花蹿进屋里，见龙雪花躲进房里了，安静地从冰箱里拿出菜，仔仔细细地做了两菜一汤，在龙雪花的房门上敲了敲，龙雪花瞪着双眼不搭理，程祥站在门口轻轻说了声："妈，我先走了，明天来看您。"

龙雪花又哭了一场，冷静下来才发现饿了，当看到客厅餐桌上仍有余热的饭菜，心里闷闷的不是滋味。

龙雪花每天都要给龙宝贝去个电话，对程祥的喜爱溢于言表，浑然忘了当初是如

何反对他和龙美丽走到一起的。

龙雪花赞不绝口：同样是女婿，程祥跟亲儿子似的，每天过去帮她做饭洗衣服，还领她下楼遛弯，就差在后面加一句：另一个女婿可就差得远了，丈母娘病了没有一点表示也就算了，老婆生了半个月了，人影都见不着。

郑晓凯……郑晓凯……龙宝贝突然对这个名字感到无以名状的陌生，他是自己的初恋？他是自己的丈夫？是怀里孩子的爸爸？

如果不是她记错了，就是她的人生太过可笑。

孩子出生后十五天要回医院检查，郑晓敏和沈春华带着孩子出门了，龙宝贝将身体窝在被子里，全身的细胞像是放松了下来，一个小时后，郑晓敏打来电话，说孩子黄疸指数太高，很危险，要去市中心的儿童医院住院治疗。

龙宝贝坚持要赶过去，郑晓敏让她在家待着，而且新生儿住院，是不让家属陪同的。

龙宝贝挂了电话，突然感觉背后一阵凉风浸入了她的脊椎，直蹿到脑际，不禁重重打了个哆嗦，一个小时不到，体温升到了39.5℃。

中午，郑晓敏给龙宝贝打电话："你快过来，爸出事儿了。"

龙宝贝昏昏沉沉地听郑晓敏在电话那头哭诉："医生说，孩子住院得先交五千块，妈让爸送钱过来，爸也是的，半路不放心，总把钱掏出来看，结果被流氓给抢了，胳膊也挨了一刀，你现在赶紧送两万块钱过来，孩子和爸都不能耽搁。"

郑晓敏的眼泪不仅仅是因为心疼孩子，还有对自己丈夫的气恼和绝望，龙宝贝还在坐月子，她第一个想到的人自然是崔健，打了无数通电话，崔健说他在谈业务，没时间过去，郑晓敏却分明听到电话那头传来一群男人女人嘻嘻闹闹的声音。

龙宝贝匆忙找出所有的银行卡，这才发现手边一共才八千块，龙美丽和程祥那里是没有希望了，龙宝贝习惯性想到舒默。

下午，龙宝贝和舒默急匆匆赶到医院缴费，孩子得留院蓝光治疗，郑晓凯他爸包扎过后，也打了消炎针，此刻正顶着胳膊上的纱布，一脸愧疚地闷着头往外走，沈春华一副要跟他拼命的架势："老子怎么就这样命苦，嫁给你这样窝囊的男人？……"

龙宝贝假装没有听见，只是一再向舒默道谢，舒默看着她的脸，陌生得难以辨认："每天都没睡好吧？"

龙宝贝苦笑："今晚可以睡好了，明天一早来听医生怎么说。"

郑晓敏握过龙宝贝的手："你不舒服？"

见龙宝贝手心冰凉，郑晓敏又在她额上摸了摸："你发烧了？"

沈春华满心里不自在地白了舒默一眼，又烦躁地瞥了龙宝贝一眼："你说你，这么大个人了还不会照顾自己，本来孩子住院得花钱，你又病……哎……"

"妈，您少说两句。"郑晓敏也一阵心烦，郑晓凯没有回来，她得担起家里的责任，可天知道，自打龙宝贝的孩子出生后，她有多久没有好好为崔健和熙儿做顿饭了，崔健几次挖苦她："回来做什么？干脆搬过去得了。"就连熙儿也跟她唱反调："不爱妈妈了，妈妈喜欢弟弟比喜欢熙儿多。"这样混账的话，不用问定是崔健教的，郑晓敏气得半死，恨不得跟他同归于尽才解恨。

龙宝贝眼睛瞥向别处，不去看沈春华，也不去回应她的话，沈春华却无视她的不回应，继续念叨："孩子身体不好，早在我意料之中了，你说你这么年轻，学人家剖腹产做什么？孩子得顺产的才好，这下好了，尽想着自己怕疼，还不得孩子遭罪？"

龙宝贝忍不住全身一阵战栗，舒默站到她的身前，直视沈春华："如果阿姨对宝贝有那么多不满，当初为什么要觍着脸求她和您儿子复婚呢？龙宝贝不是您们家的奴仆，也不是您们家传宗接代的机器，她不欠您的，没道理听您说这么些废话。"

沈春华大大瞪着眼睛，差点没跳起来："你这个没教养的混账东西！你给我再说一遍！"

"耳朵不好就去看看，全家都病了，落下您一个也不合适。"舒默板着脸拉过龙宝贝就往回走，"走，我送你回你妈那儿。"

四十四：绕一圈，一个轮回

龙宝贝在舒默的强迫下在社区医院打了一瓶点滴，后半夜，烧慢慢退了，由于一天没有哺乳，奶水涨得溢了出来，沾湿了衣襟，龙雪花帮她去超市买来吸奶器，又是一阵阵钻心的疼。

后半夜，郑晓凯突然打来电话，龙宝贝知道，定是沈春华向他告了状的，果然，郑晓凯扯完孩子就扯到了舒默头上："他跟你一起去医院的？"

龙宝贝大方承认："是，后来送我去打点滴，再送我回家，在我家吃了晚饭才走的。"

郑晓凯在那头顿了顿，语气冷了下来："你什么意思？"

"你觉得呢？"

"我要你自己说。"

"我跟你没什么可说的。"

"龙宝贝你他妈能懂点事儿吗？不就是你生孩子的时候我不在身边？

我这么做不全是为了你和孩子？你只会觉得自己委屈，想过我没有？在北京的日子，我有多辛苦你问过一句没有？你就是这样对我的？”郑晓凯在那头咆哮起来，沈春华的话，他当场搪塞了过去，但并不代表他不相信，这些日子的两地分居，他和龙宝贝之间早已隔阂重重，更何况，那个人是舒默，在龙宝贝眼里，比他对她更好的舒默。

“那你又是怎么对我的？郑晓凯，别再自作多情了，我们会有今天，是你自己造成的，你所谓的那些为我和孩子创造的未来，我从来就不稀罕，等你从北京回来，咱们就把婚离了，孩子归我，其他的我什么都不要。”龙宝贝歇斯底里，她太累了，累得连哭的力气都没有了，想着这个时候，孩子或许正在医院里打着点滴，他那样瘦弱干瘪的额头被插上了冰凉的留置针，他疼得撕心裂肺，害怕得四处寻找妈妈的味道，而她，却在剥夺他拥有爸爸的权利……

从小失去爸爸的小孩？龙宝贝突然发现人生的奇妙，她的孩子，竟要跟她承受相同的命运……

龙宝贝早早地等在了家属接待室门口，舒默坚持要过来，被龙宝贝挡了回去，她已经很累了，不想再因为任何人任何事跟沈春华发生争执。

不出龙宝贝预料，沈春华和郑晓敏还有郑晓凯他爸赶了过来，郑晓敏的眼圈红红的，见了龙宝贝，握着她的手安慰了几句。

龙宝贝一阵过意不去，从孩子出生到现在，给郑晓敏添了太多麻烦了：“姐，我一个人可以的，熙儿还小，你下次不要来了。”

郑晓敏突然掉下泪来，龙宝贝慌了，从包里掏纸巾给她，郑晓敏强忍着情绪：“没事。”

龙宝贝不好再问什么，郑晓敏跟郑晓凯一样，看似豁然，其实把心中的骄傲看得很重，她如何启齿，在跟着丈夫吃了六年苦头后，他们终于迎来了生活的希望，才短短两个月时间呵，她的丈夫浑然成了陌生人，她不知道他几点回家，跟哪些人在一起，不知道他每个月的收入是多少，花在了哪里，甚至不知道哪天起，他从口味到穿衣风格全换了个遍，她在他的面前，纯粹就是一个来自乡下的土大婶，可就在不久前，不过短短四五年前，他还为自己能娶到她当老婆而无上荣耀不是吗？

等了近半个钟头，终于有护士出来叫号了。

孩子的主治医生姓莫，中年人，留寸头，看了看孩子的病历，抬头对龙宝贝说：“新生儿黄疸是常见病，一般在医院用蓝光治疗就能痊愈，但你家孩子情况比较特殊，首先他的小腹比一般新生儿大，另外，他的阴囊有积水现象，你们一会儿带孩子去做个CT吧。”

终于再见到孩子，龙宝贝泪如泉涌，他微闭着眼睛，似睡似醒的样子，额角的头发被剔去了一撮，插着粗笨的留置针。

一家人坐在长廊上一言不发地排队，等号，做检查，等结果，直到中午才得到回复：腹腔有大量液体，小肠漂浮其上。

看着这个结果，一家人都不淡定了，郑晓凯他爸忧心忡忡地坐在长椅上，细小的眼睛埋在膝盖上，嘴里喃喃自语：“这孩子……怕是治不好了……”

龙宝贝突然感觉一阵怒火从脚底蹿到了头顶，对他爸的一万种厌恶在这一秒爆发了：“你不会说人话就给我闭嘴！”

沈春华回过神来，瞪着她一阵咆哮：“你怎么说话的？啊？一点教养都没有！”

龙宝贝从她怀里夺过孩子：“你们给我滚！孩子是我的！不许你们再来！”

郑晓敏见她情绪不稳定，连忙拖着沈春华和她爸就往外走：“走了走了，还嫌不够丢人！”

“你爸也是关心孩子……”沈春华还在辩解。

“行了！你俩可真行！这种话怎么能当着她的面说？哪个当妈的受得了？”

莫医生看了检查结果，建议第二天做个穿刺，看看里面的液体是什么再对症下药，如果是羊水，问题不大，如果是其他东西，就比较复杂了。

龙宝贝听到穿刺两个字，不禁一阵胆寒，那种切肤之痛，已经令她几度抓狂了。

看着孩子被护士抱了进去，龙宝贝只好回龙雪花那儿，程祥在做饭，龙雪花大把大把往嘴里塞着药片，龙宝贝帮她递水，龙雪花看着她脸上未干的泪迹，心疼地抚了抚她的发：“医生怎么说？”

龙宝贝无助的泪花滚滚而下，她的脑子里闪过她极力想要删除的记忆：腹腔有大量液体，小肠漂浮其上。

“明天做穿刺……”

正在这时，门外传来敲门声，程祥从厨房蹿出来开门，是郑晓凯。

有多久没有像这样坐在一起吃饭了？龙宝贝只觉得胃里一阵阵发冷，吃过饭，龙雪花和程祥借口去逛超市，留下他俩在空荡荡的屋子里相对无言。

良久，郑晓凯递给她一张存折：“这里有十万，是我这几个月的工资。”

龙宝贝不去接，只是闷着头不说话，该说什么呢？能说什么呢？她还能无视躺在医院里病情不明的孩子，跟他爸爸继续争吵冷战下去吗？

郑晓凯抱过她的肩，让她的脸贴着他的脸颊，那种熟悉的温存，令龙宝贝结冰的思绪溶解了，化作滚烫的泪水汹涌而下。

“我真的只是希望能让你过得好一点……”郑晓凯的声音哽咽了，那种无助感令他营造的堡垒瞬间崩塌，对龙宝贝的伤心绝望他无能为力，对孩子的切肤之痛他无能为力，他的小家，他一直努力想要捍卫的小家，在他离开的三个月里似是历经了暴风雨的摧残。

这是自生产以来，龙宝贝睡得最沉的一觉，因为有郑晓凯牢牢抱她在怀里，她可以清晰感觉到他身上的淡淡烟草味和呼吸节奏，如果这个时候，孩子也能健健康康地躺在一旁酣睡该有多美满，龙宝贝暗暗发誓，她再也不会因为孩子不好好睡觉而发脾气，她会好好抱着他，哄着他，守护着他。

四十五：在生命面前，骄傲一文不值

凌晨一点，龙宝贝的手机响了，不好的预感包裹了她的神经，因为这个点，是不会有朋友找她的，只有医院，回来前，莫医生对她说过，要保持二十四小时开机，孩子一有状况，医院会马上联系她。

果然，打来电话的是新生儿科的值班医生："你现在马上到医院来，孩子现在很危险。"

睡梦中的两人如被浇了一身冷水，急急忙忙穿戴好往医院奔去，凌晨的城市温度骤降，龙宝贝看着窗外安静的景物，脑子里一片空白，郑晓凯将她冰冷的手紧紧拽在手心里，龙宝贝却感觉不到暖，因为他的手也是冰冷的。

两人赶到新生儿科，走廊上，长凳上睡满了患儿家长，大大小小的行李袋随处可见，有着火车站的凌乱，却仍掩饰不了医院特有的死亡气息。

"22床的家长？"一位年轻的医生奔了出来，听声音就是刚刚电话里的值班医生。

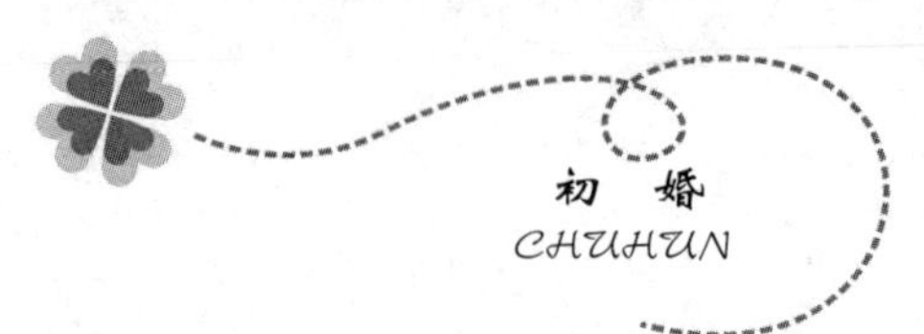

“是，孩子怎么了？”龙宝贝迎上去，医生递给她一张纸，免责书三个字傲然立于顶部，上面洋洋洒洒一系列条文，龙宝贝没来得及看，医生已经开始催促了：“孩子的腹部积水突然变多，你们快签字，我们要做引流手术，不然水到了一定的量挤压到肺部，就来不及了。”

龙宝贝脑子里一片混沌，郑晓凯粗粗看了几眼，连忙签了字：“麻烦你们了。”

医生拿着签了字的免责书急匆匆往里屋赶，一个护士隔着玻璃懒懒地喊了一声：“22床家长，到六楼手术室外面等。”

孩子被推进了手术室，随行的护士抱着一个枕头状的氧气袋，龙宝贝看到宝宝安静地躺在一个玻璃围起的氧气箱里，他的身体那么小，那么单薄，脸上的表情无辜而平淡……

“为什么会这样？我们没有不良嗜好，怀着他的时候，我那么小心，不敢乱吃东西，不敢对着电脑，为什么还是会这样？呜呜……”龙宝贝的哭声在手术室外的家属等候区回响，透着歇斯底里的绝望和不甘，一番挣扎下，体温又升高了，胸前肿胀的坠痛，前襟被浸湿了一大片，龙宝贝多希望自己就这样昏死过去，等孩子康复的那天再清醒过来，只要不用眼睁睁面对这一切，怎么都好。

手术结束时已经凌晨五点了，医生过来交代病情：“引流手术很成功，我们现在在他的肚子上插了根引流管，目前来说，孩子一切正常，具体情况你们跟主治医生谈吧！”

手术推车被护士们前呼后拥地推了出来，孩子已经从氧气箱移到了床上，龙宝贝不忍去看，却还是看到他清醒着的双眼是那样清澈，那样无辜。

两人干脆坐在医院的走廊上等莫医生来上班，九点半，莫医生查完房开始接待家属，龙宝贝看到有两家被通知明天可以来接孩子出院了，不自觉感到一股希望向她迎来。

“我初步诊断，你家宝宝患的是先天性乳糜腹，他的黄疸持续不退也与腹腔的积液有关，这个病在新生儿当中还没有见过，成年人的治疗方法是断食，靠输营养液维持，以两周为一个治疗周期。”

郑晓凯和龙宝贝面面相觑：“什么意思？什么叫先天性乳糜腹？”

“这么说吧，人体吃下食物要靠乳糜管来吸收营养，而你家宝宝的乳糜管先天发育畸形，是破裂的，所以吃下去的东西漏到了腹腔里，时间一久，腹腔里的液体积累到一定程度影响到了肺部，就会窒息死亡，现在开始，我们要进行为期两周的断食，希望他的乳糜管可以自己长好。”

“万一两周后没有长好呢？”龙宝贝感觉这是一件毫无保障的事情。

“那就再断食两周。”莫医生淡淡地说，“你们不要天天来了，两周后再来吧！”

龙宝贝从没发现半个月原来可以比半年还要漫长，她爱上了一切有效消耗时间的事物，例如打游戏，例如看上百集的泡沫剧，她要让自己的思绪完完全全沉浸在别人的生活里，感受别人的喜怒哀乐，将自己的遭遇抛去一边。

可是，生理的变化还是在时时提醒着她，即使不吃不喝，她的奶水仍旧充足，为了不让它涨退，她唯有每隔两个小时挤一次，一次得挤上十几分钟，两手酸得就要断掉，白天还能坚持，到了晚上得调好闹钟爬起来。手挤的到底不能弄干净，时间一长，里面就生了大大小小的肿块，于是，三天两头的高烧伴着胸部的坠痛让她心力交瘁，像是在时时提醒着她：看吧，你的痛算什么？能及得上孩子肚子上插着引流管，一天天忍受饥饿的痛苦？

龙雪花劝她去打退奶针，孩子的病都没个准头，再这样下去，她的身体得被折腾坏了。

龙宝贝不答应，反正都挤了那么久了，不在乎再等等，而且，孩子出院后身体一定很虚，有母乳吃总会好点，似乎，这也是眼下她唯一能为孩子做的事情了。

这样的日子煎熬了半个月，千家万户都在欢度新年时，一向鄙视封建迷信的龙宝贝大年三十彻夜没睡，瞒着郑晓凯徒步爬上城郊的慈云寺，她听说，这里的菩萨十分灵验，只要抢到新年第一炷香，所许的愿望就能实现。

龙宝贝如愿抢到了，与其说是抢到，不如说是抢到的人最终让给了她。

龙宝贝许愿孩子能快快好起来，可神灵并没有怜悯这个突如其来的信徒，当她和郑晓凯满心忐忑地坐在莫医生面前，她在心里一万亿次的祈祷终究还是换不来一个好消息：引流管里还是不断有液体流出，说明破裂的地方仍旧没有长好。

又是长达半个月的等待，龙宝贝无心写作，无心吃饭，无心睡眠，整个人既消瘦又憔悴，郑晓凯找了份新工作去上班了，孩子平均每天两三千的医药费像是一个大漏斗，他那十万存款瞬间显得微乎其微。

高明义让高琳送了一个五万块的存折来，龙宝贝想志气点不去接，可医院已经通知她过去补费了，在孩子的生命面前，她的骄傲早就不值钱了。

龙宝贝去医院续费的日子，龙雪花递给她一个存折："这个存折本来是要给你办嫁妆的，但妈妈怕你将来婚姻不幸福，就想着留给你防身了。"

龙宝贝不敢告诉她自己收了爸爸的钱，只能一个劲地掉眼泪，将两人各给的五万块悉数存进了医院。

那天，郑晓凯要上班，龙宝贝续完费没有马上回家，而是一个人坐在家属等候区的长椅上胡思乱想着：会不会医生突然打电话说宝宝已经好了，让她接孩子回家?

龙宝贝想着想着，殊不知自己正咧着嘴傻笑，当意识到身边有人在奇怪地看着自己，她的泪水再次汹涌而出。

四十六：手术

又到了去听消息的日子，龙宝贝坐在郑晓凯旁边，将手放在他的手心里，莫医生面有喜色："三天前引流管里就差不多没水了，差不多就三四毫升吧，我准备今天给他喂点水，看看漏不漏，你们明天上午过来听消息吧！"

龙宝贝的心情像是四月花开，灿烂无比，两个人露出了一个半月来第一次舒心的笑容，郑晓凯捧着她苍白消瘦的脸，带她去香满阁点了她最爱吃的菜色，又去恋爱时常去的公园晒太阳，两人你一句我一句地保证着：

"我保证，等宝宝出院了，我再也不嫌他晚上睡觉吵，再也不批评他不好好吃奶了。"

"嗯，我们好好照顾他，弥补他这一个多月受的苦。"

"我们一家三口好好过日子，我要好好写稿子，再也不乱花钱，把钱都攒起来，给他买吃的，买玩具，买衣服，我们再也不吵架了，要让他生活在最幸福的家庭里。"

……

所有的愉快只如那天午后的暖阳，转眼消逝，第二天，两人紧张而急切地赶到医院，莫医生一脸凝重地看着他们："喝下去的全漏了……建议你们还是换家医院看看吧，孩子太小，这样长期断食，只怕治好了也会严重营养不良。"

龙宝贝像是从半空中跌入了谷底，后背又是一阵发凉，郑晓凯顿了顿："莫医生，如果动手术……"

龙宝贝的心颤了一下，动手术？在宝宝的肚子上切开一道口子？她知道那种痛，她死也不要孩子受这个苦。

"我说过，乳糜管不比别的病，它有很多淋巴分支，粗细像头发丝那样，找到的可能性为零，而且，我们无法估算破口有几处，就算用腹部探查，孩子受创会很大，手术成功的可能性也几乎为零。"

两个人不再说话了，莫医生沉默了一会儿："这样吧，孩子在我手上治了一个半月，我也不想就这样放弃，再断食两周，如果还是不行，那就……"

龙宝贝和郑晓凯坐在家属等候区，来时的激动全没了，有气无力地坐在那里一动不动。一旁的大门被急切地推开，一个高个子男人抱着一个婴儿闯了进来，几个医生跟在后面，婴儿被放进了护士推出的氧气床里，医生们推着孩子快步进了手术室，男人被挡在了门外，只能坐在长椅上。

一切进行得忙碌而又有条不紊，龙宝贝和郑晓凯看完这一切，重新低下头来，不到两分钟，一位医生隔着玻璃窗在里面喊着什么，高个子男人跑了过去，医生递给他一张纸："快签字。"

龙宝贝的第一感觉是：免责书。

男人看也没看，一边签一边问："我孩子能治好吗？"

"能活下来就命大了，还想治好？"医生说完，头也不回地跑回手术室。

龙宝贝和郑晓凯同时心里一紧，龙宝贝正要说什么，刚刚出来的医生又跑了出来，冲高个子男人喊道："抢救无效，进来见最后一面。"

这是龙宝贝第一次真真切切听到这样无情的宣判，医生的脸是麻木的，男人的脸是痛不欲生的，身边的一切像没了声响，变成黑白的哑剧，良久，不知什么时候从手术室出来的男人坐在地上号啕大哭的声音让龙宝贝猛地清醒过来，她的心像结结实实挨了一鞭子，很痛很痛，痛得她无法呼吸，身体似是坠入了万丈深渊。

两周过去了，龙宝贝和郑晓凯又坐在了莫医生面前，龙宝贝迫切想要将莫医生下垂的嘴角弄得弯翘起来，她再也不想听到任何坏消息了……

“这个消息我很不想说，但没办法，昨天给他喂水了，今天还是漏了出来，再这样治疗下去也不会有什么结果了，你们明天把孩子的衣服带过来，准备出院吧！”

“出院”是龙宝贝想了几十个日日夜夜的宣判，却没有想到可以有跟治愈截然不同的结局。

郑晓凯让龙宝贝先出去等着，龙宝贝坐在家长等候区里，时隔两个月，原来和他们一起等在外面的家长走了大半，换上了新鲜的面孔，而这些家长当中，有多少是欣喜地接了孩子出院，又有多少是垂泪接受可怕的现实？

龙宝贝看着郑晓凯从接见室出来，突然很不想走近他，不想听他说任何话。

“我跟医生说了，动手术，就算成功的可能性为零也要做，不然我们会遗憾一辈子，你答应我，手术之后，就算孩子没有治好你也不要胡思乱想，我们已经尽力了。”

龙宝贝看着他，心里很乱，这是要赌一把吗？拿孩子的生命做赌注？可是，如果不赌，她如何能将活生生的他抱回家，然后看着他的生命一点一点地流逝？

龙宝贝突然想到一个问题：“做手术得多少钱？”

郑晓凯努力做出拽拽的样子：“钱的事我来解决，你照顾好自己等着孩子出院就行。”

龙宝贝想了想：“做手术的事情对谁都得保密，我妈最近身体特别不好，我怕她担心，还有，不要告诉你爸妈，我不想见到他们。”

郑晓凯张了张嘴想要说什么，终于还是沉默了，无可避免要面对沈春华那边的爆发：“孩子到底怎么样了？什么叫还在治疗？治来治去没个结果，这家医院肯定是骗子！还有你老婆，她凭什么不让我们去看孩子？那是我孙子！”

郑晓凯无力反击：“你们去了医院也不让见，再说了，那件事情本来就是我爸不对。”

“你爸怎么不对了？你这胳膊肘往外拐的混球！你爸会那样说不是没有道理的，还不是因为你上头两个哥哥都没养大，他给弄得有阴影了？”沈春华说到这里，眼泪出场了，“我们对那孩子是心肝儿似的疼都疼不过来，还能咒他不成，你这个混账东西，养你这么大，爹妈的话不相信，别的女人说什么你信什么！我是作了什么孽啊……”

郑晓凯唯有将他们的话搬给龙宝贝听，龙宝贝一脸漠然：“郑晓凯，我只想孩子快点好，只想和你一起弥补他，至于其他人，我只求他们不要来打扰我的生活。”

手术被安排在第二天下午，那是个阴雨绵绵的初冬，空气里凝着湿气，郑晓凯请了假，公交上的半个小时，两个人沉默不语，下了车，路边有热腾腾的的蒸玉米卖，郑晓凯帮龙宝贝买了一个，既能果腹又能取暖，一举两得了。

手术漫长的三个小时，龙宝贝的手里就拽着这个玉米，将一粒粒的玉米粒剥下，每一粒都剥得无比用心与细致，像是一场赌局，只要所有的玉米粒都完好无损地被剥下，孩子便能痊愈了。

手术进行了两个小时，一个医生隔着玻璃窗传话：“22床家属！”

郑晓凯和龙宝贝跑了过去，医生往电梯门指了指：“爸爸上三楼手术室，妈妈不要来。”

龙宝贝看着郑晓凯进去，一个戴着口罩的女医生冲她摇手：“妈妈不能进来。”

手术室的门哐当一声合上了，龙宝贝突然想起半个月前那个高个子男人，手心一阵冰凉，这样的结果她不是想不到，只是就这样赤裸裸地去面对……天！她该如何想象往后的生活？

许久，手术室的门开了，郑晓凯走了出来，一脸凝重。

“找不到？”

“找到了。”

“真的？”龙宝贝惊喜地站了起来。

郑晓凯点点头：“找到了一处，但他们不敢保证只有一处裂口。”

龙宝贝的笑容收起又展开，展开又重新收起，而郑晓凯的脸色却始终凝重：“你是不是有什么事情瞒着我？”

郑晓凯摇摇头：“没有，只是刚刚看到孩子被剖开的肚子，心里难受。”

龙宝贝不再说话了，两个人静候在手术室外等候。

手术很成功，之所以能找到裂口，是因为裂口处长期没有愈合，在腹腔液体的浸泡下发炎变成了乳白色，医生说有三天的危险期，要住在加护病房，具体术后效果如何，要等五天后看喂食效果。

四十七：这样懂事的我，你可还满意？

度日如年地数过了三天，又心心念念地过了两天，龙宝贝打扮一新，穿上龙雪花给她买的新裙子，连鞋子都换上新的了。

“从今天起，让那些霉运都闪开！”龙雪花帮她拾掇了一会儿，越看越喜笑颜开，“看看，谁看得出你生过孩子？这身段，这皮肤，尽得我龙雪花真传了。”

龙宝贝一开始觉得没必要，等到了医院，看到捧着鲜花水果，一脸笑意的林玫，顿时觉得这身衣服还不够郑重其事，脸上的妆还不够精致，高跟鞋的款式还不够新潮，总之，从内到外，她生生被比下去了。

“晓凯今天工作很忙走不开，我来替他陪你听结果，你不介意吧？”林玫笑得很官方，恨不得露出几颗牙都严格要求，龙宝贝淡淡一笑，对她称呼自己老公为“晓凯”满心的不自在：“我老公有您这样热心的客户，是他的运气。”

林玫诧异地愣了一下，转而笑了起来：“晓凯没跟你说呢？呵呵，我

已经不是他客户了，几个月前他就跳槽到我北京的公司帮忙了，让你们两地分居那么久真是不好意思，不过没有关系，我们公司的业务现在拓展到了本地，他以后可以长期留在这边了。”

龙宝贝怔住了，极力想要掩饰脸上的惊讶与不快，心脏却一阵阵抽搐：郑晓凯去北京的那三个多月，居然是和林玫在一起？他匆匆回来领证，回家的日期一拖再拖，她可以理解成是林玫的牵绊吗？呵！她的郑晓凯居然有秘密了，多出息，在她为了他尝尽妊娠的苦头，当她在病房里痛不欲生地挣扎，当她因为照顾孩子疲惫不堪几度发狂，他在做什么？她不愿再联想下去，不愿让那些龌龊肮脏的画面破坏她迎接儿子新生的心情。

龙宝贝死也不想跟林玫一起分享这个期待已久的好消息，偏偏林玫表现得很是高兴，对莫医生再三感谢，倒好像龙宝贝只是个路人，而她才是孩子的妈妈。

莫医生貌似对她颇有好感，两次问龙宝贝她是孩子的什么人，第一次，龙宝贝假装没有听到，第二次，龙宝贝扯开了话题，她突然感觉自己作为女人的尊严受到了侮辱，她比林玫年轻漂亮又怎么样？她终究已经是个结过婚，生过孩子的女人，莫医生是这样认为的，大概，郑晓凯也是这样认为的。

“真遗憾，我还以为可以见见孩子呢，听晓凯说，他长得很可爱。”

龙宝贝闷着头走路：“他住的是新生儿科，除非做检查，平时是不让见的。”

林玫的声线依旧欢快：“没关系，明天出院我来接他，我猜他一定长得像晓凯。”

龙宝贝闷闷地不去接话，心里的憋屈令她脑袋发涨，林玫从包里掏出手机接听电话，龙宝贝想趁机说拜拜，林玫热情爽朗的声音却如利剑般刺入她的耳膜：“嗯，我跟她在一起呢，吃饭？嗯，好，就去我们俩常去的那家吧！”

龙宝贝心中一遍又一遍地冷笑，她对郑晓凯真的了解吗？他跳槽快半年了，她一无所知，他跟另一个女人有“常去的那家”，她一无所知，她就活生生站在那里，他宁可打其他女人的电话通知吃饭也不打她的……

龙宝贝大大方方地上了林玫的车，她很想看看郑晓凯当着她的面跟林玫是如何相处的，她更想知道，这个三十岁的女人哪里来的自信要抢走她的男人。

日本料理店。

当龙宝贝走到店门口，不禁一愣，就在这里，她买过寿司让程祥带给郑晓凯，还满是得意地问他："怎么样？不错吧？我找的可是好地方哦。"

好地方？他可比她熟多了。

龙宝贝和郑晓凯并肩坐在一起，林玫在郑晓凯正对面，龙宝贝突然发现，这个位子不论怎么坐都是别扭的：林玫和郑晓凯并肩坐，她难受，林玫坐在郑晓凯对面，看着他俩面面相对她难受，她和林玫坐一起，更更难受。

"听晓凯说，你喜欢吃火锅？"林玫问。

"嗯。"

"下回请你吃火锅如何？小凯不太喜欢吃火锅，他更喜欢吃日本料理，尤其是生鱼片。"

龙宝贝一笑："是吗？看来你比我更了解他。"

林玫笑道："他之前为了讨好你，没少陪你吃火锅呢，其实，喜不喜欢吃不重要，重要的是愿不愿意陪对方吃。"

龙宝贝看了郑晓凯一眼，不再说话。

龙宝贝坚持要步行回家，快入春了，天气不温不冷，长街上，热恋中的男女相拥着前行，这一切仿似都离她很远很远，第一次，她在爱情上有了挫败感，恐惧感，过往的自信与骄傲此刻看来十分可笑，她就像个自作多情的小丑，沿街秀恩爱，殊不知身边的那个人，早已是貌合神离。

刚刚在餐厅里没怎么吃，路过一家新开张的火锅店，龙宝贝朝那儿指了指，声音冷冷淡淡的："郑晓凯，陪我吃火锅吧！"

郑晓凯微笑着皱眉："刚刚吃太饱了。"

龙宝贝冷笑，侧过脸用看陌生人的眼神看着他，他的眉眼，鼻子，唇，还是如往昔那般，可就是因为他的皮囊毫无异样，她心中的愤怒越是膨胀："如果是她要你陪呢？"

郑晓凯知道她说的是谁，用不可理喻的眼神瞅了她一眼。

“为什么你跳槽了却跟我说是出差？”龙宝贝用陌生而冰冷的眼神瞥着他。

“你就是为这个刚刚摆着张臭脸？”

龙宝贝盯着他的眼睛，好像他所有的谎言都会由此暴露：“你今天可以不说，但以后就不要再来解释！”

火锅店里，锅底翻滚着热气，啤酒静静摆在那里，郑晓凯帮她开了一瓶，龙宝贝推去一边：“不喝，孩子明天出院要喂奶。”

郑晓凯闷闷地将酒瓶收了回去，龙宝贝瞥着他的脸，不自觉一阵厌恶，这个满口谎言的男人，她还能指望从他嘴里听到什么冠冕堂皇的借口呢？

“还记得我的第一份工作吗？她是面试官之一，当时她主张留下我，另外一位面试官不同意，虽然最后我还是被留下了，但没过多久她辞职出国了，我在公司到处受排挤，所以辞职了。去年，她回国做项目找到我当时的公司，指定让我负责，还用自己的关系帮我接私单。”

“她对你真好，不但对你好，对你的家人也好，不但帮蓉蓉介绍了工作，还帮你姐夫创业……”

郑晓凯叹了口气：“你都知道了？”

龙宝贝没有回答他：“所以，你是想告诉我，你跟着他去北京是为了报恩？”

“不完全是，一方面确实是因为她帮了我太多，另一方面，我真的很想有自己的事业，其实，她在北京的公司我不仅仅是去帮忙，她给了我百分之十的股份……”

龙宝贝看着他的眼睛：“哦，难怪……”

“难怪什么？”

“有这样温柔懂事又能干的人在你身边为你的事业冲锋陷阵，难怪你会对我厌烦，跟她相比，我简直是你的绊脚石。”龙宝贝苦笑。

郑晓凯一本正经：“你别乱想，我不告诉你是怕你会误会。”

龙宝贝酸涩地想：郑晓凯担心她会误会，说明在他心目中，林玫有值得她误会的本钱，他心里必定是欣赏她的。

龙宝贝忍不住笑了起来，笑她高估了自己，笑她蠢到以为他们的爱情不同于别人，是可以天长地久，排除一切诱惑的。她的心里一遍又一遍痛骂着：“郑晓凯，你他妈就是个混蛋！我为孩子的病哭得死去活来的时候，你跟别的女人品尝日本料理，喝红酒，搞暧昧，你想过我吗？你想过孩子吗？”

可她不能，她知道郑晓凯已经不是过去的郑晓凯了，他要面子，要信任，要尊重，她大呼小叫的样子只会遭他厌烦，他不会像往常那样赌咒发誓地来求她原谅，只会骂一声“疯子”，然后头也不回地离开。

她突然发现，她竟已经不再害怕他的离去，到底是从什么时候开始，她已经慢慢接受了郑晓凯不再属于她的现实？

“我相信你跟她没有什么，是因为我愿意去相信，我不想我们的孩子像我一样从小没有爸爸，你一个月内离开公司，只要你永远不见她，以前的事情我就当没有发生过。”龙宝贝抹去眼角的泪迹，看着他轻笑，“这样懂事的我，你可还满意？”

龙宝贝大学时和一个室友讨论过老公出轨的问题，当时的她格外自信：“能被我龙宝贝看上的男人，那该晨昏定省地烧高香酬神，怎么可能出轨？”

“那如果是外面的女人主动勾引的他呢？”

“那也该守身如玉宁死不从，在被扒光衣服之前咬舌自尽或是一头撞死。”

“万一从了呢？”

龙宝贝笃定地摇头：“那我是决计不要的，我有处男情结，别说上过床了，即使脑子里对别的女人意淫过也不会原谅，精神出轨一样可耻！”

当初那番豪言壮语此时想起分外讽刺，只因她已从当初那个追求者众的香饽饽沦落为无人问津的烂白菜。

四十八：闹剧

出院后的龙龙肚皮两侧有一深一浅的凹陷，是之前插引流管留下的，肚皮正中是嫩红的缝合口，三寸长，歪歪扭扭，触目惊心。龙宝贝每次给孩子洗澡都会不自觉看着他的肚皮发呆，然后抱着孩子的小脸亲了又亲，眼泪滑到了孩子嘴里，孩子吧唧吧唧嘴，好奇地看着她哭红的眼。

孩子出院后，龙宝贝变得沉默了，终日抱着他瞅，看着他由出院时的皮包骨长出了一点点泡泡肉，成就感十足，挖空心思为他做吃的，恨不得每天量一次身高，称一次体重。

郑晓凯每天要打三次电话回家，中午一次，下午一次，晚上下班一次，先是问孩子好不好，吃得多不多，接着问龙宝贝在做什么，闷不闷，龙宝贝回答得很简短，带点刻意的疏远，可挂了电话又忍不住后悔，难道要孩子刚踏出鬼门关就在岌岌可危的家庭里祈求温暖吗？抹了把泪，暗暗保证下次打来电话，一定会和颜悦色地多聊几句，如此反复。

龙宝贝对郑晓凯加班十分敏感，只要郑晓凯说不回家吃晚饭，她便不

由自主地想到那家日式料理的暖色包房，想到林玫含笑帮郑晓凯弄生鱼片，她就像是被逼着吞了一只支离破碎的苍蝇，尊严、骄傲全跟着鲜血淋漓。

龙美丽从北京回来已经一个礼拜了，回来过三四趟，每次都给孩子买成箱的奶粉和辅食，听龙宝贝说没准备给孩子补办满月酒，这次回来又买了长命锁和银镯子，一进门，将孩子抱在手里亲个没完。

龙雪花在一旁叨咕："行了行了，孩子皮肤薄，左亲右亲不嫌累得慌。"

龙美丽知道龙雪花是对自己长时间玩失踪不乐意了，将亲吻的目标转移到龙雪花身上，嘻嘻笑着抱着龙雪花甜言蜜语："妈，我在北京买房了，给您安排了一间朝阳的主卧，够意思吧？"

龙雪花吓了一跳："你哪儿来那么多钱？"

龙美丽低着头稳了口气："宋境送您的……"

龙雪花愣了好一会儿才想起这个名字的主人，气得蹿起身就往龙美丽的头发上揪，龙美丽吓得躲到了龙宝贝的身后，龙宝贝怀中熟睡的孩子赫然挡在中间，龙雪花气得直喘气："你……你……孽障啊！你怎么对得起程祥那孩子？啊？你是要逼得我跳楼才好啊，我没脸见人了，没脸了！！！"

龙雪花开始捶胸顿足，龙美丽上前将她的拳头拉开："妈您别这样，一会儿人家过来看见了多不好……"

龙雪花又一愣："什么？你还让人家上家里来？你……"

龙雪花转身往房里跑，龙美丽和龙宝贝连忙跟上去，只见龙雪花拉开床头柜，从里头拿出一只精致的饰品盒，扯出里头的金项链就往嘴里放，姐妹俩吓了一跳，赶紧去挡，龙美丽眼疾手快地将项链夺了下来，恼得面红耳赤："妈！我跟程祥一开始结婚就是个错误，我跟他个性不合，在一起不会幸福的！"

"什么个性不合？一开始你怎么不说？你这样伤人家的心，你怎么过得安生？"龙雪花气得眼泪都掉了下来。

"我承认一开始是我异想天开了，我只想找个对我好又有本事的，有错吗？妈，宋境是真的对我好……"

"你是成心想气死我？他有了老婆和家庭，就没有资格再对你好，美丽啊，你别傻了，趁程祥还不知道，赶紧跟姓宋的断了，他就算能送你再多房子再多钻石，他给不了你一个家的。”龙雪花苦口婆心，她宁可自己的姑娘一辈子嫁不出去，也不愿她成为破坏别人家庭的罪人，可命运轮回，这是在作孽啊。

龙美丽十分决绝：“妈，我决定了，而且……我和程祥昨天已经离婚了。”

龙美丽笃定地撇过脸，这样的决定，不是一天作下的，她何尝不纠结，不感念程祥对她的好？可那种好不是她所向往的，她所需要的安全感与崇拜，只有宋境能给她。

曾经，她也不屑于当他人婚姻的老鼠屎，曾以为，找个对自己死心塌地的，即使资质平庸，在她的调教之下，终究能令她崇拜。程祥的自作聪明，单纯固执，无疑令她的美梦成了噩梦，去北京的第二天，公司安排她和合作方见面了，竟是宋境，那时她才知道，如今的公司那样大力捧她，全是宋境在背后支持。

她没有后悔那晚跟着他去了酒店，她唯一愧疚的是，一开始就不该让程祥卷入这场纷乱。

昨晚，她将程祥约了出去，而没有去他俩的小窝，她请他吃昂贵的西餐料理，喝名贵的红酒，好像只有这样，她的愧疚才可以少一点。

程祥只是一味看着她笑，却将餐盘移去一边：“一会儿我请你吃自助吧，这里的东西太不实在了，又贵量又少，我知道这附近有一家自助火锅店，一个人只要59块，可以随便吃……”

龙美丽听不下去了，再次坚定了离婚的决心，她直入主题：“我有外遇了，我们离婚吧。”

程祥的娃娃脸瞬间变得通红，呼吸久久不能平复，龙美丽努力使自己的语气平淡下来：“那两百万的债我已经还了，你不用有负担，房子你可以继续住，我搬走就行。”

程祥的右手紧紧扣住玻璃杯：“你是不是还在为我被骗那件事生气？我承认我是没有做生意的头脑，但并不代表我给不了你幸福，好，美丽，我承认你以前说的都对，我对未来没有规划，我已经明白了，真的明白了，你走之后，我一直在念游戏晋升课程，我有目标了，我会成为很出色的游戏设计师……”

龙美丽久久沉默着，心里深深塌了一块，她一直觉得自己是理智的，原来只是相对于龙宝贝而言，她仍是幼稚的，所以才会拿婚姻当赌注，输掉的却是他人的幸福。

“那就好好努力吧，你会遇到真正适合你的，不论是事业还是另一半。”

程祥的脸如抽去所有温度与气息的木乃伊，深深凝视着她，她的脊背挺得直直的，眼神坚决而冷漠，令他的心坠入冰窖冻成冰块，再被一点一点砸得粉碎：“行，你觉得好就行。”

这样就算是分手了，只等着那殷红的印章砸向两人亲密的合影，身心俱痛，一切就算结束了。

龙雪花因为怄气，晚饭都没吃就把自己关在房间里了，这样的状况下，龙美丽只好给宋境打电话：“我妈今天不舒服，改天再来吧？”

宋境倒很明白：“改天我再向阿姨道歉。”

姐妹俩坐在客厅里，孩子在龙宝贝的怀里睡去，眉头微皱着，龙美丽用指尖触着他的眉头：“孩子名字起好没？”

龙宝贝嗯了一声：“昨晚跟郑晓凯一起在网上查了好久，叫郑辰良，希望他今后的时光都会美好。”

龙美丽的目光落在龙宝贝的脸上：“你跟郑晓凯怎么样了？”

龙宝贝在孩子的屁股上轻轻拍了拍，自打从北京回来，龙美丽对郑晓凯的态度总是怪怪的，郑晓凯见了她也不怎么说话，两个人十分默契地在这个家里形同陌路，龙宝贝冷眼瞧着，却没有多问什么，好像以她和郑晓凯现在的关系，去打听有关他的任何事情都显得多管闲事：“孩子都这样了，还能怎么样？过一天是一天吧。”

龙宝贝嘴上这样说，心里却是一片混沌里透着明朗，她和郑晓凯就像是云淡风轻地活在炮火里，齐心协力地照顾着孩子，不提过去，不论未来。龙宝贝怀疑，这样的平和是不是自己的沉默和郑晓凯的小心殷勤换来的。

龙美丽不再说话了，脑子里千头万绪，可理智告诉她，还是当作什么都没有看见吧，或许，她的“刻意包庇”能成就龙宝贝婚姻的圆满呢？

“既然他已经回来了，你就不要再为以前的事情别扭着了……对了，郑晓凯现在在哪儿上班？”龙美丽欲言又止地组织着词汇。

“之前在北京的那家公司将业务转到了这边，他以后不用去北京了。”龙宝贝低低地说了声，“你和程祥……”

“别提了，就当是一场闹剧吧，我相信，分开后，对我俩都是一种解脱。”

龙宝贝看着孩子的脸怔怔地发着呆，如果她和郑晓凯分开，会不会也是一种解脱呢？可这是她眼下不敢尝试的，今时今日，她龙宝贝是否爱着郑晓凯已经不重要了，重要的是，孩子需要亲生父亲，孩子，妈妈接下来的时光就是为你而活了。

四十九：那些不忍心放弃的爱情

孩子出院一个月后要回医院做复查，郑晓凯主动请假陪龙宝贝一起去，龙宝贝没说好也没说不好，她突然失去了和郑晓凯沟通的本能，太活跃了显得做作，太沉闷了显得尴尬，她挖空心思也找不到当中适如其分的那个度。

龙宝贝幻想过无数两人冰释前嫌的戏码，例如哪个特殊的日子，郑晓凯找借口将龙宝贝约出去，带她去吃大餐，看一场以珍惜眼前人为主题的感人电影，送她玫瑰花，如往常一样在电影院里吻她；或者哪天龙宝贝病了，郑晓凯悉心照顾她一夜，等到清晨醒来时，两人默契一笑；又或者哪天龙宝贝趁郑晓凯回家之前故意单独跑出去，沿着街道漫无目的地溜达，走到步行街转角的位置，两人巧合地相遇了，对龙宝贝来说，这算是男女主人公初识的场景，她愿意和郑晓凯重新开始，忘记过去和他爸妈的争吵，忘记两人恶言相向地对骂，忘记郑晓凯和林玫之间的暧昧。

龙宝贝想，如果给她机会重新来一次，她绝不会去见他的父母，也不

会生孩子，而是拼了命地快活人生，拼了命地充实自己，让永远新鲜的魅力留住爱情，可这一切的幻想，终归是回不去了，她的人生列车，刹车失灵了。

医院里，龙宝贝始终抱着孩子不松手，郑晓凯将她安顿在角落一个位置坐下：“你坐在这儿别走，我去挂号。”

龙宝贝低低地嗯了一声，拿出包里装白开水的瓶子，郑晓凯接了过去，试了试水温：“有点凉了，等会儿，我去加点热水。”

说完，快速消失在人潮里。

“你老公可真细心。”身旁一个抱着孩子，穿红外套的女人啧了啧舌头，满是羡慕地夸赞，龙宝贝淡淡地笑，不作评论。

红外套女人却没有停止交流的意思，接着说：“我老公啊，结婚三年了，成天东游西荡的，不好好工作，家里没钱花了也不闻不问，孩子才半岁，三天两头生病，别说筹医药费了，他连看都懒得看一眼，相比起来，你幸运着呢，怎么还一副不乐意的样子，看着我心里更难受了……”

对方半玩笑半认真的话让龙宝贝一时不知说什么好，只能淡淡地说一句：“嗯，他是挺好。”

他是挺好，他下班回家第一件事就是洗手抱孩子，吃饭时也精力充沛地抱着孩子；孩子半夜吵闹，他会在龙宝贝有所动作之前嗖地翻身起床给他检查尿布，冲牛奶，把孩子的脑袋靠在他的肩上顺气，等孩子熟睡了，再悄悄放回龙宝贝的怀里，一气呵成；他会一步一步扶着龙雪花下楼，陪她晒太阳聊天，帮她跑腿儿买零嘴儿，做一切他过去觉得低三下四讨好人的“下作举动”。

可是……他是挺好？龙宝贝讶异于自己会这样评价郑晓凯，在过去，她不是能一口气说出他无数的好来？不是可以幸福洋溢地宣告全世界：再也没有人比郑晓凯更好了，我要一辈子和他在一起！

这样的话，或许她再也说不出口了吧，龙宝贝恍然懂了：原来这就是婚姻，这就是成长，他们在彼此的心口划下了伤口，然后拼命改变自己去迎合，去弥补。

那天，医生捧着B超结果说一切正常，腹腔里没有发现积液，郑晓凯露出激动的笑，眼角泛着晶莹的光芒，一只手紧紧扣住龙宝贝的肩，一只手小心地护在孩子的脊背上，那一刻，也不知是气氛太过温馨还是红外套女人的话起了作用，龙宝贝的心里洋溢着满满的暖意，像是心口的芥蒂被不痛不痒地拔去，只留下一片平和的安宁。

回去的路上，郑晓凯佯装突然想起的样子说："龙龙快四个月了，都没好好拍点照片，什么时候带他去拍一组吧。"

龙宝贝的声音比之前多了一点热度，帮孩子擦了擦晶亮的涎水："之前我们拍婚纱照的地方可以免费给孩子拍留念照。"

"那里拍婚纱照还行，拍小孩子的不专业，我来找地方，花不了多少钱的。"郑晓凯笑意颇深，那刻意的讨好令龙宝贝满心不忍："你决定吧。"

那个周末，郑晓凯领着龙宝贝和孩子去了一家儿童摄影店，龙龙被穿上可爱搞怪的衣服，在指导阿姨的挑逗下第一次发出了咯咯的笑声，让一旁的龙宝贝看得有些发怔：她的宝贝，她的郑辰良会发出笑声了。

"爸爸妈妈可以去换衣服了，下一个场景拍亲子主题。"摄影师回头冲郑晓凯说，龙宝贝慌忙摆摆手，"不了，只用拍孩子就行。"

许久没有沾化妆品，她的皮肤有些干燥，头发也没有发型可言，这样的"黄脸婆"形象，可怎么好意思拍下来？更何况，她不知道该以怎样的姿势站在郑晓凯的身边了……

郑晓凯提过一旁的包装袋，自然地拉过她的手："走吧，我衣服都准备好了。"

是胸前画着卡通图案的亲子装。

过去打死都不愿穿情侣装招摇过市的郑晓凯居然会买亲子装，龙宝贝不争气地红了眼圈，因为她看着郑晓凯的努力改变而冷漠以对太久，她要他怎么样呢？她还想要他怎么样呢？她知道，她终究是原谅他了，他们需要牵着彼此的手给对方力量，慢慢暖热这段如履薄冰的感情，为他们不甘心就这样放弃的爱情，也为不忍再让其经受一丝伤害的辰良。

五十：哥们儿真心羡慕你

在一家人前呼后拥的照顾下，龙雪花的身体貌似好转了一些。

自打龙美丽和程祥离婚后，龙雪花每天吞药片的次数更多了，她给程祥打电话，让程祥有时间过来玩儿，程祥仍旧实在，当天晚上就跑了过来，买了她最爱吃的胖头鱼煮汤。

龙雪花躲在房里给龙美丽打电话，让她晚上回家吃饭，龙美丽不知道里头有诈，风风火火地奔了回来，打开门，正对上程祥笑吟吟的脸。

“我来看看阿姨。”程祥笑得很自然，来这里之前，他已经做好遇到她的准备了。

龙美丽有些尴尬，转身关好门，假装随意地问了句：“最近还好吗？”

程祥嗯了一声：“挺好的。”

龙美丽哦了一声，屋子里安静得教人难受，连最近咯咯笑个没完的龙龙都沉默地盯着电视机，好像存心跟她这个姨妈过不去。

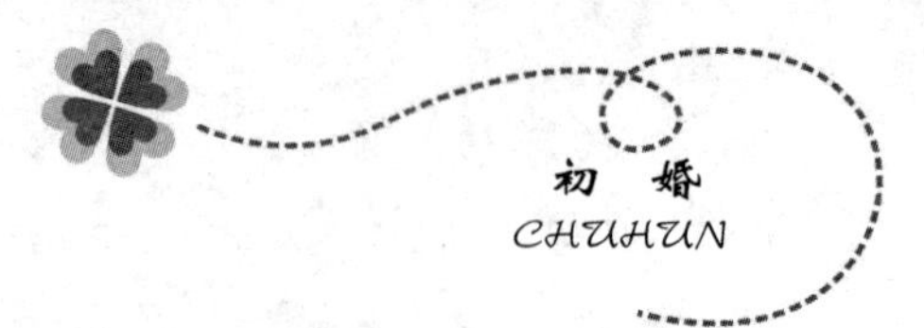

龙美丽将包包丢在沙发上，给孩子买的棉袄和围嘴放在茶几上，程祥在摆菜，郑晓凯进去帮忙盛饭，龙美丽嘴里逗着龙龙，耳朵还是不自觉听到了厨房里的动静。

先是郑晓凯问了句："找到工作没？"

接着是程祥一贯稚气的声音："没找，在念书。"

郑晓凯莫名其妙："念什么书？"

"游戏编程晋升课程。"

接着是龙雪花的声音："念书是重要，有时间还是来家里看看，美丽那个死丫头……"

龙美丽一阵心烦，扬声喊了句："妈！饿死了！到底吃不吃饭啊！"

龙雪花从厨房里冷哼一声："饿了自己不会来端？惯得你！谁都欠你似的……"龙雪花冷嘲热讽完，又温和地对程祥说，"说好了，常常来，妈给你和凯凯做拿手菜。"

程祥嘴上轻快地应着，眼睛却无奈地瞥向郑晓凯，郑晓凯给他鼓励一瞥，端着碗走了出去。

饭桌上，龙雪花当着龙美丽的面一连吞了九颗药片，接着长叹一口气："我这身体是一天不如一天了，也不知还能活多久，能跟两个姑娘女婿还有外孙一起吃饭，只怕是吃一顿少一顿了。"

这番话无疑是冲着龙美丽去的，气氛一度有些尴尬，龙宝贝假装龙龙闹腾了，抱起来抖个不停："乖啦乖啦，怎么不高兴了？"

龙雪花偏过脸瞥着她，龙宝贝心虚地抖着，无奈怀里的孩子太不配合，始终如一地嘟着嘴四处打量，没有一点要闹事的样子，龙宝贝只好闷闷地坐了下来："妈，您会长命百岁的。"

龙雪花轻哼了一声："长命百岁有什么用？儿女孝顺懂事，活到六十我就满足了，遇着你俩这样不省事儿的，我少活一天就是多享一天福了。"

龙宝贝郁闷地翻了个白眼儿，怎么好端端扯她身上来了？

龙美丽抿抿嘴唇，刚要对龙雪花自作主张叫来程祥的事儿发黄牌警告，程祥已经抢在她前头，满是温顺地对龙雪花说："妈，我今后还是叫您妈吧，我给您当干儿

子。”

龙美丽怔了怔，闷闷地埋下脸不作声，龙雪花看了看程祥，又看了看龙美丽，恼恼地叹了口气：“到底是我没福气……”

吃完饭，郑晓凯送程祥下楼，两个人去对街一家馆子里喝啤酒，这是大学时常有的课余活动，时隔几年，当初那份豪情万丈早已不在。

“好怀念大学的日子……”程祥感慨了一句，接着笑了起来，“前三年还好，大四的时候就见不着你人影了，想要找你，打龙宝贝的电话一逮一个准，哈哈。”

郑晓凯看着他，深叹一口气：“龙美丽的事儿，其实我比你早知道，我回来跟龙宝贝领证回北京的第二天，在酒店的电梯上见到她和那个男人在一起，就是那么巧，我当时和林玫在一起，我猜直到现在她都认为我跟林玫去酒店跟她和那个男人去那儿的目的一样。”

程祥直视他的脸，郑晓凯向他摆摆手：“别这样看着我，我说不是就不是！”郑晓凯叹了口气，“我跟她都没有说破，大概是她也看出我跟龙宝贝的关系岌岌可危了，只要一根导火索，我俩准完蛋。”

“你就不该在她最需要你的时候去北京。”程祥闷闷喝了一杯。

“你是不会，你只会死心塌地守在龙美丽身边，没有自我没有事业，结果呢？”

“龙宝贝跟龙美丽不一样。”程祥闷闷地点了根烟，“她可以接受你没有事业，但不能接受你背叛你们的感情，而龙美丽，她比龙宝贝想要的多得多。”

郑晓凯将酒杯倒满，跟他的碰了碰：“别想了，你跟龙美丽不合适，这是迟早的结果。”

程祥点头：“我同意，我跟她真的是不合适，念书的时候我们就不合适，她成熟，我幼稚；进了社会，我们更不合适，她上进，我懒怠，我现在难过的不是我和龙美丽怎么了，而是我他妈居然到现在才发现我跟龙美丽从来就没在一条水平线上待过。”

郑晓凯拍拍他的肩，程祥摇摇头：“没事儿，我跟龙美丽是瞎折腾没后路了，你跟龙宝贝不一样，隔了这么多年，我居然还是最想说那句话：哥们儿真心羡慕你。”

郑晓凯苦笑着闷下头：“我跟龙宝贝……行，你看着我俩是好的那就是好的。”

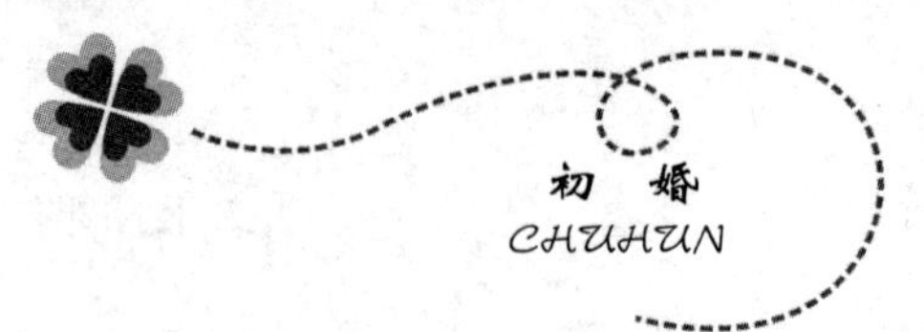

对于龙美丽和程祥，龙雪花是操碎了心反倒溅了一身烂泥，指桑骂槐的气恼话说多了，自己也觉得无趣了，眼瞅着龙宝贝和郑晓凯日渐亲密的变化，好歹有了点安慰，对着龙宝贝长吁短叹。

“你俩走到今天也不容易，我也不多说什么了，当妈的，只愿你过得好，以后，千闹万闹先要想想孩子，女人，说到底是为孩子而活的。”

龙宝贝瞅着怀里的辰良，他是那么的小，那么的脆弱，安静地挨着她的心脏甜睡，那种视觉触动让龙宝贝突然明白：女人一旦生了孩子，爱情早已不再是那么重要了。

五十一：过来人

周末，舒默约龙宝贝吃饭，龙宝贝怕郑晓凯心里有隔阂，让他一起去，郑晓凯说要加班，他答应龙宝贝要在一个月内离开，可手头的事情却排得满满当当，他没有告诉龙宝贝，孩子后来所花的五万块手术费是他向林玫借的，这也是他不能说走就走的原因，就算无法将钱还清，他至少不能让她的事业陷入被动。

龙宝贝抱着孩子坐在西餐店的角落位置，特地赶来的舒默将两罐营养麦片在她跟前晃了晃，带着他特有的坏笑："给你补身体的，怕你奶水不够。"

龙宝贝习惯性笑着白了他一眼，心里却涩涩的，远远看到高琳背着小挎包，一手拖着一个笨重的旅行箱向他们走来，活像只蚌壳精，而刚刚还得意扬扬的舒默，瞬间拉长了脸蛋："你叫她来做什么？"

龙宝贝莫名其妙："你们俩不是和好了吗？"见舒默依然臭着脸，龙宝贝低低解释着，"我是这样以为的……"

自打上次高琳被她妈逮回去之后，高琳将琼瑶戏演了个透彻，不是以泪洗面就是以死相挟，秦虹气得半死，眼睁睁看着高琳假装晕倒，趁她开门不备从房间里冲了出去却无能为力，高琳找到舒默，用公用电话打给秦虹："妈，您别逼我，我跟舒默现在就站在悬崖边，您给句话吧，同意还是不同意，要是同意，我一辈子孝敬您，要是不同意，记得来崖下给我收尸！"

气得秦虹差点没一头撞死，终于，高琳旗开得胜，拉着舒默从临时的悬崖——高50cm的沙发上跳下，舒默满脸无语，遇着这么一神经质的姑娘，他今后的生活必定"五光十色"。

为这事儿，高琳还得意扬扬地给龙宝贝打电话炫耀过，所以，在龙宝贝的记忆里，这两人此刻应该是浓情蜜意你侬我侬的，岂料自己在家冲奶粉的空隙，外头早已是天翻地覆，高琳她妈越想越不甘心，冲去了学校，找到舒默的系主任，治了舒默一条诱拐少女的罪名，学校经过考虑，除去了他报考研究生的资格。

"你妈可真行！这又不是闹着玩儿的事，再说了，你们俩恋爱怎么成舒默诱拐你了？"龙宝贝不可思议。

高琳原本也觉得她妈错得离谱，临出门还跟她再三强调要脱离母女关系，可这些话从别人嘴里说出来，她是说什么也不承认的："要是他一开始答应我妈的条件，我妈至于这么做吗？"

舒默瞥了她一眼："都这个时候了还出口伤人？你妈那叫什么条件？《南京条约》都没有这么不要脸的条款！"

"说谁不要脸呢？"

"你妈！"

"你妈才不要脸呢！"高琳不肯服输，气得舒默立马成了斗牛，狠狠吐了几口气，转身就走，高琳拖着箱子在后头追："你去哪儿啊？"

舒默毫不客气地将她搭上去的手推去一边："咱俩不合适，赶紧散了吧。"

龙宝贝抱着孩子追了出来，舒默已经跑得没影了，剩下高琳气得泪花飞溅。

龙宝贝拉高琳坐下，将一盒纸巾推到她跟前："别哭了，听我的，你俩算了吧，不合适。"

高琳气恼地瞥了她一眼："什么叫不合适？我就觉着挺合适的！"

"舒默是挺好，但他不适合结婚，你问问自己，一开始是你先追的他吧？他由始至终不冷不热吧？再加上你妈在中间惹是生非害得舒默不能考研，舒默他妈会不记恨你？以后真成了她媳妇，怎么过？舒默又太过骄傲，根本就不会站在你的角度去想问题，最后受伤的终究是你。"

高琳瞪大眼睛看着龙宝贝，嘴巴越张越大，跟见了鬼似的："你说什么呀？龙宝贝你还是龙宝贝吗？你是不是出门被调包了？是谁告诉我所有的不适合都只是借口，只要两个人相爱，婚姻就不会绝望的……你现在又跟我说什么我妈怎么怎么样，他妈怎么怎么样，这跟我俩有什么关系呀？"

她的话激起了龙宝贝一阵无名火，好像被不懂事的孩子用歪理邪说将了一军："你当结婚是你们两个人的事儿呢？高琳你能不能成熟点思考问题？你妈是他丈母娘，他妈是你婆婆，你说有什么关系？"

龙宝贝的语气很严厉，一张脸拉得老长，高琳既不满又委屈地噘起了嘴："姐！你是怎么了？这些话不都是你教我的吗？"

龙宝贝哑口无言了，这些话依稀仿佛真的从她嘴里出来过，此刻听来分外讽刺，龙宝贝突然为自己感到悲哀：她居然不再爱情至上了，她蜕变成了看破一切，苦口婆心的"过来人"。

郑晓凯十分不愿在和龙宝贝重获和谐的幸福时刻往平静的湖面上放枪，但沈春华一天七八个电话催促着，期期艾艾地哭诉着，他是逃不掉了。

"宝贝，有件事情我想跟你商量一下。"郑晓凯顿了顿，"我爸妈想孩子都想得快神经了，能不能……"

龙宝贝不吭声，这是她和郑晓凯走向新生活不得不越过的坎，视而不见地硬冲只会头破血流，这一点，她很清楚："孩子可以让他们见，但有句话我必须先说清楚，孩子得跟着我，我暂时没想过要搬去你家，所以，他们别想把孩子带回去。"

郑晓凯连连点头，阶段性的胜利也是胜利，之后如何，走一步看一步吧。

龙雪花家里。

郑晓凯他爸妈抱着孩子笑得老泪纵横，龙宝贝待在房间里不出去，龙雪花在厨房忙活，郑家三代待在客厅共聚天伦。

龙宝贝说不清她心中的感受，她对他爸是满心厌恶的，对沈春华是诸多不满的，却又十分希望找到一个坚实的理由去原谅他们，一家人和和气气的，即使以后还是不住在一起，起码为她和郑晓凯所谓的“重新开始”打下和谐的基础。

两家人再次坐在一起吃饭，气氛尴尬而凝重，沈春华看了看郑晓凯，又看了看龙宝贝，笑容可掬地对龙雪花说：“亲家，之前孩子生病吧，我家老头子和宝贝发生了点误会，他不会说话，只会瞎着急，你别往心里去，呵呵。”

龙雪花笑得十分官方：“怎么会呢，都是为孩子好。”

“亲家母这样体谅我们，我们也就安心了，再来说这孩子吧，大病初愈得好好调理，我听说亲家母这段日子身体一直不怎么好，还得照顾孩子我们就太过意不去了，我跟凯凯商量了一下，今天就把孩子接回去……”

龙宝贝瞪着郑晓凯，郑晓凯看向沈春华，低声说：“妈，不说好一个礼拜来看三回的吗？”

沈春华在桌子底下揪了他一把，故意扬起嗓门儿：“这么大人了怎么净说混账话？这是我的孙子，就得我来带，看来看去的算怎么回事？就算你丈母娘大方不计较，街坊邻居看了还得背后数落我这个做奶奶的不尽心呢。”

龙宝贝心里一阵冷笑：“不行，我妈身体不好，我要跟她做伴，我待在哪里，孩子就得待在哪里。”

一顿饭吃得不欢而散，回到房间，郑晓凯连哄带求：“我真的不知道我妈会临时加码，天地良心，她答应得好好的一个礼拜看三回。”

龙宝贝摆明态度：“郑晓凯，我是很有诚意跟你重新开始的，但只限你一人，如果你非要拖妈带爸地给我压力，就一个人留在地球吧，诺亚方舟还限量购票呢！”

郑晓凯赌咒发誓：“你当我傻？你愿意回去我都不干呢，我就赖在丈母娘家，等咱们房子首付凑够了再搬，在这之前，哪儿都不去。”

郑晓凯这番话是真诚的，百分百发自内心的，既是为龙宝贝考虑，更是为自己筹谋。

有些话他没有对龙宝贝坦白，昨天打电话通知沈春华今天来看孩子，沈春华的态度比他想象中要强悍许多："我跟你说凯凯，当初她那样骂你爸你是没听见，都没来向你爸道歉，还跟我们拧着，实在是太没教养了，她这么长时间不让我们见孩子，凭什么呀？孩子是姓郑的！我上哪儿说都有理！妈是个通情达理的人，既然她自己想明白了，让我们见了，妈也不跟她一般见识，从小没有爸爸教，是比家庭圆满的孩子要差许多……"

沈春华还说了很多，郑晓凯越听越头大，之前家里发生的一系列乌七八糟的琐事全想起来了，痛定思痛，暗下决心：这回死也不搬回去了。

五十二：宣战

郑晓凯选了个林玫开心的日子请她吃饭，顺便谈辞职的事情，他坚信林玫是他事业上的贵人，草草交个辞呈就算了，实在有负她的栽培。

这天是林玫生日，办公室里陆续有花店的工作人员送来玫瑰花，红的，白的，黑的，蓝的，办公室成了香气弥漫的花海。

林玫一向追求者众，只是没有一个合她心意，大家心照不宣，安静地将鲜花丢进茶水间，一边感叹老天爷不公，一边比较她身边的男人哪个更出众。

“十有八九都是有妇之夫，有什么可羡慕的？”林玫的秘书最清楚她的行踪，“美女Boss效应罢了，不过有个姓钱的当真被她迷得团团转，据说都闹离婚了。”

“她可真是老少通杀，我们公司的……”

郑晓凯走了进来，几个女孩儿吐了吐舌头，做了个鬼脸出去做事了。

郑晓凯打好了辞呈，原先准备好了一大堆话，等坐到林玫对面又不知如何开口了，林玫在办公室很少笑，这个时候却露出了调皮的笑意："怎么像个砸坏玻璃的小学生等着受罚似的？"

郑晓凯不好意思地笑了，这时，外面传来秘书的劝阻声和一个女人的怒骂声，接着，办公室的门被粗鲁地推开了，一个珠光宝气的精瘦女人闯了进来，林玫和郑晓凯没来得及反应，她已经冲过去给了林玫一嘴巴："不要脸的贱货！再敢缠着老钱我找人划花你的脸！"

所有人都慌了，郑晓凯不自觉挡在了林玫的前面："有话好好说，你怎么能打人呢？"

精瘦女人作势要打郑晓凯："我打她算便宜她了，不要脸的臭女人，你勾搭我家老钱不就是为了拿到斯威的案子吗？你骗得了老钱骗不了我！案子到手就对他不理不睬了，我家老钱倒是为你寻死觅活地闹离婚呢，贱女人你别躲着，给我滚出来！"

女人越骂越来气，伸手够不着林玫，干脆抓起桌上的烟灰缸砸了过去，所有人倒抽一口凉气，鲜血从林玫的额角急流而下。

医院里，林玫的额头缠着厚厚的纱布，血已经止住了，因为流血较多，加上撞击了头部，医生建议留院观察一晚。

郑晓凯忙进忙出地办手续，林玫的视线始终追随着他，像个无助的孩子不愿离开妈妈的视线。今天的意外令她颜面尽失，可此刻她却不觉得难过，反倒说不出的轻松与温馨。

"你真不该为了帮我签案子这样委屈自己。"郑晓凯坐在她面前，愧疚得无地自容，他认识钱总，是个十足十的衣冠禽兽，暴发户，郑晓凯见过他给林玫灌酒，众目睽睽之下上下其手地占便宜。他劝过林玫，这样的败类，没有必要打交道，林玫只是笑着说他阅历太浅，她没有告诉他，老钱手中掌握了决定斯威案子归属的权力，而她要帮他争取。

"可是我喜欢你。"林玫说得很干脆，"从我第一次见到你就爱上了你。"

郑晓凯对这句话竟不觉得惊讶，在他的潜意识里，仿佛林玫已经暗示过很多次了："我爱龙宝贝，爱我儿子。"

"你不要骗自己了。"林玫的眼神深情而笃定，"你对我是有感觉的，你心里的包袱只是对她的责任，但事实是，我比她更适合你。”

郑晓凯沉默着，心底涌起翻江倒海的忧伤，他跟龙宝贝已经回不到从前了，她不再死心塌地地信任他，她看他的眼神透着淡淡一抹漠然，可是，他还是不甘心就这样背离她，背离他们从懵懂到残酷的山盟海誓：“其实我今天是去找你辞职的……”

“你舍得放弃努力这么久的事业？”林玫握着他的手，泪水在眼眶里打转。

“我对龙宝贝的责任，这辈子都负不完，还有我儿子。事业是很重要，但我不能用家庭去换事业，这样做，对你也不公平。”

林玫的泪水从脸颊滑落到脖颈，她将郑晓凯的手贴到发烫的脸上：“我以为，在北京的日子，我们已经冲破了这些阻碍。”

郑晓凯由着她的眼泪滑到他的手心里，渐渐没了温度。

“相信我，只要我们手上的项目一上线，我们之前所有的努力就会看到成果，你努力了这么久不就为了这一天吗？”林玫用哀求的眸子注视着他。

“我已经在找工作了，对不起。”

林玫脸上挂着苦笑，因为太过苍白，透出一种别样的美：“好，我不强迫你，我只有一个要求，不许躲着我，不论什么时候，只要你有需要，我会尽我所能去帮你。”

郑晓凯感伤地点点头，他对林玫的愧疚与感激，只能化作一个温暖的拥抱，一如在北京的日子，在她疲惫时，感伤时，他就是她的依靠。

龙宝贝没想到林玫会主动约她，火锅店宽敞的包房里，温度盈盈上升，林玫额角的伤被刻意放下的长刘海遮住了，嘴角挂着温和迷人的笑：“其实我跟你一样，特爱吃火锅，可我前夫不喜欢，他觉得不够文雅，所以，跟他在一起的日子，我们总是吃日式料理，到现在为止，我都无法爱上生鱼片的味道。”

林玫的语气透着刻意的活泼，龙宝贝静静听着，锅里的汤底翻腾起来，掀起滚烫的丸子和翠绿的青菜：“你找我有事吗？我不能出来太久，孩子得吃奶。”

林玫的眼神黯淡了那么一秒，接着酸酸地笑：“其实，我真的很羡慕你。”

龙宝贝客气地微笑：“已婚妇女一个，有什么可羡慕的？”

“为一个爱你的男人成为已婚妇女，大概没有女人不羡慕吧？”林玫将长发抚到耳后，白皙的皮肤透着晶莹的质感。

龙宝贝闷着头不再回应，等着她进入正题。

隔了半分钟，林玫自顾自地开始了：“我和我前夫是大学时恋爱的，我们是彼此的初恋，大家都说我们是金童玉女，郎才女貌，我当时也这么觉得，以为他就是为我而存在的。后来，我们结婚了，事业越做越大，他听了他妈妈的话，让我放弃事业回家生孩子，而我从小争强好胜不服输，家庭主妇这个身份对我而言意味着女人的无能，我们开始有了争吵，他的父母搬了过来，一味地偏袒他，指责我，我恨透了他们。有一次，我无意中听到他们劝我前夫跟我离婚，我很生气，跟他们彻底闹翻了，我甚至第一次当着他的面摔东西，歇斯底里地哭闹，他骂我是泼妇，然后带着他的父母离开了，我自信地认为，他终究会回来求我原谅的，呵，事实证明，我太天真了，他居然也不可免俗地爱上了别人，一个温柔没有事业野心的女人。”

说到这里，林玫含笑看了看龙宝贝，龙宝贝听着她的遭遇，感同身受。

“我哀求过，弥补过，没有用，我终于明白，男人一旦变了心，曾经的一切他不会缅怀分毫，我宁可找一个对我一无所知的男人重新开始，在他面前表现出我尽善尽美的一面，大方得体，八面玲珑，不会疑神疑鬼，不会出言刻薄。”

“这些事情，你没有必要跟我说。”龙宝贝听到后面，一颗心犹如赤裸裸刮过了一阵凉风，接着躁动起来：她和郑晓凯像透了林玫和他前夫。

“我知道你对我有偏见，你没有猜错，我喜欢晓凯，第一次见面就对他有了好感，后来我才发现，那是因为他的侧脸和个性像透了我的前夫，晓凯就是活脱脱大学时代的他。”

龙宝贝语气冷了下来：“可他不是你前夫，他是郑晓凯，龙宝贝的丈夫，郑辰良的爸爸。”

林玫毫不怯弱地回视她的目光：“我知道，我也希望你知道，我比你更适合他。”

龙宝贝无话可说地冷笑了一声：“如果他也是这样想的，明天我们可以三个人一起去民政局，我俩办完离婚手续，你俩可以马上领证，如果这只是你一厢情愿的想法，还是不要浪费我的时间了，我该回家给他儿子喂奶了。”

龙宝贝正要起身，林玫不慌不忙地说了一句：“我有个秘密要告诉你，其实在认识郑晓凯之前我就经常听人提起你。”

龙宝贝讶异地看着她：“谁？”

“我弟弟，舒默。”

龙宝贝诧异得半天说不出话来，林玫却随意一笑：“那傻小子一直很喜欢你，每次见面，满嘴念叨的都是你，为了你，他还搬过一次家。”

“什么？”

“你托他帮你找房子，他把自己住的房子让给你们住了，他现在住的房子是我后来帮他租的。”

龙宝贝良久无言：舒默是她最好的朋友啊……

林玫莞尔一笑：“我告诉你这些没有别的目的，你不要误会。”

龙宝贝摇摇头，眼神笃定：“不会，我跟舒默，会是一辈子的好朋友，跟郑晓凯，也会牵手到白头。”

林玫深深注视着她的眼睛：“那我真心祝你们幸福，不过，我还是会努力争取我的幸福。”

五十三：夺子

从外面回来，龙宝贝心不在焉地抱着孩子发呆，初春的阳光有着明媚的暖意，却照得她五脏六腑一阵冰凉，她恍然惊觉，原来结婚证书保障不了她任何的权益，当两人义无反顾爱着对方时，它只是锦上添花的一抹红，而当两人的感情步履维艰裂痕重重，它却只能是办理手续的一道文件，一项证明，证明两人仍是夫妻关系，却不能证明他们仍旧相爱。

龙宝贝为自己突然变得强大的内心感到愕然——她居然没有哭。

晚上，郑晓凯坐在电脑前，龙宝贝将孩子哄睡着了，一边叠衣服一边轻描淡写地说："林玫今天约我见面了。"

郑晓凯错愕地看着她。

龙宝贝回视他的目光："她说她喜欢你，比我更适合你。"

郑晓凯快步走到她跟前："你相信我……"

"我只是跟你说一声，你说没有就没有吧。"龙宝贝躺了下去，掖了掖被子。

郑晓凯不依不饶地凑上去，将她紧紧抱在怀里，一如当年惹恼了她所用的招数：你不反抗，我便一直抱着你，抱到你心软为止；你一反抗，冷战就此结束，我又能看到你鲜活明媚的脸。

龙宝贝深深注视着郑晓凯突发稚气的脸，眼泪伴着阵阵鼻酸滚落下来："我们还能像从前一样吗？"

"一定会的。"

原来她一直以来心中空出来的那一块，不过是在等一句坚决的保证词，再清高不可一世的女人，走到她这一步，终究不能免俗。

……

春末夏初的午后，龙龙的瞌睡兴致格外浓厚，龙宝贝守在婴儿床旁，闷闷地发着呆。

龙雪花从医院打完点滴回来就倚在沙发上不动："你有空在这儿发呆，赶紧的把你公公婆婆打发了吧，今天要不是他姐姐家的孩子生病打针需要帮忙招呼，还得来！"

龙宝贝当然是不希望他们过来的，他妈叨叨叨叨的毛病一点没变，龙宝贝喂奶，她就弓着身子立在一旁看着，嘴里大呼小叫个没完："行了行了，不吃了不吃了……这孩子还想吃呢？那就再给他吃一口……哎呦，行了行了，一口就够了。"他爸不懂装懂与不知避讳的毛病变本加厉，孩子吐奶，他爸眉头紧锁："完了完了，这孩子有胃病啊，有胃病的人就爱吐食。"龙宝贝在客厅喂奶，他坐在沙发上瞅着，龙宝贝心烦，蹿到房里去喂，他爸在外头问："孩子呢？"他妈说："去房里吃奶了。"他爸恨不得砰砰砰敲开门坐在房里看。

龙宝贝不胜其烦，跟郑晓凯说，郑晓凯两不得罪："他们就是太喜欢孩子了，没有坏心。"

这样一说，龙宝贝更心烦了。

门铃响了，门一开，郑晓凯他爸妈大包小包的扛着往屋里走，龙宝贝吓了一跳："你们这是干什么呀？"

沈春华将东西放在鞋架旁，累得直喘气："我们两个老来回跑累得慌，反正你们家客厅也挺宽敞，我跟老头子挤挤就成。”

龙宝贝无语了，心里一千个一万个不乐意，转身进厕所给郑晓凯打电话，郑晓凯那边正忙着，听了她的话也头痛不已：“别着急，我回家就请他们班师回朝。”

“你别光说不练啊，我家都快成难民营了，两个人带了四床被子过来，客厅被堵得严严实实不说，我在厕所里都找不到我的牙刷了。”

“行行行，我保证说，今天我最后一天上班，晚上你出来，我请你吃大餐。”

龙宝贝挂了电话，不声不响地走了出去，客厅里居然又多了一个人，是舒默。

舒默给孩子买了奶粉和小推车，正在向龙雪花介绍：“这个推车可以调节的，以后阿姨或宝贝带孩子出去玩就不用抱得那么辛苦了。”

龙雪花乐得眉开眼笑，一边夸舒默细心一边帮他倒茶，沈春华闷着脸，看着他爸有一搭没一搭地逗孩子。

龙宝贝知道沈春华不喜欢舒默，对他和自己的关系心存芥蒂，于是拿出了购物袋，边换鞋边冲舒默招手：“舒默，陪我去超市买点东西。”

沈春华提高了警惕，推了推他爸：“让老头子跟你们一起去，可以帮忙提东西。”

龙宝贝摆了摆手：“不用，有舒默呢，他没什么优点，就是一身蛮力。”

龙宝贝开的玩笑在沈春华听来一点都不好笑，甚至有些不堪入耳，满心期待龙雪花会有所反应，即使不训斥，教育几句也是好的，龙雪花却没有配合的意思，边让他们路上小心边帮忙关门。

“宝贝跟这个小默关系倒不错呢，看他给孩子买东西挺大方的。”沈春华摆弄一番奶粉罐，“这得要几十块吧？”

龙雪花精得跟什么似的，怎么会听不出她的意思：“我家宝贝人诚恳善良，谁都愿意跟她交朋友……你说奶粉呐？嗨！这是进口的，五六百呢。”

沈春华一阵心疼，讪笑着把奶粉放到一边，想象着舒默出手这么阔绰，定是手上有钱，他若是单单只对龙宝贝好，她倒不怕，结了婚生了孩子的女人，哪个年纪轻轻的未婚男人看得上？偏偏他对孩子也这么上心，目的就说不清了，这样一想，越发为郑晓凯着急了。

舒默说龙宝贝瘦了，专挑有营养的东西往购物车里堆，龙宝贝忙不迭地往外捡："够了够了，我跟郑晓凯现在欠了一屁股债，哪儿还能这么奢侈啊？"

"我买给你。"舒默理所应当的模样。

"不要。"

舒默对龙宝贝一向出手大方，龙宝贝也厚脸皮惯了，突然严词拒绝，舒默有些不适应，但还是不管不顾地将东西重新装进购物车，龙宝贝伸手阻拦，舒默将她挡在身后："你听我说件事，说完你还是不要，我绝对不勉强。"

龙宝贝安静下来了，立在那里抬着眉头等着他砌词狡辩。

"首先，我知道我姐跟你说了什么，你是不是乐得几晚睡不着？"见龙宝贝毫不客气地白了他一眼，舒默得意地哈哈大笑，"我以前真的挺喜欢你，但那是以前了，你觉得以我现在英俊潇洒多金又有前途的才俊还瞧得上你这个二婚已育的欧巴桑？你究竟是哪里来的自信？啊？"

龙宝贝不好意思地抿唇叹气。

"另外，我今天来是要告诉你一件事情，好让你对我彻底断了念想，我妈要过来跟高琳的父母见面了。"

龙宝贝诧异地张大了嘴巴，这个消息比舒默暗恋她多年更加不可思议，更加火爆，父母见面？也就是说，两个人在谈婚论嫁？

"你妈不是应该恨死高琳了吗？怎么……"

舒默还没开始解释就先笑了，满脸是对高琳的崇拜："你妹妹真不是盖的。"

因为秦虹闯了祸，高琳听了龙宝贝一番教诲如梦初醒，为了不殃及她和舒默，单枪匹马就杀到了舒默家，又是斟茶认错又是写保证书，舒默他妈当了一辈子小学老师，特别信保证书那一套，被高琳的诚意感动了，更为儿子找到这样一个好女孩儿而欣慰。

那头得到了舒家老佛爷的首肯，高琳又撺掇了她这头的皇太后向人家当面道歉，可舒默他妈觉得不妥当，她一辈子中规中矩惯了，认定应该是男方先去女方家中拜访才对，这件事情才定了下来。

"高琳她妈不是不肯接受你吗？"龙宝贝永远忘不了舒默家被砸得遍体鳞伤的大

门和秦虹霸气侧漏的脾气，“一定是高琳寻死觅活了。”

龙宝贝的猜测只对了一半。

高琳的行为在秦虹眼中确实是寻死觅活，但她的出发点却是为了逃生。

“什么？她从家里的窗户跳了下去？我的个神呐！她家住二楼啊！”龙宝贝的心脏有些支撑不住了。

“她原本是想翻窗户偷跑出来找我，被楼下的街坊发现了，她妈赶过去制止她，说一切好商量，高琳见她妈变了态度，干脆将计就计装跳楼，事后她跟我说，她原本是想抓住大好时机多提一点要求，不料手滑了。”

龙宝贝哭笑不得：“她现在还健在？”

“在医院做复健，她命大，只是脚扭了。”

舒默说得轻描淡写，殊不知那天赶到医院的时候，高琳痛得满脸泪花，一个人的哭声震动了整家医院，见了舒默，她更加安静不下来，委屈地扁着嘴，紧紧抱着他哭得天地动容，那模样令舒默既好气又好笑，被高琳死缠烂打了一年多，圆满缴械投降。

看舒默一脸幸福洋溢，龙宝贝连忙夺过购物车，嘻嘻地乐出了声：“孩子他姨夫送的，不要白不要。”

舒默只能站在后头为她麻利的手脚咋舌。

舒默临走前一再提醒龙宝贝，他妈是个思想保守的知识分子，尤其鄙视破坏别人家庭的第三者，所以，他不想他妈知道高琳她爸妈的事情，龙宝贝郑重点头，她当然不会去掺和，让高琳在婆婆心目中留个好印象，是她这个做姐姐的分内之事。

五十四：一日夫妻，终生牵绊

龙宝贝将一堆东西放回家里才出发去接郑晓凯下班，故意将舒默今天过来的事儿跟他说了一遍："他给孩子买了些东西就走了。"

郑晓凯哦了一声，闷闷地没有发作："那该谢谢他了。"

"是啊，不久我们就得给他包红包了，他跟高琳要结婚了。"

郑晓凯的表情果然有了变化："什么时候？"

"快了吧，他说他妈妈最近就要去高琳家。"

龙宝贝那会儿特别想问一件事：郑晓凯，你知道舒默是林玫的弟弟吗？可终究还是没有问出口，她的直觉告诉她，他是不知道的，郑晓凯从来不会演戏，这是他莫大的优点。

两人吃完饭沿着公园绕了两圈才回家，进门已经十点多了，龙雪花帮他们开了门，往她房间指了指，冲郑晓凯说："我让你爸妈在我房间睡，哪有让亲家睡客厅的？我晚上跟宝贝睡，晓凯你睡客厅吧。"

"让妈费心了，回头我跟我爸妈说说。"

郑晓凯蹑手蹑脚地进了龙雪花的房间，原以为他爸妈都睡着了，却只听他爸鼾声震天，沈春华却大睁着眼睛看天花板。

“回来了？过来过来，妈今天不跟你好好谈谈睡不着觉。”沈春华一脸焦虑，“我对孙子是打心眼儿里疼啊，一会儿没见就不踏实，这孩子命苦，一出生就遭这么大罪，可你看，好不容易救过来，孩子他妈又这样不安分……”

“妈，说哪儿去了？”

沈春华冷哼了一声，白了他一眼：“别揣着明白装糊涂，她跟那个姓舒的眉来眼去的你看不见？你再睁一只眼闭一只眼，人家把你媳妇儿哄走就算了，连你儿子一块带走了可怎么办？”沈春华大胆假设着，越想越担心，越想越胆颤。

郑晓凯不悦地皱眉叹气：“妈，我跟宝贝好不容易和好了，您说这些话做什么？他们俩就是好朋友关系，更何况舒默就要结婚了……”

“一个有丈夫有孩子的女人，跟外头不相干的男人交什么好朋友？啊？当人老婆要有当人老婆的样子……”

“行了行了妈，别说了。”郑晓凯不愿再说下去了，转身欲走，突然想起进来的目的，“妈，您跟爸明天还是搬回去，两家人凑一块儿住不太好。”

“她的意思？她要你轰我们走？”沈春华气得鼻孔一张一翕，“要不是她霸着我孙子……”

“哎呦求您了妈，小点声，是我是我，是我自己要跟您说的，您别疑神疑鬼了行不行？”

郑晓凯出去了，一堆事儿压得他心烦意乱，从今天起，他失业了，在经济不景气的年岁里，不知道下一份工作会在何时出现，而在这个家里，又四处可见舒默的影子：舒默买的婴儿车，舒默买的进口奶粉，舒默买的各色玩具……

他对孩子的好，别说沈春华了，他看在眼里都犹如骨鲠在喉，可过去他没有发作的理由，如今舒默要结婚了，他就更没有发作的道理了。

郑晓凯倒在沙发上迷迷糊糊睡着了，凌晨一点钟左右，一个黑影站在龙宝贝的房门口一下一下地敲门，郑晓凯吓了一跳，当看清是沈春华，一股莫名的烦躁。

沈春华在门口不厌其烦地敲着，里面传来龙宝贝烦躁不堪而又努力克制的声音：

“妈，您三更半夜地干什么呀？”

沈春华倒是不恼，嗓门洪亮地贴着门说：“都一点了，快给孩子吃点奶。”

“我知道，不会饿着他的。”龙宝贝憋着怒火在里面应道。

“我还不知道你？只要孩子不哭闹着要吃，你定是让他一直睡的，你做大人的不能贪睡，隔两个小时要把孩子弄醒了吃奶。”

龙宝贝在里面没有回音了，沈春华把刚刚的话又重复了一遍，一边转身回房，一边气恼着龙宝贝不够端正的态度，郑晓凯看着这一切，无语地闷头继续睡。

凌晨三点，沈春华的敲门声又将郑晓凯吵醒了。

“该喂奶了，孩子会饿着的，宝贝？宝贝？……”只要龙宝贝不应声，沈春华能不厌其烦地一直叫下去，龙宝贝扛不住了，在房里大叫起来：“我知道我知道我知道！我不是白痴！您该干吗干吗去行不行？您没来的日子我儿子也活得好好的没被饿死！”

“你这孩子怎么说话的？我不说你还不是只顾自己睡觉去了，开门开门，你懒得喂我来给孩子冲牛奶，饿出毛病来可怎么办？怎么净想着自己……”

龙宝贝恼了，腾地从床上翻起来，开了门，沈春华连忙冲过去要抱孩子，被龙宝贝给挡住了：“您到底要干什么！”

“你这是什么态度？啊？我能想干什么？我就想我的孙子能不挨饿！”沈春华说着，再次伸手去抱孩子，龙宝贝往后退了两步：“您再这样蛮不讲理就请搬回去！我的孩子没有您的关心照样能好好长大！”

郑晓凯不想矛盾扩大，冲过去将沈春华拉到一边，又是作揖又是哀求：“妈呀求您了，您回房间好好睡觉行不行？”

沈春华为龙宝贝的态度恼得脑袋发胀手脚僵硬，在郑晓凯胳膊上又是打又是掐，边说边哭：“我是为了谁啊？我辛苦半辈子把你养大为了谁呀？你今天要心里有妈，就带着孩子走，彻底跟这个女人断了！不然，我是没脸也没指望活了，啊呜呜呜……”

龙雪花猛地从床上爬了起来，步履有些吃力，还没来得及为女儿说话，只觉得嘴唇麻痹，双脚支撑不了重量，腰杆一软栽倒在地。

医院里，抢救室的门被关上又被打开，化验科的等候区，龙宝贝抱着孩子沉默不语，一年不到，龙雪花晕倒了三次，一次比一次危险，一次比一次触目惊心。

龙宝贝的印象里，龙雪花是世界上最强悍的女人，力如蛮牛，小时候带着她和龙美丽去电器商城买电视机，听说请别人运得加十块钱，她当机立断，决定自己扛回去，姐妹俩手牵手跟在后面走，嘴里吹着口香糖，龙雪花累了，或是不好使力了便会冲她俩嚷嚷："臭丫头也不搭把手，你们要是儿子，老子还用得着自己扛？"

龙宝贝高中住校被分到了一间旧寝室，床板又潮又霉，龙雪花觉得女孩子睡在上面对身体不好，去熟人的木头加工厂定做了一块单人床板，徒步给她扛到了学校，龙宝贝接过床板很是震惊，因为这是用好木头做的，沉甸甸，有七八十斤，龙雪花却是走了七站路送过来的。

龙宝贝心里感动，嘴上却没好话："你傻啊，不会坐公车？"

龙雪花在她额头戳了一指头："你懂个屁，这板子还得另外收车钱，老子可不便宜他。"

想到这些，龙宝贝忍不住哭了起来，悔恨过去没有好好孝顺妈妈，没有听她的话，没有劝她找个自己喜欢的伴过下半辈子，她太孤独了，孤独得除了龙宝贝和龙美丽，生命里再无其他。

闻讯赶来的龙美丽拉着龙宝贝的手坐在外面等结果，两个人始终沉默不语，滚热的泪水在眼眶里逐渐冷却，最后落到白皙的手背上，那种泪水瞬间挣脱身体的感觉教人恐慌，像是不受控制的生命在一点一点离她们而去。

熬了一夜，检验报告已经出来了，是胃癌晚期。

"她五十岁都不到，一定可以治好的。"龙宝贝期待地等着医生点头，果然，医生郑重地点点头："医学上是有很多奇迹的，这点我不能否认，但还是要请你们做好思想准备，如果决定要治疗，病人要承受痛苦是一定的，另外就是治疗费用。"

郑晓凯拿出了准备用来买房的卡："这里面有三十五万，是我接私单赚的，原本我是想买了房子给你个惊喜，现在先给妈治病吧。"

龙宝贝看着他，良久无话，感激，温暖的泪水流了一脸："谢谢你，晓凯。"

龙美丽从包里掏出一张卡递给龙宝贝："之前在北京买房，手上钱不多了，这里有十万，我试试看能不能找到这方面权威的医生，不要哭了，妈会好起来的。”

龙宝贝嗯了一声，姐妹俩抱在一起，发出无法克制的呜咽。

郑晓凯听医生的安排先存了十万进医院的账户，准备给龙雪花做一期治疗，不过两天时间，郑晓凯再去查账，已经用去了七万八，他猜那三十五万保不住不说，估计还远远不够，林玫那边是不方便借了，郑晓凯想到了郑晓敏，他姐夫跟林玫合作的调味品生意已经步入正轨，每个月收入十分可观，果然，郑晓敏一听说借十万，立马答应了，让他等着，回头就跟他姐夫说。

龙宝贝没日没夜地陪着龙雪花，帮她梳头发，说新闻，龙雪花却不断提起过去的事情，眼里满是留恋：“你妈我十六岁那年，那是亭亭玉立一枝花呀！绑着两根麻花辫儿，穿着碎花衣裳去工厂上班，多少男同事看着眼馋呢！当时有个长得特白净的，我们都喊他鹏哥，他对我是无微不至，有事没事往我车间跑，不是送吃的就是送喝的……”

“最后呢？”

“最后我看上你爸了呗，那是年底，我们厂子发福利，往常是发橘子梨子什么的，偏偏那年发黄鱼，你爸开着大货车载着你外公，卸货的时候，你外公不是说他弄洒了水就是骂他手脚慢了，唠叨个没完，你爸却始终笑眯眯的，我站在人堆里排队领鱼，你爸猛一抬头看到了我，他就那样盯着我看，像丢了魂儿似的……”

龙宝贝第一次听她讲起他们初识的情景，脑子里鲜活地想象着当时的画面，那时的情窦初开与如今的毫无干系对比起来，说不出的凄凉与悲哀。

龙雪花叹了口气：“大家都说我那么好的条件，为什么单单挑了个要单位没单位，要家境没家境的穷小子，现在想来，这大概就是女人的命。”龙雪花对着龙宝贝一声苦笑，“你们打小就听我说他的坏，其实你爸过去对我可温柔贴心了，知冷知热，什么事情都替我张罗，结婚前，他骑着自行车载着我跑了九公里去拍张结婚照，其实近处也可以拍，但他说吧，结婚是一辈子的事儿，图个吉利，长长久久，要是这点路都不能一起走，还谈什么一辈子……”

龙宝贝低低地哽咽，努力让语气轻快：“我爸比郑晓凯浪漫多了……”

“是吧？最后还不是浪到别人怀里去了？哎，女人呐，我算是看透了，在男人眼里，女人没结婚时是天山上的一块玉，结了婚就成臭水沟里的一颗顽石。”

龙宝贝没有说话了，她注意到龙雪花没有再叫她爸老不死的，而换成了“他”，“你爸”，忍不住心中一阵难过。

龙宝贝将孩子和龙雪花交给郑晓凯照顾，她有种很不好的预感，龙雪花的病是没有希望了，很有可能，她自己早就知道了，之前的晕倒就是前兆，只是她怕自己担心，所以一直瞒着。

龙宝贝给龙美丽打电话，告诉她龙雪花不见好转的病情，龙美丽在那头无声地流着眼泪，几天来，她托宋境的关系找到了一位移民美国的专家，给他看了龙雪花的检查报告，对方说，治愈的希望很小，而他目前正在帮儿子筹备婚礼，没时间回国。

龙宝贝声音哽咽地说：“妈想见爸……”

龙美丽立马愤慨起来：“那个混蛋，还有什么可见的？”

龙宝贝擦了把眼泪：“那些都不重要了，我现在去找爸，你有时间现在就去医院，我怕晓凯一个人照顾不来。”

龙美丽低低地嗯了一声：“我现在就去。”

龙宝贝在菜市场找了一圈，菜市场相熟的商贩告诉她，她爸今天没有出摊，说是家里来客人了，龙宝贝又一路跑去高明义的住处。

来开门的是高明义，龙宝贝往屋里看了看，赫然发现舒默也在，旁边还坐着一位收拾得十分利索的阿姨，想必是他妈了，龙宝贝想不到会这么巧撞上他们两家人见面，想着舒默上次说的话，她的出现无疑是不合时宜的。

“爸，您出来一下，我有事找您。”

“你今天怎么有空过来？”秦虹像是看穿了龙宝贝不是简单的串门，一边将高明义往回拉一边满是防备地看着龙宝贝，“家里客人都等着呢，上哪儿去啊？”

龙宝贝不想跟她吵，也不想让舒默他妈听到什么，压低声音哀求：“阿姨，我真的有急事。”

“不用问了，又是借钱！”秦虹将高明义拽了回去，叉着腰挡在龙宝贝和她爸中间，“有些话我是不想说的，先前你孩子病了，老高借了你五万，说是借，你会还吗？还不是肉包子打狗？再说了，到我这儿的数字是五万，指不定还背地里塞给你多少，宝贝啊，我们也是辛苦钱，我们也要过日子的，你不能这样不依不饶地坑苦我们一家子，你也是读过书的人，你……”

“妈！”高琳在后面喊了一声，“家里还有客人呢，说话能不能别这么刻薄？”

舒默他妈脸色难看起来，瞪了舒默一眼，舒默不敢看她的脸，自顾自地跑到龙宝贝跟前：“怎么了？”

“我妈得了胃癌……”龙宝贝呜咽着哭了起来。

秦虹错愕地顿了顿，很快回过神来，但语调明显不利索了：“那我们可管不了，癌症就是个无底洞……”

“我没有要你的钱！”龙宝贝像头发怒的狮子，愤怒地瞪着她。

“什么时候的事啊？”高明义吃了一惊，“现在怎么样了？”

“她现在就想见您一面……”

“高！明！义！”秦虹瞪起眼珠子在高明义的胳膊上狠狠掐了一把，“你要是敢去，以后就别想进这个门儿！”

高明义急切的眼神变得迟疑了，游移不定地站在那里，去也不是，留也不是，他懦弱的神情令龙宝贝抓狂，鄙视，憎恨：“当初是您对不起她背叛了她，现在她快要死了，心心念念地惦记着您，您就是这个态度？”

她爸嘴角抽动起来，想要说什么，却努力几次也说不出口，龙宝贝眼前一片模糊，只有秦虹偏过脸得意地冷笑。

“你不配做男人，今天我来求你，算是我瞎了眼，姓高的，欠你的钱，我卖血卖肾也会还给你，从今以后，我们再也没有关系！”龙宝贝咬牙切齿地说完，头也不回地跑了。

舒默他妈起身要走，高琳看了看舒默，再看看他妈气得铁青的脸，急得快要哭了：“阿姨，再坐会儿吧……”

舒默他妈一路向前，舒默冲高琳摆摆手：“我来解释，电话联系。”

舒默送他妈去了林玫那里，一路上被训斥了个干脆，舒默闷头受教着，也不吭声，见了林玫，他一副无奈状：“龙宝贝的妈妈得癌住院了，我得去看看，老妈交给你了。”

说完，一边给龙宝贝打电话一边往医院赶去。

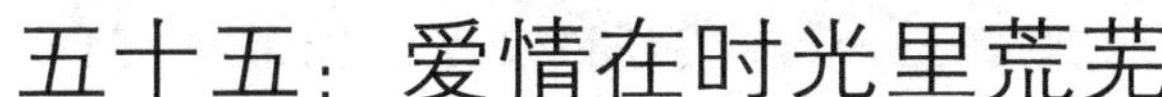五十五：爱情在时光里荒芜

病房外的走廊上，沈春华和郑晓凯他爸看着手中的药费单，惊得血压都快冲顶了，沈春华震惊的是，儿子居然傻乎乎为外人花了这么多钱，郑晓凯他爸震惊的是现今的医药费居然这样昂贵。

下午，郑晓敏两口子闹得天翻地覆，沈春华赶过去劝架，零零散散听到是因为郑晓凯跟他姐夫借十万块钱的事情，一问之下才知道是龙雪花得癌了。

这会儿，沈春华正一手拿着药费单，一手勉强扶着墙，对着郑晓凯苦口婆心："凯凯呀，你听妈的，这就是个无底洞啊，癌症哪有能治好的？你自己看看，这才几天呐就花了十万了，十万呐！"

"她是宝贝的妈妈，我怎么能不管她？之前孩子病了，她把五万块积蓄全拿了出来，现在她病了，治不治得好我都得试一试。"郑晓凯夺过药费单，看见林玫正远远地走过来，她给舒默打电话要到地址，特地赶了过来。

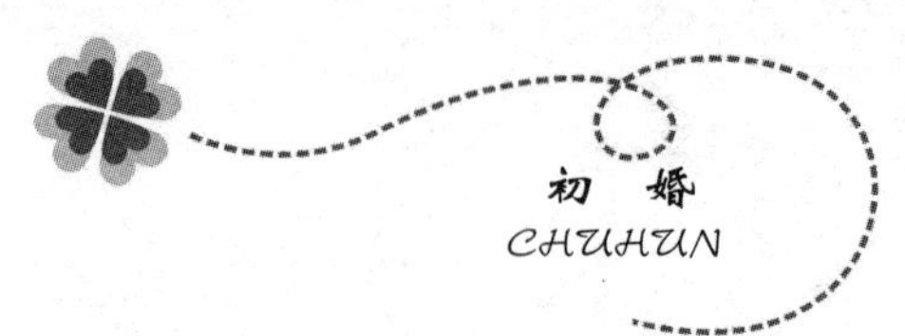

“还试什么呀？你傻了？钱的事儿是能试着玩儿的吗？你姐跟你姐夫都为你借钱的事儿打起来了！”

沈春华一说完，郑晓凯他爸连忙补充：“是啊，你姐夫不愿借钱，怪你姐就顾着娘家，晓敏都跟他闹离婚了。”

沈春华将他爸拨去一边：“你现在说这事儿干什么？咱们说的是医药费的事儿，凯凯啊，你别怪妈说话绝情，她之前借给你们五万，你就还给她五万，你别犯傻打肿脸充胖子。”

“妈！”郑晓凯一脸愠怒，强压着声音，“您小点儿声，她妈和她姐都在里头呢！”郑晓凯往后瞥了一眼，“我朋友来了，你们别说了！”

沈春华和他爸自然不知道林玫，此刻的他们，跟心口着了火似的火急火燎。

林玫远远喊着郑晓凯的名字，郑晓凯尴尬地回过头：“你怎么来了？”

林玫淡然一笑，柔亮的长发拨到了脑后：“我那傻弟弟听说宝贝的妈妈住院了，连自己的老妈都不管了，我就过来看看。”

郑晓凯愣了一下：“你弟弟？”

林玫挑眉一笑：“你还不知道舒默是我弟弟？宝贝早就知道了呢，她没告诉你啊？”

郑晓凯心里一阵嘈杂的拥堵：舒默竟然是林玫的弟弟？以龙宝贝和舒默的无话不说，她怎么可能对林玫一无所知？那么，究竟是从什么时候开始，他内疚地说着善意谎言的样子被她和舒默看作愚蠢的小丑？

“对了，舒默呢？”林玫仿佛没看到郑晓凯的变化，继续问。

“跟龙宝贝一起买午饭去了。”郑晓凯闷闷地说，“你来找他的？”

林玫转而一脸焦急：“是啊，今天的事儿太不凑巧了，我妈带着舒默去高琳家，宝贝突然跑过去了，她一出现，我妈这才知道高琳的爸爸是二婚，这下子，舒默跟高琳的事儿准得黄。”

捶胸顿足闹个不休的沈春华冷冷听着林玫的话，呼吸越来越重：“她早不去晚不去，不成心去破坏他俩的事儿吗？我说吧，我就说吧，他俩成天眉来眼去的能有什么好事？也就你傻！她说什么你都信！”

见郑晓凯铁青着脸，林玫慌忙解释："阿姨您误会了，舒默也就念书那会儿暗恋龙宝贝，那都是过去的事情了，那时候他们都还小……"

话语间，龙宝贝和舒默正从走廊那头并肩走来，龙宝贝手上提着稀饭，舒默抱着孩子，两人边走边说着什么，龙宝贝还没有从适才的气恼中回过神来，满脸的失落。

"姐，你怎么来了？"舒默已经感觉到气氛不对了，他抱着孩子的模样触动了沈春华敏感多疑的神经，沈春华三步并作两步地冲了过去，一把夺过孩子，抱在怀里抖了抖："不行不行，孩子不能待在这里，医院多少病毒啊，待久了还了得？"

龙宝贝知道沈春华的心思，把孩子抱走后，她不搬去和他们同住也不行了，于是立马将手里的保温桶放去一边，伸手去接孩子："我说过很多次了，孩子得跟着我。"

沈春华不理会她的话，暗暗使力，两人无声地争夺着，孩子感觉到不对劲了，惊恐地哭了起来，沈春华心疼不已，腾出一只手来在龙宝贝的手臂上重重扇了一巴掌："走开走开！好好的把孩子吓哭了。"

龙宝贝一阵恼火，不管不顾地使力将孩子夺了过来，孩子哭得更卖力了，沈春华又急又气，戳着龙宝贝的鼻尖骂了起来："没有教养的泼妇！贱丫头！老子要不是看在你是我孙子的妈，老子打死你个婊子养的！"

"妈！"郑晓凯大喝一声。

"你们干什么？"龙美丽从病房里蹿了出来，视线落在林玫脸上那一秒，怒气上涌，"你来干什么？"

"你给我滚！我一秒钟都不想见到你们两个！"龙宝贝没有注意龙美丽的话，此刻的她气得浑身发抖，她压制着怒火，生怕自己会失控说出不该说的话来。

"龙宝贝！"郑晓凯狠狠瞪着她，目光慢慢转移到舒默的脸上。

舒默伸手将龙宝贝挡在身后，不满地瞪着郑晓凯："你凶什么？"

郑晓凯也恼了："这是我们家的事，轮不到你管！"

"龙宝贝的事儿没有我不能管的！"

郑晓凯的五脏六腑腾地着了火，一股炙热的醋意令他青筋暴露。

"凯凯你听到了，他们俩早就不干不净了，这样的泼妇你还出钱给她妈治病？走走走……”沈春华一边拉郑晓凯一边伸手夺孩子。

“我是孩子的妈，你们凭什么带走？”龙宝贝推开她的手，舒默直接挡在了龙宝贝和孩子前面：“你们太过分了！她妈都病成这样了，你们不帮忙不说，还趁火打劫！”

龙美丽被沈春华的话气懵了脑袋，半天才拽住林玫的手冲郑晓凯嚷道：“郑晓凯你是不是男人？龙宝贝为你怀孩子吃尽苦头的时候，你跟这个女人在北京开房，我不说出来是怕宝贝伤心，你们家现在居然还反咬一口！”

“龙美丽你恶人先告状！我没有！”郑晓凯恼了。

开房？

龙宝贝愣愣地看着龙美丽，她的表情愤怒而笃定，被龙美丽带了个踉跄的林玫抬眼看着龙宝贝，毫无心虚与理亏：“我跟你说过，我是真的喜欢晓凯。”

气氛回到了一片死寂。

“郑晓凯，你这个骗子！”龙宝贝瞪着他，一字一顿。

“我是骗子？舒默的事情你怎么解释？”郑晓凯近乎咆哮起来，他感觉自己的尊严被死死地踩在了脚下。

沈春华愣了半晌，瞪了瞪龙宝贝，又恨铁不成钢地在郑晓凯的额上戳了一把，第一个打破了沉寂，她一边扯开舒默，一边冲他爸喊：“这叫闹的什么事儿！老头子！你去把孩子抱来！”

舒默不敢使力挣脱她，怕她跌倒，恼火地被她拽着。

他爸像是得令的小兵，跑得马不停蹄，龙宝贝对他的厌恶化为了愤怒，歇斯底里地咆哮着：“滚开！”

他爸不理：“孩子还是给我们带……”

他苦口婆心的模样令龙宝贝胸口升腾起一阵阵怒火，过去，她因为他是郑晓凯的爸爸而忍耐着心中的厌恶，此刻，他是郑晓凯的爸爸这件事情，只会让她厌恶更甚，她恨透了他，恨透了跟这一家人扯上任何关系！

郑晓凯他爸向前，她后退，龙美丽出手帮忙，想要夺过孩子，他爸还是扣住了孩子的双脚，眼看着孩子就要从龙宝贝的怀里抽离，龙宝贝咬牙奋力一推：“滚开！”

他爸一个踉跄没有站稳，生生撞到了墙上，脑后鲜血淋漓。

啪！

郑晓凯一巴掌打在龙宝贝的脸上。

“王八蛋！”舒默挣脱他妈，一拳挥在郑晓凯的脸上。

扑通！哐当哐当……

病房里传来一连串声响，龙宝贝抱着孩子带头冲了进去，龙雪花已经仰躺在地板上，一旁的氧气瓶满地打滚，桌上的饭盒也落在了地上，没有吃完的稀饭洒了一地。

“快叫医生！”龙美丽哭着大叫。

入夜的病房里，一片手忙脚乱，裂痕重重的一段情，终究在兵荒马乱的年月里，暴尸沙场……

五十六：龙宝贝日记（尾声）

2010年7月10号　天气　暴雨

今天一大早，龙美丽开车回来接龙雪花去医院做常规检查，宋境也来了，给龙龙买了玩具和进口奶粉，自打之前龙雪花在医院休克，宋境包了专机带她去美国找专家医治之后，龙雪花对他的态度也渐渐热情起来，只是闲下来还是要叨叨几句："你说你姐跟人家这样不荤不素地凑一块儿，人家又没有离婚的意思，这算什么事儿啊？"

龙雪花的烦恼不仅是宋境的婚姻，还有她始终难以割舍的二十四孝女婿程祥，龙雪花回国后，程祥三天两头跑过来给她做饭，一口一个妈喊得响亮，龙雪花愧疚而心疼，那头又受着宋境的恩惠，当真是左右为难了。

龙美丽从出镜模特儿转行当造型师了，宋境给了她一笔钱开工作室，顺利将她变成藏在他身后的女人，宋境的老婆对龙美丽的存在心知肚明，却不吵不闹地选择了沉默，我想，或许在多年以后，当我看透纯白的爱情终究短暂，而婚姻这座墓，只要你小心呼吸，不要睁眼，便可安稳度过一

生，也可以做到她这般豁达。

下午，天气憋闷得难受，我带龙龙去小区的凉亭乘凉，突然下起了暴雨，我这才想起郑晓凯是乘今天的航班去北京，才半岁的龙龙十分好奇地看着亭外的雨点，我顺着他的视线，想要轻快地说一句："宝宝快看，下雨了，这是雨……"

无奈我还是哭了，哭得莫名其妙，我想，此刻正在登机的郑晓凯一定能理解我的心情，原来世界上最悲凉的爱情不是从恋人做回了朋友，而是从夫妻变成了永远无须再见的亲人……